가족계획

이 도서의 국립중앙도서관 출판예정도서목록(CIP)은
서지정보유통지원시스템 홈페이지(http://seoji.nl.go.kr)와
국가자료공동목록시스템(http://www.nl.go.kr/kolisnet)에서 이용하실 수 있습니다.
(CIP제어번호: CIP2014017267)

가족계획

family planning

카란 마하잔 장편소설 | 나동하 옮김

문학동네

이 책을 사랑하는 나의 부모님
비나 마하잔과 가우탐 마하잔 두 분께 바칩니다

차례

1
질문

   도시개발부 장관 아후자는 임신했을 때만 아내에게 끌린다는 말을 차마 아들에게 할 수 없었다. 아내의 아랫배가 매끄럽고 신기하게 부풀어오른 모습이나 아내와 조용히 체위를 바꿔가며 사랑을 나눌 때 느껴지는 태아의 심장박동이 좋았다. 부부의 빠르게 뛰는 맥박 아래서 희미하게 느껴지는 태아의 심장박동은 그를 진정시켜주었고 그가 순식간에 절정에 이르는 걸 막아주었다. 때때로 그는 엉뚱하게도 아직 눈도 뜨지 못한 태아가 자신을 빤히 쳐다보고 있거나 동생을 낳아달라며 아내의 바싹 마른 입을 통해 간청하고 흐느끼고 신음하는 모습을 상상하기도 했다.

   아침에 아후자는 장남 아르준과 함께 정류장에서 버스를 기다렸다. 태양은 불에 시뻘겋게 달군 철구鐵球처럼 델리 하늘에 걸려 있었다. 도시 전체가 도로에 피어오르는 아지랑이와 눈을 아프게 하는 반사광으로 당장에라도 폭발해버릴 것 같았다. 반들반들 윤이

나는 마루티, 도요타, 앰배서더 같은 차들이 금속 광택을 발하며 도로 위를 전속력으로 질주했다. 하늘에는 뭉게구름이 떠 있었다. 먼지가 회오리를 일으키며 백토白土 길 위로 내려앉았다. 현기증이 났다. 아르준과 함께 나무 그늘에 들어와 있어서 그나마 다행이었다. 중년의 장관인 아후자는 귀가 어두워지고 있었다. 모디 에스테이트 로드의 교통 소음은 그에게 희미한 폭포수 소리처럼 들렸다. 하지만 그 소음 속에서도 그는 아르준의 질문을 분명히 들었다. 아버지, 전 정말 이해가 안 돼요. 왜 아버지와 어머니는 계속 아기를 갖는 거죠?

장소가 장소인지라 아이는 조심스럽게 물었다. 그는 형제자매들, 그러니까 리타, 사힐, 라훌, 바룬, 타냐, 아니샤 그리고 리시가 버스를 타고 떠나자 아버지(아후자는 열세 명의 자식 가운데 학교에 다니는 여덟 명을 아침마다 정류장까지 배웅해주었다)한테 다가가 마치 크리켓 시합에서 공격과 수비를 정하기 위해 동전을 던지듯 불쑥 질문을 던졌다. 아르준은 의기양양해져서 고개를 돌리고 손가락으로 주머니의 찢어진 부분을 헤집는가 하면 털 많은 넓적다리를 벅벅 긁어댔다. 흰색 교복 바지는 너무 짧아 발목이 훤히 드러났다.

아후자와 아르준은 델리 운수조합의 스쿨버스가 기름을 줄줄 흘리며 불판 같은 도로의 아지랑이를 뚫고 굴러오는 것을 지켜보았다. 헤어질 시간이 다가오고 있었다.

결국 아후자는 머리를 굴려보다가 버스가 아이를 태우고 떠나기 전에 뭔가 대답을 해줘야겠다고 생각했다. "얘야, 내가 언젠가 요그라지 위원회의 조사 결과에 대해 말한 적 있지? 그 위원회를 전적으로 믿는 건 아니지만 조사 결과는 백 퍼센트 정확해. 인도에는 힌두교도가 더 필요하다는 얘기지."

"그럼 저는, 아니 우리는 아버지의 정치적 대의를 위해 태어난 건가요?" 아르준은 고개를 젖히며 곁눈으로 아버지를 보았다.

"그건 아니야. 하지만 너도 우리의 실정이 어떤지 알 거야. 이슬 람교도들은 아내를 여러 명 거느리고, 그들의 가족들은 계속 불어 나고 있어. 그렇지만 우리 힌두교도들은……"

"제 이름이 뭔지는 아세요?" 아르준이 물었다.

"그게 무슨 소리냐!"

책가방을 털레털레 흔들며 아르준은 버스에 올라탔다.

버스가 힘껏 속도를 높이며 도로로 올라섰다. 아이들의 몸이 일 제히 통로 쪽으로 기울었다. 물병들도 잠시 허공에서 흔들리며 내 용물이 이리저리 출렁거렸다. 아르준은 축 늘어져 있는 아이들 머 리 사이로 빈자리를 찾으며 속으로 불평을 했다. 자신이 중얼거리 는 법을 모르는 것을 아쉬워하면서(이 나라의 빌어먹을 정치인들은 힌두교도 수를 조금이라도 늘리려고 발악을 한다니까. 젠장. 젠장). 그 의 집에서는 중얼거리는 기술이 거의 쓸모없었다. 아버지가 반쯤 귀가 먹어서 아주 평범하고 일상적인 대화를 나눌 때도 결국은 그 혼자만의 중얼거림으로 그칠 때가 많았기 때문이다. 그나저나 이 게 웬 행운인가. 빈자리가 딱 하나 남아 있는데 바로 아르티의 옆 자리였다. 아르티는 인근에 있는 예수와마리아 여학교*에 다닌다.

---

* 델리의 일류 여학교.

아르준은 올해 열여섯 살인데 그가 여자애한테 말을 붙이기라도 하면 버스 뒤쪽에서 야유가 터져나왔다. 하지만 아르티는 그런 야유를 기꺼이 감수할 만큼 마음에 두고 있는 여자애였다. 그런데 오늘은 이상하게도 평소 야유를 퍼부으며 귀찮게 하던 아이들이 꼭 숙취에 시달리는 술꾼처럼 조용했다. 아르티가 읽고 있던 『프라디프의 물리학 안내』를 덮었다. 두 사람은 이런저런 얘기를 나누기 시작했다. 브라이언 애덤스의 불후의 명곡 〈Summer of '69〉에 관해서도 얘기했다. 그의 허스키한 목소리는 언제 들어도 매력적이었다. 아르티는 새로 나온 봄베이 콘서트 비디오를 봤을까? "네 어머니 집 현관에 서서 너는 우리의 사랑이 영원할 거라고 말했지. 그때가 바로 여름, 69년의 여름이었어"라는 멋진 노랫말로 애덤스가 얘기하려 한 건 무엇일까? 자신의 잃어버린 유년 시절? 성인이 된 자신의 모습?

아르준은 매일 아침 버스정류장에서 치르는 의식을 자신이 얼마나 싫어하는지 아르티에게 말하고 싶었다. 여덟 명의 아이가 귀가 어두워 잘 듣지도 못하는 아버지 손에 이끌려 보도에 줄지어 서 있는 모습이란. 여덟 명의 아이들은 정치인들의 변덕 때문에 서로 적대시하는 파벌과 집단을 연상케 했다. 각 파벌은 소리를 빽빽 질러대며 자동차의 앞 유리를 깨뜨리지 않고 리타의 물병을 도로 건너편으로 누가 가장 멀리 던질 수 있는지 가리는 어처구니없는 놀이나 벌였다. 그런 소란과 흥분은 버스가 도착해 허공에 발길질을 하며 소리를 질러대는 어린 폭도들을 태워갈 때까지 계속되었다. 물론 아르준의 가족은 폭도가 아니었다. 그의 가족은 행성과 위성 그리고 운석 들로 이루어진 태양계였다. 가끔 불타는 운석처럼 아기가 가족의 테두리 안으로 들어왔다. 바로 밑의 동생과 네 살이나 차이 나는 장남으로서(동생들은 서로 아홉 달에서 열두 달밖에 차이 나지 않는다) 아르준은 이 진화하는 태양계에서 지금까지 모든 행성의 역할을 해왔다. 명왕성, 태양, 목성 등, 위성을 제외하고는 모두 다. 그는 열세 살 때, 그러니까 어머니가 난산을 하고 나서 기력을 회복하는 동안 어머니를 대신해 우두머리 역할을 맡았었다. 동생들은 그를 가운데에 두고 궤도를 따라 돌았었다. 아이들은 신발 끈을 묶거나 넥타이를 비뚜름하게 매고 나서 그의 최종 판단을 기다리곤 했다. 그런데 지금은 어떤가? 지금 그는 다시 명왕성이 되었다. 태양계 가장자리의 추운 곳에서 제대로 대접도 못 받고 있다. 그는 지금도 네 명의 아기 동생들에게 자장가를 들려줘야 하고 또 임신중인 어머니에게 유행가를 휘파람으로 불어주며 기분을 맞춰줘야 한다. 그는 그의 주변을 도는 스물네 개의 감시하는 눈에 갇혀 있다. 그 눈들은 저녁 식탁에서 자신들의 영양 섭취에 큰 위협이 되는 존재로 그를 바라볼 뿐이었다.

아르준은 덩치가 가장 컸고 가장 많이 먹었다. 집에서는 사생활이란 게 아예 없었다. 그는 그게 무엇보다 못마땅했다. 바로 어젯밤에도 그랬다. 인도 표준시로 23시 35분에 그는 아기방에 들어갔다가 부모님이 사랑을 나누는 장면을 보고 말았다. 정확히 1.67초 동안이었다. 분홍빛 바닥에 놓인 세 개의 아기용 침대 사이의 비좁은 공간에서 물방울무늬 잠옷을 입은 어머니가 등을 바닥에 대고 반듯하게 누워 있었다. 아버지는 커다랗게 부풀어오른 어머니의 배 너머에서 알아들을 수 없는 말을 중얼거리며 식식거리고 있었다. 그의 얇은 파자마는 발목께에 걸려 있었다. 침대 속의 네 아기는 빽빽 울어대고 있었다. 아후자는 너무 당황한 나머지 고개를 돌렸다. 아르준은 깜짝 놀라 뒷걸음을 치며 복도로 나왔다. 부모님의 정사 장면이 그에게 남긴 인상은 생생한 사진이라기보다는 뾰루지에 가까웠다. 그 자신의 피부가 벌겋게 달아올라 드러난 것 같은 느낌. 그 장면을 목격한 순간 그는 의문에 휩싸였다. 어머니와 아버지는 어쩌자고 아직도 섹스를 하는 걸까? 두 분의 육중하고 둔한 몸이 포개지면 어떻게 될까? 드넓고 축 처진 서로의 피부 속에 파묻혀버리지 않을까?

그럼 그게 섹스야? 아니면……수영이야?

그전까지만 해도 아르준은 늘 아이들이 모두 학교에 가고 없을 때 부모님이 섹스를 할 거라고 생각했다.

아마 그랬을 것이다. 아마 부모님은 지금도 그걸 하고 있을 것이다.

그런 생각이 그를 괴롭혔다. 그는 부모님에 대한 복수로 버스에서 아르티에게 말했다. "말이 나와서 하는 말인데…… 혹시 우리 밴드에 대해 내가 얘기했던가? 최근에 브라이언 애덤스의 노래들을 연습했거든. 정규 앨범엔 실리지 않은 걸로, 알지?"

"정말이야?" 아르티가 물었다.

"응. 언제 한번 구경하러 와!"

그들을 태운 버스는 몇 개의 고가도로 위를 지나갔다. 운전사는 낡은 버스를 거침없이 몰아 내리막길을 내려갔다. 아르준은 그 고가도로들이 아버지의 콘크리트 작품이라는 것을 깨달았다. 고가도로들은 도시개발부 장관 아후자가 세운 야심 찬 계획의 일부로서, 신호등을 없애고 교통 흐름을 활발히 하기 위해 델리 전역에 건설

14

되고 있었다. 지금 이 순간에도 완공되지 않은 수많은 고가도로들이, 완만한 경사를 이루며 양쪽에서 솟아오르다 말고 공중에 걸려 있었다. 아직 이어지지 않은 두 개의 경사로는 서로 닿지 않은 두 개의 혓바닥 같았다.

문득 혓바닥이 포개지는 느낌이 어떨지 그는 궁금해졌다.

"나도 한번 보고 싶어." 아르티가 말했다.

어느새 학교에 도착했다. "그럼 다음에 봐. 잘 가." 그렇게 말하고 그는 세인트콜럼바 학교의 정문을 향해 돌아섰다. 아르티는 아무 대꾸 없이 그의 눈만 바라보았다. 좋은 신호였다. 아르준은 완전히 얼이 나가 있었다. 생각 같아서는 자신의 등이라도 탁 쳐서 정신을 차리고 싶었다. 아르티는 정말이지 예뻤다. 살짝 솟은 코, 무슨 얘기를 하든 관심을 보이며 들어주는 모습, 그리고 크고 맑고 차분한 갈색 눈. 아르티는 완벽, 그 자체였다. 그녀는 매일 아침 버스에서 머리카락을 한데 모아 왼쪽 어깨 위로 늘어뜨린 채 앉아 있었다. 그리고 아르준이 최대한 쉽게 읽을 수 있도록 공책의 오른쪽 모서리가 삐죽 튀어나오게 해두었다(그녀는 삼목 두기, 행맨, 플레임 등 주로 초등학생들이 하는 게임을 좋아했다). 펜은 언제나 마이크처럼 아르준을 향해 있었다. 올이 촘촘한 셔츠 너머로 팽팽한 브래지어 끈이 희미하게 비칠 때는 숨이 멎을 것 같았다. 무심한 표정으로 이따금 주변을 힐끗거리는 그녀의 눈빛은 순진하고 아주 매력적이었다. 눈썹을 익살스럽게 찡그리는 모습은 차량들의 별난 움직임에 시선을 빼앗긴 아르준의 관심을 단숨에 사로잡곤 했다. 그는 그녀의 필체를 날마다 흥미롭게 바라보았다. 아르준은 그녀의 굵은 글씨가 마음에 들었다. 눈에 확 띄는 청색 잉크 선이 움직이면 전구들에 하나둘 불이 들어오듯 백색 노트가 환해졌다. 그는 그 글자들 속을 마구 달려보고 싶었다.

하지만 지금은 저멀리 학교 예배당의 커다란 십자가가 그를 굽어보고 있었다. 갑자기 록 밴드를 한다고 아르티에게 거짓말을 한 것이 후회되었다. 그때는 그게 제법 괜찮은 생각 같았는데. 록 밴드는 항상 감시의 눈길을 보내는 부모님과 동생들이 그에 대해 알지 못하는 유일한 것이었다.

그는 록 스타였다.

2
다소 껄끄러운 비밀

아르준은 인정하기 싫어했지만 아르티에게 작업을 걸 수 있는 것은 그의 아버지 덕분이었다. 고가도로 건설은 도시의 풍경을 획기적으로 바꿔놓았다. 이 도시의 어디를 가든 수많은 돌기둥과 '작업 중'이라고 쓴 녹슨 표시판들, 그리고 하늘을 향해 삐죽 솟은 날카로운 철근들이 최면을 걸듯 흔들리는 모습을 볼 수 있었다. 그 때문에 버스로 팔 분이면 도착할 수 있던 곳이 이제는 자그마치 십오 분이나 걸렸다. 하지만 사람들은 델리가 번데기 단계에서 느리지만 조금씩 벗어나고 있다고 믿고 있었다. 루파 발라 당수는 신호등과의 전면전을 선포했다. 고가도로 개통은 인도와 파키스탄 간의 크리켓 시합에 버금가는 흥분되는 사건이었다. 통근자들은 일시적인 교통 혼잡을 기꺼이 감수하려 했고 곳곳에 드리운 거대한 남근 모양의 그림자를 개발에 따르는 부수적 현상으로 받아들였다.

오직 아후자와 도시개발부의 일부 직원만이 자신들의 계획이 잘

못되었다는 것을 알고 있었다.

한마디로 델리는 엉망이 되어가고 있었다.

아후자는 서재의 티크목 책상을 손마디로 세게 두드렸다. 2018년 뉴델리에서 완공 예정인 고속 고가도로의 정교한 종이 모형이 바르르 떨렸고, 초소형 자동차 몇 대가 고가도로 모형에서 아래쪽의 마분지 도로 위로 추락했다.

텅 빈 방 안이 공허하게 울렸다. 아후자는 자신의 서재에서 참을 수 없는 외로움을 느꼈다. 그 어떤 것도 그에게 흥미를 주지 못했다. 그가 아무리 귀가 먹었어도 빈방에서 쿵 하고 둔탁하게 울려 퍼지는 소리쯤은 들을 수 있었다. 아후자는 어젯밤 아기방에서, 그리고 오늘 아침에는 버스정류장에서 아르준과 어색하게 마주한 뒤로 속이 영 편치 않았다. 집으로 걸어오는 내내 그는 아들과 대화를 나누고 싶다고 생각했다. 외로움은 그의 문제들을 복잡하고 어렵게 만들 뿐이다. 그는 몹시 불편한 느낌이 들면 인파 속에 자신을 던져넣고 사람들의 스쳐 지나가는 눈길이 스프링클러에서 나오는 물처럼 자신을 깨끗하게 씻겨주는 느낌을 받고 싶은 충동을 가장 먼저 느낀다. 그런데 지금 그는 넓은 서재에 혼자 있다. 그의 눈앞에는 티크목 벽과 양탄자가 깔린 바닥뿐이었다. 그는 공허감을 정말 싫어했다. 서재에서든 집무실에서든 공허하고 적적한 느낌이 들면 무조건 싫었다. 자신의 대가족을 진두지휘할 때 그는 가장 행복했다. 한밤중에 자신의 도요타 퀄리스에 아이들을 태우고 인디아 게이트*로 달려가 아이스크림을 먹는 것도 좋았고, 과수원에

---

* 제1차 세계대전에서 전사한 인도 병사들을 기리는 기념물. 주변의 공원은 시민들

서 나무에 열린 탐스러운 과일을 스무 개가 넘는 호기심 어린 눈들이 뚫어지게 쳐다보는 모습을 곁에서 바라보는 것도 좋았으며, 소규모 부대처럼 그의 등에 들러붙는 아이들에게서 느껴지는 따스한 체온도 좋았다. 하지만 군중으로부터 그를 보호하는 것이 임무인 경호원들은 그 모든 것에 당혹스러워했다. 그의 경호원 두 명은 일이 없었다. 그들은 아후자가 재직 이 년째로 접어들었을 때 집무실까지 그를 수행하는 일을 그만두었다. 이제 아후자는 그들의 부재를 가슴 아프게 생각했다. 언제나 헌신적이고 열정이 넘치는 발완트 싱과 람 랄을 하인으로 일하게 해서 그의 초라한 가정을 꾸려가게 한 게 후회스러웠다. 두 사람은 아이들이 날마다 산더미처럼 벗어놓는 더럽고 지저분한 옷을 빨고 말리는 일을 하고 있었다. 때로는 두 사람이 집 뒤뜰에 있는 커다란 대리석판 옆에 웅크리고 앉아 담배를 피우며 젖은 청바지를 바위에 후려치는 게 보였는데 그 모습을 볼 때마다 아후자는 마음이 짠했다. 그리고 매번 부서의 공금을 약간 빼돌려 세탁기를 하나 장만하고픈 유혹을 느끼곤 했다. 그러한 유혹은 그의 사타구니에서 활활 타오르며 위로 올라와 급기야 얼굴을 찌푸리게 만들었다. 그럴 수는 없었다. 그는 절대 유혹에 넘어가지 않았다. 그는 아내가 빨래에 병적으로 집착한다는 걸 알고 있었다. 만약 세탁기를 구입하면 아내는 하루종일 세제를 뒤집어쓴 옷가지들이 한데 뒤엉켜 돌아가는 모습만 최면에 걸린 사람처럼 뚫어지게 들여다볼 것이다.

　이미 텔레비전에 그런 식의 중독 증상을 보이고 있지 않은가.

　이 야경을 즐기는 장소로 유명하다.

텔레비전은 그녀가 아이들을 돌보면서 시청할 수 있도록 아기방에 놓여 있었다.

아후자에게는 기분 전환이 필요했다. 채널을 돌리는 것처럼. 그는 의자에 몸을 기댔다가 등을 활처럼 앞으로 구부려서 자신의 빨간색 실크 넥타이에다 거칠게 기침을 했다. 그게 위로가 되었다. 이 실크 넥타이는 아내의 빨래에 당하지 않은 유일한 의복이었다. 따라서 이 넥타이는 그를 특징짓는 물건이었고 그가 정치인으로서 오랫동안 다양한 경력을 쌓으며 얻은 냄새와 세균 그리고 침(힘겨운 캠페인을 할 때면 몇 주 동안은 집무실에서 곯아떨어지는 경우가 많았다)으로 이루어진 소우주를 지탱하고 있었다. 넥타이에는 스트레이트 드라이브를 날리는 크리켓 선수들의 그림이 반복적으로 그려져 있었다. 그는 가장 가까이 있는 크리켓 선수를 보고 다시 기침을 해댔다. 기침을 하는 동안 마치 균이 흩어지기라도 할까봐 전전긍긍하는 사람처럼 넥타이를 동그랗게 말아올렸다. 그는 이 넥타이가 마음에 들었다. 그를 쓸데없는 사색에 빠지지 않게 해주었고 넥타이 냄새를 맡으면 기분이 한결 나아졌다. 그에게 넥타이는 가장 충직한 동료이자 그의 몸에 매달린 추종자였다. 정치인이 되고부터 입기 시작한 쿠르타*와 파자마의 헐렁한 옷차림에서 잠시나마 놓여날 수 있게 해주는 고마운 물건이기도 했다. 하지만 사실은 첫번째 아내인 라시미가 생일 선물로 준 것이라서 특별히 더 아꼈다. 아르준을 낳은 라시미는 오래전에 세상을 떠났다. 가족 가운데 라시미의 이름을 입에 올리는 사람은 아무도 없었다. 어떻게 그

---

* 칼라가 없고 헐거우며 기장이 긴 인도의 셔츠.

럴 수 있겠는가.

아르준은 자기가 라시미의 아들이라는 것조차 모르고 있었다. 다른 아이들도 모르기는 마찬가지였다. 아후자는 그 사실을 비밀로 하기 위해 그동안 온갖 노력을 기울여왔다.

그런데 오늘 아르준이 버스정류장에서 그만 그를 자극하고 말았다. 왜 아버지와 어머니는 계속 아기를 갖는 거죠? 아르준이 그렇게 건방지게 물었을 때 그는 이렇게 대꾸해주고 싶었다. 어젯밤에 네가 방해한 사람이 네 친엄마가 아니란 사실, 알고나 있니?

하지만 다행히도 그는 이슬람교도들을 희생양으로 이용할 정도의 통찰력을 갖추고 있었다.

그럴 때 그는 당의 동료들과 같아졌다.

지금 그는 몹시 풀이 죽어 있었다. 아후자는 자리에서 일어나 방 안을 서성거렸다. 그가 발을 움직일 때마다 바타 제화에서 만든 볼품없는 실내화가 옅은 남보랏빛 양탄자에 부드러운 골을 만들어냈다. 그는 새끼손가락(질책과 요구를 할 때 그가 즐겨 사용하는 무기)으로 탁자 위에 놓인 버저를 누르고 창가로 걸어갔다. 그리고 색을 입힌 유리창에 비친 자신의 모습을 바라보며 물기 맺힌 자신의 얼굴 너머에 펼쳐진 델리의 풍경을 무시하려고 애썼다. 그의 얼굴은 위안을 주는 곡선들의 연속이었다. 비록 잘생기지는 않았지만 항상 호기심이 가득해 보이는 얼굴이었다. 코 위쪽의 하얀 털을 중심축으로 눈썹은 위로 올라가 있고, 두 뺨은 말을 할 때마다 움푹 들어가면서 똑똑해 보이는 각을 만들어냈다. 작은 눈은 반짝이지는 않았지만 강렬했다. 올해 마흔세 살인 그는 전체적으로 무척 진지하고 열성적인 사람으로 보였다. 깡마른 얼굴에 아랫배가 튀어나왔고 꺼칠꺼칠한 수염을 기르고 있었다. 그는 유리창에서 얼굴을 조금 뒤로 빼면서 계속 자신의 모습을 주시했다. 유리창으로 얼굴을 점점 더 가까이 가져가면 어느 순간 자신의 모습을 볼 수 없어지는 것이 어릴 때부터 무척 신기했었다. 유리창의 반들반들한 표면에 떠오르는 자신의 허깨비에 아주 가까이 다가가면 그 눈을 들여다볼 수 있었다. 얼굴을 아예 유리창에 갖다붙이면 눈은 더 이상 보이지 않고 눈앞에 펼쳐진 도시만 볼 수 있었다. 도시는 이미 쓰여 있던 글자를 지우고 그 위에 새로 글자를 쓴 양피지 같았다. 그것은 뭐랄까, 비옥한 땅에 콘크리트라는 씨앗을 뿌려놓고 그것이 괴상하고 때로는 섬뜩한 모양의 싹을 틔우는 모습을 지켜보는 것 같았다.

다른 사람의 얼굴에 바짝 다가가면 무엇을 볼 수 있을까? 가령 남녀가 사랑의 행위를 할 때, 그때 상대의 얼굴 너머에서는 무엇을 발견하게 될까?

누구와 사랑을 나누는지에 따라 완전히 다르다는 사실을 아후자는 알고 있었다. 라시미와 사랑을 나눌 때는 그녀의 얼굴 너머에서 아무것도 볼 수 없었다. 그 너머에는 암흑뿐이었다. 검은 옷을 입은 크리켓 선수들로 가득한 시커먼 크리켓 경기장이었다. 탑처럼 우뚝 솟은 네 개의 경기장 조명은 마치 축복을 내리듯 모든 크리켓 선수에게 하나도 둘도 아닌 네 개씩의 그림자를 선사했다. 높은 곳에서 내려다보면 크리켓 선수들은 그림자를 길게 늘어뜨린, 다리 네 개짜리 컴퍼스의 정중앙에 박힌 자그마한 살점 같았다. 그와 그녀가 경기장 높은 곳에 올라서면 조명이 하나둘 꺼지고 두 사람만 남아 함께 칠흑 같은 어둠 위를 빙빙 돌곤 했다. 크리켓 선수들도 사라지고 컴퍼스도 사라졌다. 그가 그곳보다 더 있고 싶어한 곳은 없었다.

그칠 새 없이 아기를 갖는 바람에 항상 배가 불러 있는 산기타는 어떤가? 그녀와 사랑을 나눌 때 머릿속에 떠오르는 것들은 뭐였지?

타이거밤 연고와 좀약이 뒤섞인 것 같은 이상야릇한 냄새? 산기타한테서는 항상 그런 냄새가 났다. 끊임없이 마사지를 받아 번들거리는 몸? 항상 등허리를 짚고 있는 두툼한 왼손? 할머니 같은 신음 소리? 아몬드밀크 향의 입냄새? 턱에 난 여드름? 자랑스럽게 불룩 튀어나온 배꼽? 매력적이면서도 아슬아슬하게 부푼 아랫배?

그렇다. 바로 그게 문제였다. 산기타의 경우 선명한 이미지가 떠오르지 않았다.

사실 아후자는 어떤 이미지를 그리려고 시도한 적이 한 번도 없었다. 하지만 산기타에 대해 생각하자 흥분이 되면서 갑자기 열정이 되살아났다. 그는 서재를 나와 아기방으로 가서 문을 두드리고 안으로 들어갔다.

벽을 하얗게 칠한 커다란 방에는 모두 열 개의 아기침대가 놓여 있는데 현재는 그중 세 개를 생후 이 개월인 비크람과 생후 십일 개월인 기타와 소날리가 차지하고 있다. 산기타는 방 한복판에 있는 의자에 붙박이처럼 앉아서 뜨개질을 하고 있었다. 그녀는 올해 마흔 살이었다. 하지만 사람들은 그녀에게 "예순 살이라고는 도저히 믿기지 않을 만큼 젊어 보여요"라고 말하곤 했다. 두파타로 머리를 감싼 그녀가 잠시 고개를 들고 그를 쳐다보았다. 그녀는 키가 컸고 검은 머리는 커다랗게 쪽을 찌고 있었다. 낮에는 항상 회색 사리를 둘렀다. 기혼 여성의 품위가 느껴지는 옷감은 아랫배 아래 가랑이의 곡선을 그대로 드러냈다. 흘러내린 머리카락 몇 가닥이 얼굴을 덮고 있었다. 자신의 입술이 관능적인 것을 두려워하는 여자처럼 그녀는 입을 굳게 다물고 있었다. 물론 그녀의 입술은 작고 가늘지만. 천장에 매달린 선풍기가 삐걱삐걱 소리를 내며 돌아가고 있었다. 텔레비전에서는 인기 영화배우 아미타브 바찬이 중얼중얼 욕설을 하고 있었다.

창문 앞에 놓인 텔레비전이 자연광을 대신해 빛을 내고 있었다. 산기타는 자연광을 무척 싫어했다. 방에서는 타액과 존슨앤드존슨 베이비파우더 냄새가 났다.

아후자는 곧바로 고함을 지르기 시작했다. "아르준이 어젯밤 여기서 뭘 하려던 거지? 그 녀석이 여긴 왜 온 거야, 응? 녀석에게 아기들을 봐줄 필요가 없다고 내가 분명히 말했던 것 같은데. 그 녀석은 이제 다 컸어. 아기가 시끄럽게 굴어도 녀석이 침대에서 후닥닥 뛰어내려오지 않아도 된다는 말이야. 당신, 내 말 듣고 있어?"

처음에는 소리를 지를 생각이 없었는데 자기도 모르게 버럭 화를 내고 말았다. 원래는 아내의 발 앞에 무릎을 꿇고 앉아 그녀의 둥그런 아랫배에 대고 이런저런 말을 부드럽게 속삭여줄 생각이었다. 하지만 아기방으로 들어서자, 아들이 바닥에 널브러져 있는 부모를 발견하고 얼마나 추하고 역겹게 생각했을지 짐작이 가면서 새삼 수치심을 느꼈다. 그의 말에는 짜증이 묻어났다. 그는 다시 어둡고 매정한 모습으로 돌아가 있었다. 어제의 난처했던 상황을 다루는 신문 머리기사가 떠올랐다. 아후자 장관, '자기 집 방바닥'에서 성교육에 관한 새로운 법안을 내놓다. 이제 아기들은 아주 어린 나이에 성행위 장면을 '접할' 수 있을 듯.

"예, 듣고 있어요." 산기타가 말했다.

그녀는 목소리를 높이지 않았다. 습관과 체념 탓이기도 했지만 의도적인 면도 다분했다.

아후자는 아내의 대꾸는 듣지도 않고 말을 이었다. "참, 그리고 산티에게 사무실에 가져갈 키츠디* 좀 만들어달라고 해줘. 점심을 가볍게 먹어야겠어. 행사나 모임에만 가면 사람들 때문에 카슈미르식 음식을 잔뜩 먹어야 한단 말이야. 정말 부담스러워."

"산티는 떠났어요."

"떠나다니, 어디로?" 아후자는 얼굴을 찌푸렸다. 다음 순간, 그는 얼굴에서 짜증을 지우고 온화한 미소를 지으며 비크람을 번쩍 들어올렸다. 그리고 비둘기처럼 구구 소리를 내며 아기를 얼렀다.

"자기집이지 어디긴 어디겠어요?" 뜨개바늘로 코막음을 하며 산기타가 말했다.

"왜 이렇게 갑자기 떠난 거지?"

"수건을 집어던지더군요." 산기타가 중얼거렸다.

"그럼 해고한 거야?"

"예."

아후자는 한숨을 내쉬었다. 그는 비크람을 침대에 도로 내려놓고 아기의 배를 간질이다가 아내를 향해 돌아섰다. "당신 대체 무슨 짓을 한 거야? 한번 설명해봐. 산티가 당신한테 무슨 죄를 지었지? 산기타, 당신 같은 여자들 때문에 하인들이 언젠가는 노동조합

---

* 쌀밥에 렌즈콩과 양념을 넣고 비빈 인도 음식.

을 만들고 말 거야. 당신은 아랫사람이 조금이라도 마음에 들지 않으면 당장 해고해버리지. 그러고 나서는 아들한테 집안일을 시키고. 사람이 그러면 못써. 아르준을 하녀로 만들어버렸잖아."

"내 말을 안 들어요. 오늘만 해도 그래요. 옷장에 넣어둔 수건을 꺼내더니 버리려고 했어요." 산기타도 가만있지만은 않았다.

"아르준이 그랬다고?"

"그 여자가요."

"그 여자라니, 누구?" 아후자는 양손을 쳐들었다.

"하녀 말이에요."

"당신 그 말투 또 시작이군. 대체 누굴 말하는 거야?"

"산티요."

"그 여자는 해고됐잖아."

"그렇죠. 수건 때문에……"

"오, 라마* 신이시여. 산기타, 나도 그 수건들 봤어. 너덜너덜해져서 완전히 못쓰게 되었더군. 좀먹고 뻣뻣해졌잖아. 그런 건 좀 내다버려."

"알았어요. 그냥 위생 관리를 하려고 그랬어요. 당신도 위생 관리가 필요하다고 했잖아요." 산기타가 대나무 의자 위에서 몸을 약간 흔들며 말했다.

"위생?" 아후자는 헛기침을 했다.

"그래요. 변기에 하러 갈 때라든가 머그잔을 사용하고 나면 가끔 바닥이 지저분할 때가 있어요. 그때 난 수건을 사용해요. 위생

---

* 힌두교 최고 신인 시바 신과 양립하는 천신(天神) 비슈누의 일곱번째 화신.

은……"

"몇 번을 말해야 알아들어? 변기에 한다고 하지 말고 화장실에 간다고 하란 말이야!"

"미안해요……"

"산기타, 뭐가 미안하지? 우리 애들이 요즘 어떤지 알아? 모두 당신처럼 말하고 있다고. 제발 부탁이야. 첫째, 힌디어도 좋고 영어도 좋아. 둘 중 하나만 하란 말이야. 이도 저도 아닌 어중간한 말은 제발 하지 마. 이게 다 무슨 꼴이냐고. 수건은 내다버리고 하녀를 다시 데려와. 난 여기서 이러고 있을 시간이 없어. 저것들도 내다버리라고 내가 분명히 말했던 것 같은데." 그가 창턱에 놓인 오렌지들을 손으로 가리키며 말했다. "산기타, 저것들 좀 보란 말이야. 전부 시퍼레졌잖아. 곰팡이가 핀 거야. 아기들이 곰팡이를 계속 들이마실 텐데 그럼 건강에도 해로워. 그걸 모른단 말이야? 아기들이 천식이라도 앓으면 어쩌려고 그래? 이제 제발 그러지 마. 저런 걸 고이 간직해서 뭐하려고 그러는지, 나 원 참."

"알았어요. 알았으니 진정해요." 산기타는 그렇게 말하고 나서 냅킨으로 두 손을 닦았다. 그녀 뒤쪽의 접시에는 구겨진 냅킨들이 피라미드처럼 쌓여 있었다. "산카르 가족에게 줘버릴게요."

산카르는 그들의 하인이었다. 산카르가 십 년 동안이나 그들의 하인으로 남아 있는 것은 어찌 보면 기적에 가까웠다. 아후자는 장관으로서 하인들을 여럿 거느릴 수 있었지만 다른 하인들은 고용되고 며칠 지나지 않아 모두 해고당했다.

아후자가 끼어들며 말했다. "그런 짓 좀 하지 마. 그리고 제발, 오늘은 아르준한테 아무 일도 시키지 마. 기저귀도 갈아달라고 하

지 말고 마사지도 시키지 마. 아기들 운동시키는 일도 안 돼. 오늘
은 그 녀석과 얘기를 좀 해야겠어."

"알겠어요."

그녀는 잠시 머뭇거리다가 집안의 수호신처럼 떠받드는 텔레비
전을 손가락으로 가리키며 말했다. "저 사람이 죽었네요."

"응?"

"저 사람이 죽었다고요." 그녀는 힌디어로 다시 말했다. "워 마
르 가야Wo mar gaya."

"내일tomorrow, 뭐? 산기타, 방금 오늘이라고 말했는데 왜 내일이
라고 하는 거야? 난 오늘 녀석과 얘기를 하고 싶단 말이야!"

산기타는 포기했다.

3
뒤바뀐 신부

아들한테 무슨 말을 어떻게 해줘야 할까? 라케시 아후자는 무척 난감했다.

그런 건 집에서 흔히 있는 일이지 않아? 엄마가 아기를 무척 좋아해서 계속 아기를 갖고 싶어하잖니? 사람들은 그런 식으로 항상 섹스를 하는 거란다. 마을에서 달리 섹스를 할 수 있는 방법이 뭐가 있겠니? 흐음, 콘돔이 뭔지 아니?

그는 관용차인 앰배서더 뒷좌석에 몸을 기댄 채 운전사가 최근의 크리켓 시합에 대해 끊임없이 주절거리는 소리를 멍하니 듣고 있었다. 일터로 가는 중이었다. 오전 일곱시 오십분, 델리의 고요한 풍경에 그는 갑자기 행복감에 젖었다. 조금 있으면 천만 명이 잠에서 깨어나 하루를 시작하기 전에 차부터 한잔 마실 것이다. 그리고 믿기 어렵게도 동시에 모든 사람들이 오늘 이 도시를 철저한 파멸로 몰아넣겠다고 각오를 다질 것이다. 선팅된 유리창 너머로 보이는 이 시간의 도로들은 그늘이 진 것처럼 시원해 보였지만 실제로는 방금 구운 토스트만큼이나 뜨거웠다. 주도로의 중앙 섬에는 묘목을 심은 빨간 화분들이 줄지어 늘어서 있었다. 그는 아르준 다음으로 아끼는 리타가 열일곱 살이 되는 해에 묘목이 꽃을 피우기를 바랐다. 델리에서 가장 커다란 그림자 속으로 중앙 섬이 사라질 때까지 그는 거기서 시선을 떼지 않았다. 그림자의 정체는 세크리테리엇 고가도로였다. 고가도로는 대통령궁인 라슈트라파티 바반이 있는 쪽에서 가장 아름답고 복잡한 사암 건축물로, 사방으로 뻗어 있었다. 네 개의 팔과 녹지대로 조성된 네 개의 심실을 가지고 있었는데, 완만하게 구부러진 도로들은 상공에서 내려다보면 마치 거대한 연꽃이 활짝 피어나고 있는 것처럼 보였다. 창문을 내리자 바짝 마른 목 안쪽에서, 앞으로 석 달 뒤면 개통될 고가도로가 이 지역에 가져올 인구 집중과 밀집을 벌써부터 느낄 수 있었다.

그는 고가도로 아래 공간에 거지와 가출 청소년 그리고 노숙자의 판잣집을 마련한 게 내심 뿌듯했다. 그리고 노란색 난간을 붙잡고 차량들과 나란히 걸을 수 있게 된 것도 좋았다. 인도에서는 한 번도 보지 못한 풍경이었다. 구조물 전체를 하늘 높이 떠받들고 있는 기둥과 아치를 바라보면서 그는 도시를 다시 한번 식민지화해 버렸다는 걸 인식했다.

그는 사생활에서 오는 낭패감에서 자신을 건져줄 도시를 가졌다는 게 기뻤다.

아니, 도시가 아직 붕괴되지 않았다는 사실이 기뻤다.

그는 정치적인 문제들에 휩싸이기 전에 아르준에게 라시미에 대해 이야기할 필요가 있었다. 피할 수 없는 그 이야기를 몇 년 동안 미뤄왔는데 하마터면 오늘 감정을 주체하지 못하고 아들에게 비밀을 발설할 뻔했다. 그건 그렇게 감정적으로 처리할 문제가 아니었다. 아버지와 아들이 흉금을 터놓고 진지하게 대화를 나누어야 했다.

차가 부르릉 소리를 내며 고가도로 아래를 지나는 동안 아후자는 눈을 감았다. 고가도로의 배 부위는 보잉 747의 본체처럼 깎여 있었고, 도로 양쪽으로는 나무 이파리 모양의 날개 두 개가 드리워 있었다. 그 아래를 지나가는데 서늘한 기운과 구중중한 썩은 내가 차를 감쌌다. 잠시 뒤 그들은 그곳을 벗어났다. 아후자는 고개를 들고 자신의 어깨 너머를 돌아보았다. 고가도로 전면에 붙어 있는 현수막이 바람에 위태롭게 펄럭이면서 에이즈에 대해 신랄한 질문을 던지고 있었다. 하지만 사실 그 현수막의 실체는 〈누가 천만 루피를 획득할 것인가?〉라는 퀴즈쇼를 홍보하는 자극적인 방식일 뿐이었다.

라시미와의 첫번째 결혼은 우여곡절 끝에 이루어졌다. 그는 처음에는 우쭐거리며 중매결혼을 단호히 거부했다. 당시 그는 더부룩한 머리에 면도날처럼 날카로운 구레나룻을 기르고 인도공과대학 학위를 가지고 있었다. 그의 부모님은 꼭 결혼은 안 해도 좋으니 일단 여자들을 좀 만나보라며 조심스럽게 타협안을 제시했다. 결국 그는 굴복(결혼)하고 말았다. 사실 그는 스스로 굴복을 선택했다. 라시미는 아름다웠다. 그녀는 작고 호리호리한 펀자브 주 여자로, 두 뺨이 묘하게 오목했고 코는 오뚝 솟아 윗입술에 완벽한 그림자를 드리웠다. 두 사람은 그의 집에서 만났다. 양가 부모가 조심스레 지켜보는 동안 젊은 남녀는 한껏 격식을 갖추어 서로를 딱딱하게 대했다. 사람들이 떠났을 때 그는 부모에게 말했다. "도 저히 안 되겠어요. 이런 중매결혼은 정말 싫습니다." 그는 자신이 부모의 마음을 찢어놓고 있다는 사실을 알았다. 그의 부모는 몸이 편찮았는데 하루라도 빨리 자식이 결혼해서 정착하는 모습을 보고 싶어했다. 하지만 그는 언제부턴가 부모에게 복수를 하겠다고 마음먹고 있었다. 왜 그런 마음을 먹게 되었는지는 기억나지 않았다. 원만하지 못한 부모의 결혼생활 때문에 피해를 입었다고 생각해서 였을까? 부모가 그를 기숙학교에 보냈기 때문에? 그도 아니면 부모의 끊임없는 싸움 때문에 그가 어릴 적에 항상 주눅이 들어 있었고 무시를 당했다고 생각해서?

하지만 그날 늦은 시각에 그는 베란다에 놓인 큼직한 회색 전화기 위로 허리를 구부린 채 다른 발소리가 들리는지 귀를 기울였다. 그러고는 전화기 주변을 맴돌았다. 처음에는 원을 크게 그리며 돌았는데 나중에는 원이 점점 작아졌다. 그는 잠시 책장에 몸을 기대고 휘파람을 불었다. 마침내 그는 그 빌어먹을 전화기를 홱 낚아채서는 라시미에게 전화를 걸어 데이트를 신청했다. 그뒤로 그들은 여러 번 데이트를 즐겼다. 양처럼 순한 양가 부모는 자신들의 아들 딸이 사귀는 걸 전혀 몰랐다. 라케시는 〈샤라비〉라는 영화를 보는 동안 조심스럽게 그녀의 손을 잡았다. 라시미는 그를 무굴제국의 2대 황제인 후마윤의 묘로 데려갔다. 그곳에는 사람들 눈에 잘 띄지 않는 은밀한 장소가 있었다. 두 사람은 어느 무굴제국 신하의 곰팡내 나는 관 위에서 키스를 했다. 뉴델리 중심가인 코노트 플레이스로 숨어들어가 담배를 피우기도 했다. 그는 뉴델리의 식민지적 분위기가 거대한 빈민촌의 실상에 마땅히 쏠려야 할 관심을 다른 데로 돌리고 있다며 분개하는 그녀의 모습이 무척 마음에 들었다. 그런 것 때문에 절대 슬퍼하거나 씁쓸해하지 않으려는 그녀의 의지도 마음에 들었다. 그녀는 그가 아는 사람들 가운데 가장 진지했다. 그런 진지한 모습이 그 자신의 비극적 아이러니와 거부감을 상쇄하는 역할을 했고, 결국 사랑을 꽃피웠다.

어느 누구도 두 사람이 연애를 하고 있다는 사실을 몰랐다. 당시 그의 부모는 아들에 대한 기대를 모두 버린 상태였다. 그들에게는 라케시가 아무래도 정신을 놓고 있는 것처럼 보였다. 그는 델리에 있는 사 년 과정의 인도공과대학을 (우수한 성적으로!) 졸업하면서 토목공학 학사 자격을 얻었다. 당시에는 토목공학 전공자가 가장 인기가 좋았고 결혼할 때도 유리했다. 그런데 그가 하고 싶어 했던 것은 무엇인가? 그는 행정직 고위 공무원이 되어 평생 공직에 몸담고 싶어했다. 그것은 상상도 할 수 없는 일이었다. 자신에게 보장된 탄탄한 미래를 버리고 행정기관에 들어가 실력으로 인정받는 관리가 되겠다는 것이었다. 그는 공공사업부의 공무원이 되어 도시의 모양을 완전히 바꿔보고 싶었다. 라케시의 부모는 모든 것을 잃었다고 생각했다. 그들은 하나밖에 없는 자식이 곁길로 빠지려는 것을 바로잡아주느라 몹시 지쳐 있었다. 어느 날 라케시가 집에 돌아와 "어머니, 아버지. 저 라시미하고 결혼하겠습니다"라고 했기에 망정이지 그러지 않았더라면 그의 부모는 진이 다 빠져 죽어버렸을 것이다.

라케시는 부모에게 모든 것을 말했다. 그렇게 해서 부모에게 복수하겠다는 다짐도 허물어져버렸다.

라시미와 라케시는 결혼식을 올렸다. 결혼식에는 수많은 하이라 이트가 있었지만 피로연에서 아름다운 신혼부부가 가짜 왕좌에 앉아 있는 동안 친척들이 한 명씩 다가와 경의를 표하고 현금을 건넬 때보다 기분 좋은 장면은 없었다. 그는 연단의 높은 의자에 앉아서 손님들과 시선을 맞추고 그들이 축하 인사를 건네기 위해 줄지어 다가오는 모습을 느긋하게 지켜보는 게 무엇보다 좋았다. 그것은 자애롭고 무해한 과학과 같았다. 하지만 사람들을 조종하고 모든 사람에게 최대한의 이익을 가져다주기 위해서는 기술이 필요했다. 그것이 진정한 공학이었다. 그로부터 며칠 뒤에 그는 정복자처럼 보무도 당당하게 행정고시 시험장에 들어가서 시험 감독관을 향해 씩 웃어 보이기까지 했다. 하지만 이제 총각이 아닌, 유부남이 된 그는 책상에 앉아 원대한 꿈, 뉴델리와 찬디가르*의 설계도를 묵묵히 들여다보는 깡마른 건축가의 모습, 그리고 라시미와 나란히 이 완벽한 도시를 가로지르며 걷는 모습만 꿈꾸었다. 환상에 너무 깊이 젖은 그는 결국 시험에 낙방하고 말았다.

학문적으로 큰 좌절을 맛보고 나서 그는 뒤늦게 절박한 심정으로 미국 대학에 지원서를 보냈다. 버몬트의 BR 대학으로부터 긍정적인 답변이 왔고 토목공학 박사 과정을 밟을 수 있게 되었다. 비록 최고의 프로그램은 아니었지만 어쨌든 그는 미국으로 날아갔다. 라시미는 같은 학교의 언론 과정에 등록했다. 라케시는 교외생활의 엄청난 따분함과 겉만 번지르르하고 완벽해 보이는 미국 디자인에 익숙해졌다. 그는 미국이 싫었다. 반경 160킬로미터에 인

---

*인도 북부, 펀자브 주의 주도.

도 사람이라곤 그들 부부밖에 없었다. 그러다보니 자꾸만 남의 이목을 의식하게 되었다. 그는 델리의 수백만 시민 속으로 돌아가고 싶었다. 어떤 환경에나 잘 적응하는 라시미조차 외로움을 느꼈다. 미국에서 처음 맞는 겨울에는 눈이 많이 내렸다. 한겨울로 접어들자 인도에 대한 향수는 더욱 깊어졌다. 게다가 중앙난방장치까지 말썽을 부려 애를 먹었다. "이 나라는 콘돔을 끼고 사랑을 나누기엔 너무 추워." 라케시는 농담을 했다.

아홉 달 뒤에 아르준이 태어났다.

아르준은 모든 것을 변화시켰다. 라케시는 아기가 태어나기 전에는 미국에 머물러야 한다는 어떤 의무감을 느꼈지만(그는 자신이 책임감 강한 인간이라는 것을 아버지한테 보여주고 싶었다) 아르준에게서 고국으로 돌아가야 할 완벽한 이유를 발견했다. 자신들은 아들이 인도인으로 성장하길 바라지 않았던가? 손자를 키우는 일에 어느 정도 도움을 주고 싶어하지 않을 조부모가 어디 있겠는가? 어떻게 라시미 혼자 모든 일을 다 할 수 있겠는가? 하지만 놀랍게도 미국에 머물고 싶어한 사람은 라시미였다. 그녀는 아들이 깨끗한 공기(델리는 그녀를 천식 환자로 만들었다), 안전한 도로, 상쾌한 겨울 그리고 미국의 목가적인 환경을 마음껏 누리도록 해주고 싶어했다. 라케시는 그런 것은 없으며 너무 별난 외국인처럼 굴지 말라고 말했다. 환상에 사로잡힌 아내의 말에 그는 갑자기 기분이 나빠졌다. 그러자 아내는 아후자만 아니었어도 애초에 미국으로 건너오지 않았을 거라고 말했다.

"드라이브 좀 하고 올게." 라시미가 덧붙였다.

그때까지 두 사람은 하루종일 말다툼을 벌인 참이었다.

"이봐, 미안해."

"사과해봤자 소용없어. 당신 때문에 오늘 하루를 망쳤다고. 몇 달 만에 맞은 화창한 일요일인데 엉망이 돼버렸잖아. 당신은 뭐든지 자기 마음대로 하려 해. 원하는 걸 못 얻으면 어린애처럼 짜증이나 부리고 발끈하잖아."

"당신 말이 옳아. 미안해. 내가 말을 조심했어야 하는데. 당신은 전혀 별나지 않아. 당신은 수녀원 여학교에서 제대로 교육받은 가정적인 여자야. 문학사 학위도 있고 말이야. 게다가 피부도 얼마나 곱고 사랑스러운지."

"라케시!"

"그냥 농담한 거야."

"아무튼 난 드라이브 나갈 거야."

라케시는 밖으로 나가려는 그녀를 문간에서 장난스럽게 붙잡았다. "이봐, 아기 보는 사람은 따로 있는데 난 뭘 하지? 이럴 때 남자는 뭘 어떻게 해야 하는 거야? 아기가 가만히 앉아 있는 동안 20세기 남자는 어떻게 해야 아기를 잘 본다는 소리를 들을 수 있지?"

그녀가 웃음을 터뜨렸다. "베이비시터에게 청혼해서 인도로 데려가. 그 여자가 나보다 더 예뻐. 당신 부모님도 기뻐하실 거야."

아내를 한참 구슬린 끝에 그는 차에 동석해도 좋다는 말을 간신히 들을 수 있었다. 라케시는 그녀가 운전하는 동안 대화는 한마디도 나누지 않는다는 조건에 동의했다. 만약 그녀가 쇼핑센터에 들어가서 장을 보면 그는 두 손을 주머니에 찔러넣고 주차장에서 몸을 떨며 기다려야 했다. 그리고 만약 그녀가 주유소에 들어가면 산만한 아이처럼 스테레오에 붙어 있는 스위치나 만지작거려야 했다. 기사도 정신을 발휘한답시고 차에 기름을 채운다든가 하는 행동은 절대 금물이었다. 라케시는 이 모든 어처구니없는 조건에 동의했다. 라시미가 화가 나서 혼자 차를 모는 것이 무척 두려웠기 때문이다. 그녀는 한번 화가 나면 고집이 이만저만이 아니었는데 넋을 놓고 운전을 하는 통에 위험했다. 아내가 느끼는 분노의 대상이 그 자신인데도 그는 그녀의 옆자리에 앉게 되어 기분이 좋았다.

"당신, 정말 너무해." 이십 분 동안 차를 몰면서 한마디도 하지 않다가 쇼핑센터에 가까워지자 속도를 줄이며 라시미가 말했다.

"나도 알아. 안다고." 그는 그렇게 말하고 나서 씩 웃어 보였다. "그렇지만 당신도 만만치 않아."

그는 그렇게 해서 말다툼이 끝나리라는 것을 알고 있었다. 그녀는 남편의 손 위에 자기 손을 포갰다. 남편을 용서한다는 뜻이었다. 그렇게 감정싸움은 마무리가 되었다. 라시미는 폭이 좁은 도로 위의 비좁은 공간에 평행주차했다. 그녀의 주차 솜씨는 감탄이 절로 나올 정도였다. 그녀는 시동을 끄고 차도 쪽으로 내렸다. 바로 그 순간, 그녀는 오토바이 한 대가 자기를 향해 쏜살같이 달려오는 것을 보았다. 오토바이는 일방통행 도로에서 역주행을 하고 있었다. 사고는 눈 깜짝할 사이에 벌어졌다. 그것으로 라케시의 미국생활도 끝나버렸다. 오토바이는 그녀를 정면으로 들이받고 나서 뱅글뱅글 돌았다. 운전석의 열린 차문이 찌그러지면서 차 안에 쌓여 있던 잡지들이 흩어졌다. 충격을 받은 차는 (물살이 수문을 밀어 젖히듯이) 도로에서 뒤집어졌다. 충돌 순간 조수석에서 내리고 있었던 라케시도 땅바닥에 내팽개쳐졌다. 그는 파편 때문에 순간적으로 정신을 잃었다. 유리 조각에 왼쪽 고막도 찢어졌다. 양쪽 손바닥은 꺼칠꺼칠하고 차가운 콘크리트 바닥에 깎여 피범벅이 되었다. 머리 위의 찬란한 태양은 눈이 부셨다. 라케시는 정신을 차리고 도로 위에 일어나 앉아 누군가가, 아니 무언가가 달려와 자기도 들이받아주길 기다렸다. 하지만 아무 일도 일어나지 않았다. 어느 누구도 그를 위해 달려오지 않았다. 그는 다시 땅바닥에 쓰러졌다. 태양이 미쳐 발광하고 있었다. 두 시간 동안 그는 왼쪽 귀로 아무것도 들을 수 없었다. 그러다가 의사들이 작은 기적을 만들어냈고 그는 조금이나마 청력을 회복할 수 있었다. 그러나 라시미는 조금도 손을 써볼 수 없었다. 그녀는 즉사하고 말았다.

라케시가 이 일로 삶의 의욕을 모두 잃었다고 말하는 것은 옳지 않을 것이다. 오히려 친척들은 그가 아내의 죽음을 순순히 받아들였다고 했다. 그가 달리 어떻게 할 수 있었겠는가? 오토바이 운전자도 혼수상태에서 깨어나지 못하다가 한 달 뒤에 결국 세상을 떠났다. 그는 미국과 미국이 제시한 모든 약속을 거부하고 아들과 함께 인도로 돌아왔다. 그리고 그레이터 카일라시에 있는 휑뎅그렁한 집에서 다시 부모님과 함께 살았다. 라케시는 아르준을 제 할머니한테 맡겨두고 불같은 열정으로 정계에 뛰어들었다. 자기가 라시미를 만나 사랑에 빠진 건 부모님 탓이 아니라는 것을 그도 잘 알고 있었다. 부모님은 두 사람을 서로에게 소개해주었을 뿐이다. 그런데도 그는 부모님을 원망했다. 그는 자신의 파괴적인 기질도 모두 부모님 탓으로 돌렸다. 그가 독설을 내뱉지 않았더라면 라시미가 문을 박차고 나가 차에 오르는 일도 없었을 거라고 생각했다. 그는 부모님의 불친절과 서투른 요리 솜씨까지 탓했다. 인도 집을 처분하지 않았다면 라시미가 인도로 돌아오려 했을 거라며 그것까지 부모님 탓으로 돌렸다. 그는 불행을 유산처럼 물려준 부모님을 원망했다. 사실 그의 운은 그다지 나쁘지 않았다. 정말로 운이 나빴다면 그런 큰 사고를 당하고도 살아남았겠는가?

그가 무엇보다 걱정했던 것은 아들의 인생이었다. 아이 키우는 일에 젬병인 자기 어머니 때문에 아르준의 인생도 망가질까봐 두려웠다. 어머니는 이미 자식의 인생도 망쳐놓지 않았는가?

그래서 부모님이 재혼을 권했을 때 그는 그러마 하고 대답했다. 그의 무심한 대답에는 냉소와 반감이 배어 있었다. 부모님이 그토록 일찍 재혼을 권하자 화가 났기 때문이다. 전혀 돼먹지 않은 여자와 재혼해서 부모에게 복수하고 싶었다. 그리고 이제 세 살이 된 아르준을 위해서라도 재혼은 해야 했다. 정치인이 되고 싶은데 정치인은 아내가 있어야 하니 결혼을 하지 않을 수도 없었다. 그는 부모님이 조금도 관여하지 못하게 하고 혼자 일을 추진하기로 마음먹었다. 순전히 재미 삼아 광고를 꼼꼼히 들여다보고 신붓감을 신중히 골랐다. 그러고 나서 여자의 부모와 어색한 대화를 나누었고 약간 부끄러워하며 신부 지참금을 요구했다. 그런데 여자가 예뻤다. 재미 삼아 시작했던 일이 여자를 만나러 (혼자) 달하우지로 차를 몰고 가는 동안 원초적 욕정으로 변했다. 여자의 집안은 히마찰 지역의 지주로 전통적으로 상류계급이었다. 음식은 반짝거리는 은접시에 담겨 나왔다. 그는 여자의 아버지가 응접실로 딸을 데리고 들어오는 것을 지켜보았다. 비단 사리를 입은 그녀의 봉긋하게 솟은 젖가슴의 굴곡과 훤히 드러난 팽팽한 아랫배와 배꼽 그리고 귀에 달린 작은 귀걸이를 힐긋 보았다.

그는 자기 부모에게 결혼 청첩장만 건넸다.

"미국 사람이 다 됐구나. 달랑 결혼식만 치를 셈이냐? 친척들이 모두 뭐라고 생각하겠니? 친척들도 초대해야 돼. 초대는 우리가 하마. 결혼 전에 신부 얼굴도 안 보여주는 아들이 있다는 말은 들어보지도 못했다. 아샤의 사진조차 안 보여줬잖니. 우리를 이토록 홀대하다니." 그의 부모가 말했다.

"두 분은 그런 것밖에 신경 안 쓰시죠? 망신당할까봐 그렇게 두려우세요? 라시미가 죽은 지 한 달 만에 재혼하라고 저를 압박하기 시작하셨죠. 예, 저 이제 재혼합니다. 그러니 기쁘게 생각하세요."

결혼식을 올릴 때까지 몇 주 동안 그는 아침 일찍 일어나 욕실에서 자위행위를 했다.

결혼식 날. 천막 안에서 불 주변을 돌기 전에 그의 옆자리에 앉은 여자는 그가 만났던 여자가 아니었다. 얼굴도 더 못생기고 피부도 거친 것이 아무렇게나 빚어놓은 밀가루 반죽 같았다. 가슴은 납작했고 몸매는 균형이 잡혀 있지 않았다. 고집도 세어 보였다. 여자는 이를 드러내며 어색하게 미소를 지었다. 처음에 그는 여자의 얼굴을 보지 못했다. 얼굴이 온갖 금장신구에 가려져 있었기 때문이다. 여자가 재빨리 베일을 들어올리고는 그를 향해 얼굴을 찌푸렸다. 라케시는 너무 놀라 완전히 멍해졌다. 그는 생각했다. 이 여자가 그 여자라고? 화장을 안 한 건가? 내가 이 여자의 기분을 상하게 했나? 하지만 그게 아니었다. 그녀는 분명 그가 만났던 여자가 아니었다. 그의 옆자리에 있는 여자는 가슴이 아예 없었다. 라케시는 당장 자리를 박차고 일어나 그 바보 같은 행사를 중단시킬 수도 있었다. 천막 한복판에 서서 영화배우처럼 멋지게 모닥불을 발로 걸어찬 뒤 "이게 대체 뭘들 하는 짓이야?" 하고 고함을 지를 수도 있었다. 하지만 그는 그렇게 하지 않았다. 라케시는 자기한테 쏠려 있는 부모님의 시선을 느꼈다. 부모님의 얼굴에 덕지덕지 칠한 화장용 분이 볼썽사납게 떨리고 있었다. 분은 굵고 꺼칠꺼칠한 소금 같았다. 그는 무슨 일이 있어도 결혼식을 계속 진행해야 한다는 것을 즉각 알아차렸다.

어차피 부모님에게 앙갚음하려고 결혼하는 것 아닌가? 부모님은 이 여자가 애초에 결혼하려 했던 사람과 다른 사람이라는 사실을 믿어줄까? 아니면 라케시가 처음으로 당신들의 바람과 어긋나는 결정을 내렸다가 마지막 순간에 냉정을 잃고 그 결정을 번복했다고 생각할까?

그는 여자의 부모를 바라보며 반응을 살폈다. 저 사람들이 정말 이 여자의 부모일까? 여자의 아버지는 상체를 앞으로 숙이고 무릎을 어루만지고 있었다. 여자의 어머니는 기둥에 등을 대고 똑바로 앉아 있었다. 라케시는 호기심에 사로잡혔다. 느닷없이 나타난 이 여자, 이 낯선 신부는 대체 누굴까? 이 여자와 이 여자의 '부모'는 어떻게 감히 나를 이런 식으로 속여넘길 수 있을 거라고 생각했을까? 저 사람들은 내가 정말 이 여자와 결혼해서 같이 살 거라고 생각했을까? 이혼 전문 변호사들을 대기시켜놓고 결혼식이 끝나면 나를 남김없이 빨아먹으려는 수작은 아닐까?

우리가 영향력 있는 가문이라는 사실을 저 사람들은 모르고 있단 말인가?

그는 곧 마음이 편해졌다. 일단 결혼하고 나서 당장 이혼해버리면 된다. 결혼 절차가 완료되지 않았다고 주장할 수도 있었다. 하객이 많지 않은 단조롭고 초라한 결혼식이었다. 이런 결혼식이라면 짤막한 여흥 정도로 취급해버릴 수도 있었다. 어느 누구도 알지 못할 것이다. 그는 라시미가 죽은 후에도 같은 감정을 느꼈었다. 그때 그는 부모님 집에 있었는데 안을 기웃거리는 동네 사람들의 시선을 피하기 위해 사람들로 북적거리는 시장을 어슬렁거렸다. 시장에는 자기를 알아보는 사람이 아무도 없어서 마음이 놓였다. 그는 미로와 같은 군중 속으로 파고들어갔다. 하지만 머지않아 자신의 얼굴이 사람들의 관심을 끌고 있다는 사실을 깨달았다. 피부 밑에 쌓인 긴장과 진지함이 모두의 관심을 끌었다. 그는 사람들의 시선을 즐기기 시작했다. 사람들은 부러움이 아니라 경외감과 무의식적인 공감이 담긴 시선으로 그를 바라보았다. 그는 그런 공감을 갈망하기 시작했다. 그는 그런 공감을 불러일으키기 위해 표정에 변화를 주기 시작했다. 그는 자신을 위해 연기를 하기 시작했다. 라케시와 여자는 불길 주위를 돌았다. 그렇게 둘은 결혼했다.

4
록 밴드

학교에서 아르준은 다행히도 부모님의 성생활에 관한 생각에서 벗어날 수 있었다. 그는 록 스타였다. 그건 그가 늘 꿈꾸던 일이기도 했다. 그는 친구 라비와 그것에 대해 얘기를 나누었다. 이야기 내용 자체는 다소 소박했다. "야, 우리 밴드 하나 만들까? 꼭 밴드를 하고 싶어. 일렉기타도 치고 싶고."

"어제 무슨 일이 있었는지 내가 말했던가?"

이건 라비의 전형적인 응답 방식이었다. 어깨가 넓고 허리가 약간 구부정한 라비는 표정이 항상 냉소적인 아이였다. 그의 몸은 꼭 관처럼 생겼다. 말을 할 때는 지저분하게 자란 수염을 벅벅 긁었다. 그는 얘기하는 걸 좋아했다. 그에게는 항상 별난 일들이 일어났다.

아르준은 친구의 얘기에 귀를 기울여주었다. 라비는 자기 아버지가 새로 산 현대 산트로 자동차, 원숭이 그리고 개와 관련된 믿기 힘든 이야기를 늘어놓았다.

"그래서 어떻게 됐어?" 아르준이 물었다.

"그래서 내가 개를 자가용으로 치고 원숭이에게 경적을 울렸지."

라비는 이렇게 말하고 의기양양한 표정을 지었다.

"대단한데. 그건 그렇고 밴드에 들어올 거야?"

"그래." 그가 말했다.

"좋아. 그럼 나는……"

"우선 몇 가지 자잘한 문제부터 정리하자. 어떤 밴드를 할 거야? 얼터너티브 록, 얼터너티브 컨트리, 인디, 일렉트로, 일렉트로클래시, 랩록, 하드록, 메탈 가운데서 뭘 할 생각이야?"

라비는 세부적인 것들과 계획에 집착했는데, 그것이 자신에게 이득이 되게 하는 방법도 발견했다. 예를 들면 그는 시험 일정이 나오기 몇 달 전부터 시험 공부를 시작했다. 그렇게 해서 시험을 불과 일주일 앞두고도 여유를 부릴 수 있었고 심지어 테니스도 몇 게임 칠 수 있었다. 아르준은 그런 게 싫었다. 라비는 학교에도 제일 먼저 등교했다. 아르준은 그것도 마음에 들지 않았다. 게다가 라비는 뛰어난 드러머였다. 그는 소리가 자연스럽게 들릴 때까지 줄기차게 연습했다.

"우리는 록을 할 거야. 진짜 록을." 아르준이 말했다.

"록은 네가 생각하는 것처럼 그렇게 만만한 장르가 아니야."

"하드록을 하는 거야. 끝내주게 하드한 록."

이것도 라비에게는 충분한 답변이 되지 못했다. "좋아. 롤링 스톤스 같은 칠십 년대 하드록이나 브루스 스프링스틴 같은 팔십 년대 록, 아니면 오아시스 같은 구십 년대 록……"

"너네 엄마 같은 록."

"그런 게 어딨어. 나한테 설명해봐." 라비가 말했다.

"됐거든."

라비가 웃었다. "좋아. 밴드 하자. 나중에 미국 대학에 지원할 때 밴드 활동도 올려야지. 하버드는 당장 받아줄 거야. 너, 그거 알아? 내털리 포트먼이 모든 원서를 살펴본대."

두 사람은 쉬는 시간에 아누락과 디팍에게 갔다.

그들의 반응은 영 신통치 않았다. "뭐? 밴드? 그럼 시험 공부는 누가 하고? 너네 아빠가 대신 해준대? 우리는 연줄도 없어서 시험 망치면 큰일 나." 디팍이 씨익 웃으며 말했다.

"얘기나 들어봐." 아르준이 말했다. "심심풀이로 밴드를 하자는 게 아니야. 우리 아버지가 그러는데, 우리가 원하기만 하면 인드라 프라스타 고가도로 개통식에서 축하 공연을 할 수도 있다. 다음 달에 개통식이 있어. 너희한테 먼저 의견을 물어볼 생각이었어. 싫다면 할 수 없는 거고. 너희한테 친구라곤 나밖에 없잖아. 그래서 물어봤을 뿐이야. 너희가 밴드라도 안 하면 어떻게 여자애들을 사귈 수 있겠냐?"

"그거 재미있는데. 그러니까 지금 우릴 위해서 자선사업을 하겠다는 거야? 너네 아버지가 밴드를 하라고 시켰어? 아들이 학교에서 멍청이로 통한다는 걸 드디어 깨달으셨나보지?" 디팍이 말했다.

"학교에서 가장 멍청하지." 아누락이 말했다.

아누락은 디팍의 단짝이었다.

"말이 나왔으니 물어보자. 너네 장관 아버지께선 의회에 진출하려고 아직도 너네 엄마를, 그 뭐냐, 밤마다 힘들게 하신다며? 그렇게 해서 이 나라의 아버지라도 되시겠다는 거야 뭐야?"

디팍이 오른손 집게손가락을 왼손 주먹 속으로 집어넣었다 빼냈다 하며 말했다. 아르준은 이런 모욕에 익숙해져 있었다. 이제 라비, 디팍 그리고 아누락은 한통속이 되어 식구가 많은 아르준을 놀려댔다. 그들은 아르준에게 '찢어진 콘돔'이라는 별명을 붙인 적도 있었다. 아이들은 아르준을 여러 번의 피임 실패 가운데 첫번째 실패로 여겼다. 말하자면 그는 실패의 결과물인 셈이다. 하지만 아이들은 아르준에게 동생이 여섯 명밖에 없는 줄 알았다.

"아니야, 걔들은 아르준의 자식들이야." 아누락이 디팍의 등을 손바닥으로 치면서 말했다.

"한 대 맞고 싶냐?" 아르준이 얼굴을 찌푸렸다.

"왜, 노래를 불러보시지? 네 노래는 뺨 한 대 갈기는 거나 마찬가지잖아." 디팍이 말했다.

"맞아맞아. 얘가 부르는 노래는 뺨을 갈기는 거랑 똑같아! 목소리가 좀 거칠어야 말이지." 아누락이 코웃음을 치며 말했다.

"너 정말 미쳤구나. 꼭 그렇게 생각나는 대로 말해야 되겠어?" 디팍이 아누락에게 말하자 아누락이 입을 다물었다.

아르준은 친구들의 시시껄렁한 농담에 대거리하지 않고 더 중요한 일로 넘어가려 했다. "우선 밴드 이름이 필요해."

"세 녀석과 멍청이 아르준, 어때?" 라비가 말했다.

"밴드 이름으로는 괜찮군."

"찢어진 콘돔들, 괜찮지 않아?" 디팍이 제안했다.

"너 정말 한 대 맞고 싶어?" 아르준이 말했다.

"그게 제일 나은데!"

그때부터 일은 순조롭게 진행되었다. 밴드 이름을 가지고 토론을 벌이기 시작했으면 벌써 밴드는 결성된 거였다. 토론은 다른 세부적인 문제들로 이어졌다. 마땅히 거쳐야 하는 과정이었다. 밴드를 시작하려면 기본적으로 필요한 일이었다. 긴장과 폭력이 표면에 존재해야 한다. 밴드는 일종의 승화다. 예를 들면, 그들이 냉수기를 지나칠 때 나눴던 대화처럼. 라비가 자신이 마스터한 드럼 연주에 대해 상세하게 설명했을 때, 아르준은 초조한 표정으로 발꿈치로 서서 몸을 움직이다 자신이 보컬을 맡겠다고 선언했다.

그것은 유익한 선언이었다. 그는 어떤 악기도 연주할 줄 몰랐다.

그날 학교 수업을 다 마칠 때까지 (나스 선생님이 11학년 과정을 가급적 빨리 마쳐야 할 필요성에 대해 강의하는 동안에는 의미심장한 미소를 지으며) 아르준은 어젯밤 일—생생하고 충격적이면서도 진부한 사건—을 생각했다. 아르준을 혼란스럽게 만든 것은 어제 보았던 장면 자체가 아니라 자신이 부모의 성생활을 자꾸만 상상하고 싶어한다는 사실이었다. 그것은 결과가 고통스러울 것을 알면서도 굳이 비밀을 캐내려고 애쓰는 것과 같았다. 이를테면 책상에 놓여 있는 소형 선풍기의 날개 쪽으로 손가락을 가져가는 그런 것. 이것은 오만이었다. 그는 어젯밤에 보았던 장면을 잊으려고 노력하지 않았다. 아니, 오히려 그 장면을 기억에서 불러내 자신의 성적 공상으로 덮어버리고 싶었다. 아르티가 성적 환상의 대상이 아니라 진짜 섹스 상대가 될 수 있다면 좋을 텐데. 그녀를 데리고 기억 속의 집으로 들어갈 수 있다면. 나란히 누운 다음 부모님의 거친 숨소리를 그녀의 신음 소리로 지워버릴 수 있다면……

오후에 버스를 타고 집으로 돌아오면서 그는 자신이 얼마나 한심하고 어리석은 공상에 잠겨 있었는지 깨달았다. 아르티는 그런 여자애가 아니었다. 그녀는 순수하고 귀여웠다. 버스의 통로를 따라 걸어올 때 약간 어기적거리는 모습조차도 매력적으로 보였다. 눈꺼풀은 아래로 많이 처졌지만 코는 반대로 살짝 솟아 있었다. 게다가 그 머리카락이란! 그녀는 어느 방향에서 보아도 성적 매력이 넘쳐흘렀다! 아르준은 그녀의 무릎을 힐끗 쳐다보고 나서 위로 시선을 옮겼다. 부드럽고 따스한 느낌을 주는 그녀의 넓적다리를 감상하고는 고개를 끄덕였다.

그는 아르티가 버스 뒤쪽 자리로 갈 거라고 생각했다. 그런데 갑자기 되돌아오더니 그의 옆자리에 앉는 게 아닌가. 도저히 믿기지 않았다.

"밴드 활동 할 시간은 어떻게 내는 거야?" 버스가 출발하자 그녀가 물었다. "난 시간을 조금도 낼 수가 없어. 정말 따분하고 지루해. FIITJEE 때문에 항상 공부하고 있거든." FIITJEE는 인도공과대학 지원자들을 위한 학원이었다. "학교가 끝나면 버스를 타고 집에 가서 점심을 먹으며 〈행복한 나날〉이라는 프로를 삼십 분 정도 봐. 〈행복한 나날〉이 끝나는 시간에 맞춰 식사를 마쳐야 해. 그러고 나면 샤워를 할 시간이 있을 때도 있고 없을 때도 있어. 차를 타고 FIITJEE에 가면 네 시간 동안 꼼짝도 못하고 앉아 있어야 해. 그러고 나서 다시 차를 타고 집으로 돌아와. 그러면 일곱시 삼십분이야. 물리 과외 선생님은 보통 일곱시 사십분에 와. 과외 선생님이 오기 전에 간단히 라면을 먹지. 그러고는 또 두 시간을 꼼짝 않고 앉아 있어야 해. 그리고 밤 열시에 〈프렌즈〉를 봐. 이게 내 하루 일 과야. 정말 지긋지긋해."

아르티는 말하는 동안 스커트의 벨트를 손가락으로 쥐어뜯는 시 늉을 했다. 그녀의 얘기는 그다지 설득력이 없었다. 아르준에게 는 그녀가 자신의 고생과 지루함을 뿌듯하게 여기는 것처럼 들렸 다. 이번에는 아르준이 얘기를 늘어놓았다. 그는 어릴 적부터 노래 에 남다른 재능을 보여 교장의 특혜를 받았다고 말했다. 조회 도중 에 교장이 "아르준, 너는 보충수업을 안 받아도 돼. 시험 성적이 아 주 좋더구나" 하면서 소강당에서 음악 연습을 할 수 있게 해주었 다고 했다. 그리고 교장의 부인이 세상을 떠났을 때 교장의 부탁 을 받고 자신의 밴드를 데리고 가서 교장과 화장용 장작더미를 사 이에 두고 연주를 해주었다고. 눈물과 검댕 때문에 목이 메어 노래 를 부를 수 없었던 것은 그때가 유일했는데, 이글거리며 타오르는 불길과 열기 너머에서 교장이 밴드의 노래를 자기 방식으로 부르는 것을 목격했다고 말했다(기독교인의 아내가 왜 화장을 하는지 궁 금하게 여길 테지만, 음, 교장의 아내는 힌두교도였다). 그 얘기는 그쯤에서 마무리 짓고 그는 밴드에 대해 얘기했다. 그가 이끄는 밴 드는 일주일에 두 번씩 만나 세 시간을 연습하고 있으며 그 외에는 공부에만 전념하고 있다고 했다. 자신도 인도공과대학에 들어가고 싶으며, 자기 아버지가 인도공과대학 출신이니 집에서 얼마나 압 박이 심할지 이해할 수 있겠냐고 말했다.

보아하니 아르티는 이해하는 것 같았다. 그녀는 진지한 표정으 로 고개를 끄덕이며 말했다. "콘서트는 언제야?"

그는 자신이 아르티에게 어떻게 보일지 궁금했다. 머리카락은 흐트러지지 않았는지, 넓은 이마는 머리카락에 제대로 가려졌는지, 코 한가운데 우둘투둘한 상처가 있는 것을 그녀가 눈치채지는 않았을지 궁금했다.

"날짜는 아직 안 잡혔어."

아르티는 그가 구체적인 날짜를 언급하지 않자 얼굴을 찌푸렸다. 날짜를 말해주면 곰곰이 생각해보는 척하고 나서 자신은 너무 바빠 콘서트에 도저히 갈 수 없겠다고 말하려 마음먹고 있었던 것이다.

이제 그녀는 침묵을 지켰다.

"언제 한가해?" 아르준이 물었다.

그녀는 눈살을 찌푸리면서 생각에 생각을 거듭했다. "일요일밖에 시간이 없어." 그렇게 말하고 그녀는 덧붙였다. "그리고 일요일이라도 어떤 때는 바빠. 우리 아빠는 신앙심이 아주 깊은 분이라서 가족 모두 힌두교 사원에 가서 세 시간 동안이나 예배를 드려야 해. 얼마나 지겨운지 몰라. 먼저, 바닥에 앉아 있으면 성직자들이 향과 오일을 가져와. 우리는 '옴 브후르 브하바 스와하'를 쉰다섯 번이나 외워야 해. 나는 신의 존재를 믿어. 하지만 그런 걸 쉰다섯 번씩이나 주절거려야 해? 일요일에도 어떤 때는 가족과 함께 있어."

"그래서? 부모님이든 누구든 데려오면 되잖아. 콘서트는 고가도로 개통식 행사의 일부야. 우리 아버지가 장관이야."

"아버지가 장관이라고?"

"맹세컨대 부패한 관리는 아니야. 지금까지 가족 중에 뇌물kick-back을 받은 사람은 나밖에 없어."

그가 여자애들에게 흔히 하는 농담이었다.

"무슨 말이야?"

50

"축구 팀에서." 그가 말했다. (그는 한 번도 축구 팀에 소속된 적이 없었다.)

아르티가 웃음을 터뜨렸다. "아버지 성함이 어떻게 돼?"

"라케시 아후자. 도시개발부 장관이시지." 그는 재빨리 덧붙였다. "구자라트 폭동*과는 아무 관련이 없어."

"그래, 알았어."

"그리고 우리 아버지는 요그라지를 싫어해. 요그라지 위원회라고 들어봤어? 구자라트 폭동을 일으킨 남자가 요그라지야."

"그렇구나." 그녀가 말했다. 아르준은 자신의 허물없는 모습이 그녀에게 좋게 비치고 있다는 것을 알 수 있었다. "나도 그 사람 싫어해. 폭동이 일어났을 때, 처음으로 정치인이 되고 싶었어. 정말 너무 심하다고 생각했지. 요즘 세상에 그런 끔찍하고 야만적인 일이 일어나다니. 하지만 사람들은 내가 너무 이상주의적으로 생각한다고 놀려. 그리고 시간과 연줄이 없으면 정계에 입문할 수도 없어. 나는 둘 중의 하나도……"

나하고 결혼해! 나랑 결혼하면 돼! 아르준은 생각했다.

그때 버스가 멈춰서는 바람에 그는 그 빌어먹을 버스에서 내려야 했다. 오후의 따가운 햇빛이 쏟아지고 있었다.

이제 그에게 필요한 것은 콘서트를 개최하는 일뿐이었다. 날짜는 일요일로 잡아야 했다. 그런 생각을 하자 점점 흥분되었다. 그는 들뜬 마음으로 집으로 걸어갔다. 동생들을 모두 불러놓고 얘기

---

*2002년에 벌어진 힌두교도와 이슬람교도 사이의 충돌.

할 생각이었다. 어젯밤에 아기방에서 보았던 장면은 도저히 동생들에게 말할 수 없었다. 첫째, 그건 너무나 역겨운 장면이었으니까. 둘째, 이 나라 사람들은 항상 섹스를 하니까. 들판에서도 하고 오두막에서도 하고 버스에서도 그리고 심지어는 하인들 숙소에서도 그짓을 한다. 주인이 "이봐! 차이* 좀 만들어 와" 하고 소리치면 하인은 그짓을 하고 있다가 '빌어먹을! 십사억 어린이보다 십오억 어린이가 낫지 않아?'라고 생각하면서 주인의 명령에 콧방귀를 낄 것이다. 동생들에게는 그런 이야기를 차마 할 수 없었다.

그는 동생들에게 밴드 이야기를 할 생각이었다. 얘들아, 내 말 좀 들어봐. 내가 밴드를 만들었어.

동생들을 뒤뜰에 불러놓고 말할 것이다. 형이 어떤 여자애한테 강한 인상을 심어주려고 친구 세 녀석과 밴드를 만들었어.

그러고는 숱이 많은 머리를 두 손으로 쓸어넘기며 이렇게 덧붙일 것이다. 자, 들어봐. 내가 너희 삼각법 숙제를 도와줄 테니까 우리 밴드의 콘서트를 보러 와줘. 혼자 오지 말고 친구 다섯 명을 데려오는 거야. 되도록이면 여자애들로. 너희는 남녀공학에 다니고 여자애들은 남자들이 연주하는 록 음악을 정말 좋아하니까. 그래줄 수 있지? 가만, 팔 곱하기 오는 사십이니까 우리 콘서트에 그 정도 인원은 오겠네. 그렇게 해주면 수학 숙제를 도와줄게. 하지만 거절하면 부모님한테 바룬이 앰배서더 유리창을 박살냈다고 일러바칠 거야. 그리고 리시가 박살낸……

아르준은 아르티의 환심을 사기 위해 반드시 콘서트를 열 생각이었다. 그는 먼지가 휘날리는 길을 따라 집으로 걸어갔다.

---

* 인도식 밀크티.

5
사임

아후자는 아르준을 위해 공직에서 사임하기로 마음먹었다.

사임 결정을 내리는 것은 별로 어렵지 않았다. 지금껏 공직생활을 해오면서 무려 예순두 번이나 사직을 했으니까. 그는 나태한 분과위원회, 게으른 의회 그리고 오 개년 공약들 따위에 시달리는 무기력한 정치세계에서 정부가 행동하게 만드는 가장 빠른 방법은 울화통을 터뜨리는 것밖에 없다는 사실을 일찌감치 깨달았다. '사직서'를 제출하고 언론에 불평을 늘어놓는 것이 가장 효과적인 방법이었다.

예순두 개의 사직서에 명시된 사직 이유들은 대체로 다음과 같이 분류할 수 있다.

고속 고가도로와 관련하여 동료들이 그를 분노하게 했기 때문에: 37회

부정거래에 참여하라고 제안받았기 때문에: 15회

반이슬람교도 법안(이슬람교도와 힌두교도 인구의 비율에 맞춰 거리 이름을 고치자는 의견이나 이슬람교 침략자들이 약 천만 명의 힌두교인을 학살한 사실을 기억하자는 의미에서 힌두교도대학살기념관을 건립하자는 의견 등) 때문에: 6회

부정거래에 참여하라고 제안받지 못했기 때문에(모든 당원이 관련된 아주 보기 드문 거래에서 교육을 시켜야 할 자녀가 열세 명이나 되는 자신이 배제된 사실을 거론): 2회

가족계획과 관련하여 자신에게 쏟아진 비난성 발언 때문에: 2회

사직서를 제출하고 난 뒤의 일과는 항상 똑같다. 하루 정도 일을 하지 않고 쉰다. 전화가 와도 받지 않고 파일도 정리하지 않는다. 루파 발라 당수가 전화를 걸어 어떻게 된 일인지 물으면 그제야 라케시는 설명을 한다. 당수는 그를 달래기도 하고 우는소리도 하면서 저녁식사에 초대해 제발 자리를 지켜달라고 사정한다. 그녀는 타협을 하자고 말한다. 그러면 그는 일단 거절한다. 그녀는 그녀의 거대한 넓적다리 위에 올려놓은 자그마한 손을 바르르 떨면서까지 간청한다. 그는 마음이 흔들리고 결국 공직에 머물기로 한다. 콘서트에서는 앙코르를 예측하고 모든 것을 철저하게 준비해두는 게 무엇보다 중요한 법이다.

그렇게 되면 대부분의 문제는 해결된다.

지금 라케시는 도시개발부의 자기 집무실에 앉아 종이 반죽으로 만든 울퉁불퉁한 상자를 만지작거리고 있었다. 상자 안에는 지금까지 작성했던 예순두 개의 사직서가 들어 있었다. 그가 사직의 이유를 찾느라 이토록 머리를 쥐어짜기는 이번이 처음이었다. 그는

단지 하루 시간을 내서 아르준과 얘기를 나누고 싶을 뿐이었다.

그는 버저를 눌렀다.

뒤에서 헛기침 소리가 들렸다. 아후자는 뒤돌아보았다.

차 심부름을 하는 수닐 쿠마르가 버저 소리를 듣고 재깍 달려온 것이다. 수닐 쿠마르는 아후자 앞에서 상체를 약간 앞으로 기울인 채 공손한 자세로 서 있었다.

"차이 한잔 주게." 아후자가 말했다.

"알겠습니다. 장관님, 소수민족부에서 온 파일이 하나 있습니다."

그 말을 남기고 쿠마르는 방을 나갔다. 잠시 뒤 그가 차이만 들고 돌아왔다.

"파일은?" 아후자는 창문을 내다보며 수닐 쿠마르에게 물었다.

"파일은 여기 집무실에 있습니다."

수닐 쿠마르는 고함을 지르듯이 큰 소리로 말했지만 아후자와 그 자신은 그 사실을 알지 못했다. 몇 년 동안이나 함께 일하면서 두 사람 모두 비슷하게 귀가 먹었다.

"여기 없는데. 여기에 있었다면 자네를 부르지도 않았지." 아후자는 계속 유리창을 보며 말했다. 갑자기 그는 자신이 4층 높이 건물 위에서 열린 집회에 참석해 거대한 방탄유리 상자 속에서 점잖은 표정을 짓고 있는 현인이 된 기분이었다. 한 가지 흠이 있다면 청중이 그와 함께 상자 속에 들어와 있다는 것이었다. 그건 그로서도 어쩔 수가 없었다.

"장관님, 오늘따라 슬퍼 보입니다. 그리고 위대하신 분의 코가 유리창에 닿아 있는 건 썩 보기 좋은 모습은 아닙니다. 그렇게 생각하시지 않습니까?" 수닐이 말했다.

"뭐라고?"

"장관님 탁자에 있는 저 새 있잖습니까?" 그는 아후자의 탁자에 놓인 작은 골동품을 가리켰다. 자그마한 은색 새가 자신의 날카로운 부리 끝에 의지해 위태로운 자세로 휴식을 취하고 있었다. 그것은 마술에 가까운 자세였다. 몸통의 나머지는 떨어지기를 기다리는 시소처럼 허공에 매달려 있었다. "코는 위대하신 분의 무게중심이기도 합니다. 그래서 유리창에 코를 대고 밀게 되면 더욱 깊은 슬픔을 드러냅니다."

"무슨 허튼소리를 하는 건가. 바즈파이처럼 시인이 되려고 그러는가? 이제 파일을 주게."

"어떤 파일 말씀입니까?" 수닐이 물었다.

"내게 파일을 줬다고 방금 그랬잖나. 그래놓고 어느 파일이냐고 묻는 건가?"

"장관님……"

"소수민족부에서 보내온 파일 말이야!" 아후자가 돌아서며 고함을 꽥 질렀다. 코가 얼어버린 것 같은 느낌이 들었다.

"장관님, 그건……"

"뭐? 대체 뭐야?" 아후자가 물었다.

"파일은 새의 부리 밑에 있습니다."

그랬다. 그는 가느다란 집게손가락으로 봉투를 뜯고는 등사기로 조잡하게 찍어낸 한 장짜리 서류를 끄집어냈다. '조국 다양화 법령'이라는 제목의 법안이었다. 반들반들한 서류는 손이 베일 정도로 얇았고 흐릿한 불빛 아래 뒤가 비쳤다. 열흘 뒤에 투표에 부치기로 되어 있는 그 법안은 다양화와 국가 안보를 이유로 모든 이슬람교도의 강제 등록을 요구하는 사악한 파시즘적 서류였다. 이 주전에 내각회의에서 강하게 반대했던 것이라 아후자는 그 서류를 단번에 알아보았다.

작성자는? 악명 높은 요그라지 위원회의 우두머리 비니트 요그라지였다.

완벽했다. 사임의 구실을 찾고 있는 그에게 필요한 것은 바로 그런 서류였다. 비니트 요그라지는 그의 강적이었다.

아후자는 대체로 이동중에 자신의 편지를 받아적도록 했지만 오늘은 자기 책상에 앉아 자판을 두드려 한 자씩 적어나갔다.

경애하는 루파 당수님.

먼저 건강과 부가 항상 당수님과 함께하길 빕니다. 다름이 아니오라 동료 당원인 비니트 요그라지에 대해 말씀드릴 게 있어서 오랜 고민 끝에 이렇게 편지를 띄우기로 마음먹었습니다. 기억하실지 모르겠지만 저는 파키스탄의 크리켓 팀과 조지 부시만큼이나 요그라지에게 애정을 품고 있었습니다. 비유를 하자면 스물하나에서 서른한 살 사이의 사내들이 아랫입술 아래에 난 삼각형의 작은 수염을 아끼듯 그를 아꼈지요. 이 편지를 통해 그를 향한 비난의 말을 쏟아내지 않을 수 없게 되어 심히 유감스럽게 생각하며 미리 사과드립니다. 이 메일을 쓰고 나서 저는 사임을 하겠습니다. 제가 사임하더라도 하늘은 우리를 도울 것입니다.

······ 중략······

첫째로, 저는 '조국 다양화 법령'에 대해 언급하고자 합니다. 저는 그 반이슬람적 서류에 너무나 큰 충격을 받았습니다. 그래서 동료의 한 사람으로서 다음과 같은 제안을 드리려고 합니다. 그가 작성한 그 서류는 인도에서 힌두교도와 이슬람교도 사이의 대립으로 인한 폭동의 결과(즉 사망자 수)와 빈도(즉 시기)를 두고 내기를 하고 '폭동주식' 거래를 허용하는 법안입니다. 이것을 '폭동주식 거래 법안'으로 부르기로 하죠. 우리가 사람들을 죽이면 돈이 들어오는 겁니다!

돈 문제가 나왔으니 말씀드리겠습니다. 사흘 전에 저는 명예서기인 비니트 요그라지가 금목걸이를 이용해 윤리의식이 느슨한 도시개발부 직원 몇 명을 구워삶았고 그 결과 다르마록 사社가 일부 고가도로 건설 계약을 따낸 사실을 확인했습니다. 아시다시피 다르마록은 예전에 강간 혐의를 받은 적이 있는 그의 사위 프라남 바크시가 운영하는 회사입니다. 다르마록은 기준에 미달하는 자재를 사용한 다음 부당한 대금을 정부 부처에 청구하는 업체로 알려져 있습니다. 수익은 공공사업부 직원들과 비니트 요그라지의 가족이 이 대 팔로 나눠서 가져갑니다. 게다가 제가 워낙 정직하고 신앙 활동을 열심히 하기로 정평이 나 있어서인지 요그라지는 내각 표준 배당인 오 퍼센트조차 저에게 제공할 필요가 없다고 생각하는 것 같습니다(물론, 농담입니다!). 만약 그가 은밀한 제의를 했다면 저는 물론 검은돈을 받고 부정을 저질렀을 겁니다. 그랬다면 저의 훌륭한 도시개발부 차관이 로히니 근처의 회랑지대에 스물다섯 개의 고가도로를 추가로 건설하는 계획을 발표하기 전에 어떤 식으로든 개입했을 겁니다. 고가도로는 초등학교 위로 두 개, 심장연구소 위에 세 개 그리고 그 밖의 한 곳에(상하이는 아닙니다!) 하나가 건설될 예정입니다.

　요그라지의 사교생활에도 문제가 있습니다. 이 당에 오랫동안 몸담고 있는 사람으로서 저는 그의 사회적 행동을 못마땅하게 생각하고 있습니다. 요그라지는 이 나라의 수도이기도 한 도시 전체의 미래를 망칠 수도 있는 부패에 관여하지 않을 때는 사교모임, 텔레비전 쇼 그리고 결혼식에 참석하여 바보짓을 일삼고 있습니다. 그가 즐겨하는 가장 밉상스러운 행동은 자신을 소개하고 다니는 방식입니다. 명예서기의 '명예'는 영어로 하자면 'Honorary'인데 그 친구는 'Hony'라고 적힌 명함을 돌리는가봅니다. 'Hony'는 호색을 뜻하는 'horny'와 발음이 비슷하죠. 이 영어 단어를 얼마나 많은 사람이 알고 있는지 아시면 당수님은 아마 깜짝 놀라실 겁니다. 이름은 밝히지 않겠지만 요그라지와 친한 우타르프라데시 주의 한 의원이 처음으로 그 점을 지적했습니다. 저는 이 나라 전체가 우리 당원 가운데 한 사람을 마음껏 비웃고 있다는 사실이 너무나 안타깝습니다.

　그다음은 그가 다섯 살 이하의 아이들에게 인자한 할아버지처럼 키스를 하고 돌아다니는 문제입니다. 신문에서 많이 보셨을 테니 그 부분은 더이상 구체적으로 말씀드리지 않겠습니다.

　마지막으로 그 사람이 당의 상징을 바꾸자는 의안을 내놓은 사실을 알고 계십니까?

(본래 KJSZP〔H2O2〕당을 나타내는 그림은 둘레가 뾰족뾰족한 병뚜껑을 뒤집어놓고 그 위에 비누 한 개를 올려놓은 것이었다. 그 그림은 청결, 즉흥성 그리고 절약을 상징했다. 비누가 물에 닿으면

녹아서 크기가 줄어드는데 그것을 막기 위해 물이 닿지 않는 높은 곳에 비누를 놓아둔다는 의미이기도 했다. 그런데 불행하게도 카르길 분쟁* 당시 실시한 무작위 설문 조사에서 대부분의 사람들이 뒤집혀 있는 병마개를 전쟁에서 패배한 뒤 전복된 탱크라고 생각한다는 사실이 밝혀졌다. 게다가 인도에서 전쟁은 파키스탄에 유화적인 평화주의자들에게까지도 보편적인 애국심을 불러일으키기 때문에 여러 해 동안 당의 자원봉사자들은 탱크가 똑바로 보이도록 포스터를 거꾸로 붙이라는 지시를 받았다. 이제 탱크는 미끌미끌한 비누 바퀴를 달고서 언제든 돌진할 준비를 갖춘 것이다.)

요그라지가 제안하는 새로운 상징은 고가도로 아래에 소 한 마리가 서 있는 그림입니다. 이것은 저 개인에 대한 모욕일 뿐만 아니라 우리의 목표를 크게 오해하고 있는 것입니다. 우리의 목표를 말씀드리자면 첫째, 우리는 소들이 고가도로 아래에서 일시적이든 영구적이든 어떤 식으로라도 집을 구하도록 권하지 않습니다. 둘째, 요그라지는 이 나라의 거의 팔십 퍼센트의 소가 마을에 살고 있으며 이렇게 우뚝 솟은 고가도로를 한 번도 보지 못했다는 사실을 잊은 걸까요?

간단히 말해서 요그라지는 지역의 실정을 전혀 모르고 있습니다.

더욱 심각한 사실은 요그라지가 당의 방침에 충실한 당원이 아니라는 겁니다.

이런 이유로 저는 요그라지가 더이상 당에 남아 있는 것을 용납

---

* 여기서는 1999년의 인도와 파키스탄 간의 국경분쟁을 지칭한다.

하지 않겠습니다. 부디 필요한 조치를 취해주시길 바랍니다. 이미 많이 늦었습니다. 저는 과거에도 이런 당부를 드린 적이 있습니다. 단호하고 신속한 조치가 필요합니다. 제게는 비니트 요그라지가 고속 고가도로 프로젝트를 방해했다는 사실을 입증할 명확한 증거가 있습니다. 그러므로 그를 상대로 행동을 취해야 한다는 저의 요구가 관례를 크게 벗어나지는 않는다고 생각합니다. 정말이지 저는 이 대의를 위해 모든 것을 포기할 준비가 되어 있습니다.

저의 장관직까지도 말입니다.

저의 사직서를 수락해주십시오.

당수님의 충성스러운

라케시 아후자.

글을 쓰는 도중에 무슨 일인가 일어났다. 라케시는 자신이 변화했다는 느낌을 받았다. 참을 수 없는 분노로 맥박이 가쁘게 뛰고 호흡이 거칠어졌으며 체온이 급상승하고 있었다. 그는 자신의 청색 의자를 갑자기 홱 돌리고는 의자가 격하게 춤을 추다 서서히 멈추는 모습을 지켜보았다. 문득 루파 발라 당수에게 보내는 사직서가 정도를 넘었다는 데 생각이 미쳤다. 분노에 사로잡힌 나머지 가장 무례하고 직설적인 표현들(필요한 조치를 취해주시길 바랍니다. 이미 많이 늦었습니다. 저는 과거에도 이런 당부를 드린 적이 있습니다)만 남기고 전부 삭제해버린 것이다. 얼굴을 찌푸리는 것만으로도 슬퍼질 수 있는 것처럼, 사직 행위는 아후자의 내면에 잠들어 있던 복수심의 근육을 자극하고 말았다. 그리고 요그라지뿐 아니라 루파 발라 당수에 대한 역겨운 감정까지 부추겼다. 그렇다. 라케시에게 커다란 실망감을 안겨준 사람은 당수였다. 요그라지는 애초부터 인간쓰레기라 아무것도 기대하지 않았다. 하지만 당수는 그의 이상주의적인 계획을 부추기기만 했을 뿐 고속 고가도로 계획이 쓰레기 취급을 받는 동안 옆에서 지켜보기만 했다.

권력을 잡았을 때, 당수는 그를 도시개발부 장관에 임명했다. 그것은 그가 선택한 장관직이었다. 그녀는 조직의 규율을 정비하고 확실하게 조직을 이끌어나가는 그를 자주 치하했다. 라케시도 날아갈 듯한 기분에 당당하게 가슴을 펴고 바보 같아 보일 정도로 활기차게 일했다. 그는 취미 삼아 환경친화적 설계에 대해 몇 년 동안 공부한 적이 있었다. 그가 권력을 행사하게 되었을 때 그때까지 억눌려 있던 토목공학 지식이 좌뇌에서 곧바로 거침없이 쏟아져나왔다.

그 점에서 그는 특이한 사람이었다. 그는 자신의 지시에 따라 움직이는 기술자들과 비교했을 때 전혀 뒤떨어지지 않는 지식을 갖춘 장관이었다. 그의 취임 후 처음 몇 달 동안 모기가 들끓는 공공사업부 건물 지하에는 델리 종합계획도가 펼쳐져 있었다. 산호가 든 투명한 서진 두 개로 평평하게 눌러놓은 그 노란 문서. 그는 그 위에 2B 연필로 최대한 연하게 자신이 꿈꾸는 도시의 모습을 덧그렸다. 그것은 델리개발공사의 무성의하고 조잡한 오십 년 계획을 단번에 무너뜨리려는 획기적인 시도였다. 그는 자신의 시도에 반기를 드는 공무원은 모두 다른 곳으로 보내버렸다. 영리한 차관을 다그쳐서 낡은 관료 조직의 비밀을 캐내도록 했고, 게으름을 피우는 직원들의 봉급은 사정없이 깎아버렸다. 정치적 간섭이 심해서

괴로울 때는 사임하겠다고 협박했다. 〈인디아 투데이〉〈타임스 오
브 인디아〉〈힌두〉 같은 신문과 잡지 들, 위대하고 지성을 갖춘 중
산층 영웅을 고대했던 모든 출판물은 그의 장점을 부각시키고 그
의 시도를 찬양했다. 그들에게 유순한 검은 머리의 장관은 제2의
에드윈 루티엔스*였다. 그는 의회에서 졸음을 이기지 못하고 꾸벅
꾸벅 조는 구십대 의원들에 대한 해독제였다. 그는 양복에 넥타이
를 매고 다녔다. 인도공과대학 출신으로서 이메일과 인터넷도 능
숙하게 다룰 수 있었다. 또한 주변 사람들의 눈치를 보지 않고 소
신을 당당하게 밝히는 미국식 합리주의가 몸에 배어 있었다. 그런
면 때문에 그는 라지브 간디**의 기술관료 내각의 일원처럼 보였다.
아니, 두뇌는 기술관료들보다 한 수 위였다. 그에게는 확실한 계획
이 있었다. 그는 올림픽이나 아시안게임이 도시의 형태를 스텐실
로 찍어내듯 변화시키도록 내버려두지 않았고 임시방편식으로 전
도시의 도로를 타르로 포장하지도 않았다. 그는 초현대적이고 미
래지향적인 시스템을 구축하고 있었다. 밋밋한 순환도로에 고가도
로를 덧붙여 활기를 불어넣었다. 델리 인근 지역인 구르가온과 노
이다에서 인도공과대학까지는 이제 이십 분밖에 걸리지 않았다.
그것은 기적에 가까웠다. 끊임없이 오가는 차량들로 귀가 먹먹할
정도로 소음이 심한 고가도로 아래에는 노점들이 빼곡하게 들어
섰다.

　고가도로들은 저마다 건축학적인 특징이 있었다(호랑이, 코끼

---

* 1869~1944, 코노트 플레이스를 설계한 영국의 유명한 건축가.
** 1944~1991, 네루의 손자이자 인디라 간디의 아들이며, 인도의 8대 총리.

리, 자전거, 심지어 코뿔소 모양을 한 것도 있었다). 도로의 높이는 상당해서 그 아래에 자그마한 도시가 들어설 수 있을 정도였다. 콘크리트가 만들어낸 그 거대한 그림자 속에는 쇼핑몰과 정원 그리고 시장이 들어섰다.

현실은 최악의 불도저였다. 정치계의 압력과 요그라지 같은 멍청이들은 그의 계획을 일그러뜨려 완벽함과는 거리가 먼 모양으로 만들어버렸다. 라케시의 서재에 있는 종이 모형은 언젠가 델리에 밀어닥칠 문제들을 축소해서 보여주고 있었다. 교통 문제는 어느 정도 해결되겠지만 고가도로가 너무 많이 건설되어 도시는 콘크리트로 숨이 막힐 것이다. 이미 고가도로 때문에 2층 발코니에서는 지평선을 볼 수 없게 되었다. 또 고가도로 위에서는 일반 가정집 빨랫줄에 걸린 속옷이 펄럭이는 모습까지 훤히 내려다보였다. 델리의 모든 정치인은 실망한 자기 지역 유권자들을 달래기 위해 거대하고 시끄러운 근대화의 상징물인 고가도로를 이용하려 했다. 무슨 영문인지 어느 누구도 사암으로 만든 고가도로의 매력을 의심하지 않았다. 사람들은 산업화 이전의 무지와 순수로 고가도로를 믿었던 것이다. 그들은 장차 고속 운송이 가능할 것이라는 믿음과 기대로 몇 개월 동안 소음과 공해를 기꺼이 견뎌냈다.

물론 운송 사정은 크게 나아지지 않을 것이며 도시만 더욱 추한 꼴로 변할 것이다.

라케시는 씁쓸한 기분으로 이메일을 읽었다. 그는 이상주의 자체가 일종의 정치적 미성숙이라는 것을 알고 있었기 때문에 고속 고가도로와 관련한 실망감을 억눌렀다. 감정을 이기지 못하고 사직서를 제출함으로써 그는 당에서 성장할 수 있는 기회를 박탈당

할 것이다. 당수는 그런 명백한 무례를 묵과하지 않을 것이다. 그
녀는 여자라기보다 여신에 가까웠다. 당내에는 그녀가 발을 씻는
데 사용한 장미수를 마시는 의식이 있었다. 내각 개편 기간에는 장
관들과 의원들이 그녀의 정원에 텐트를 치고 자신들의 충성심을
과시했다. 그러니 당의 인기가 바닥을 치든 그게 무슨 상관인가.
당이 모든 주 선거에서 참패하든 말든 무슨 상관인가. 그러니 그는
언어 구사에 매우 신중할 필요가 있다. 그는 이 메일이 특별히 아르
준을 염두에 두고 작성되었다는 사실을 기억해야 한다……

　이런 젠장, 그만 '보내기' 버튼을 누르고 말았다.

　"여보, 나 사직했어." 그는 산기타에게 전화했다. "애들한테 점
심 먹으러 집으로 가고 있다고 알려줘. 애들한텐 내가 사직했다는
얘기 하지 마. 내가 집에 들어가서 직접 할 테니까. 애들은 모든 걸
알고 싶어할 거야. 그러고는 울음을 터뜨리겠지. 그러고 보면 당신
은 애들을 너무 야단스러운 성격들로 키웠어."

　"알았어요."

　아내는 잔뜩 풀이 죽어 있었다. 하기야 그녀로서는 그럴 만도 했다.

　아후자는 전화기를 내려놓았다. 머리가 어지러웠다. 아르준에게
라시미에 대해 무슨 말을 어떻게 해줘야 할지가 문제였다. 지난 십
년 동안 라시미는 그의 기억에서 점점 희미해지고 있었다. 그녀는
비유하자면 싱크대의 소용돌이, 가스레인지 위의 뜨겁고 푸른 불
꽃, 리본의 매듭이 풀리듯 풍겨오는 티슈 냄새, 다른 사람의 휴대
전화에서 느껴지는 정전기, 날카롭게 깎이다 못해 사라진 기억의
연필이었다. '여보'와 비단 사리, 우수에 젖은 눈빛 같은 말들과 함께

그녀에 대한 모든 기억이 이제 희미해졌다. 하지만 어젯밤에 파자마를 무릎 밑으로 내리고 정사를 벌일 때 라케시는 라시미의 몸이 필요했다. 그는 자신의 옆에 배부른 산기타 대신 라시미가 누워 있는 모습을 상상했다. 그래야만 제대로 일을 치를 수 있었다. 아내와 정사를 벌이다가 아들한테 들켜버렸지만 그건 아르준의 잘못이었다. 라시미를 영원히 죽인 것은 아르준의 무지였다.

6
누가 죽었는가?

아르준은 아버지가 점심을 먹으러 집으로 오고 있다는 소식을 경호원한테서 듣고는 남몰래 기뻐했다. 그건 식사 시간은 늦춰지고 콘서트를 구상할 시간은 좀더 늘어난다는 뜻이었다. 발을 거칠게 흔들어 신발을 벗는데 안창이 튀어나와 앞 베란다로 날아가는 게 보였다. 모디 에스테이트 12번지에 있는 아후자의 집은 낮고 폭이 넓은 방갈로였다. 집에서는 늘 장마철 냄새가 났다. 차양과 베란다가 많아서 빈둥거리는 사람들, 아후자의 심복들, 하인들과 하녀들, 숄 행상인들 그리고 지루해하는 경호원들의 안식처가 되었다. 아르준은 워키토키를 들고 설치는 사람들 사이를 지나갔다.

문을 열고 집 안으로 들어가면 회색 바닥이 보였고, 여러 대의 선풍기가 돌아가면서 바람굴을 만들어내고 있었다. 응접실은 아이들로 시끌벅적했다. 적갈색으로 꾸며진 응접실은 꼭 우중충한 미용실 같았다. 아르준은 아버지도 어머니도 미적 감각이 없다는 것을 깨달았다. 부모님은 실내 장식에는 전혀 관심이 없었다. 아후자가 장관이 되자 여기저기서 온갖 물건이 들어왔고 집 안은 선물들로 가득찼다. 서로 어울리지 않는 소파들, 괴상한 그림들, 발가벗은 영국 아이의 거대한 조각상까지. 조각상 앞에는 받는 것보다 주는 것의 기쁨이 더 큰 것에 관한 글귀가 새겨져 있었다. 아르준이 알기로는 그의 아버지가 주는 대로 다 받았기 때문에 그런 글귀를 새겨서 보낸 것이었다. 아버지는 신이 난 나머지 무분별하게 처신했다. 나중에는 자신의 호감을 얻으려고 애쓰는 사람들에게 생활에 꼭 필요한 것들을 보내달라고 부탁하기까지 했다. 그뒤로 아기 용품과 크림, 옷가지가 예비 지참금처럼 밀려들기 시작했다. 아후자는 아이들 버릇이 나빠질까봐 큰 아이들의 장난감과 옷가지를 빈민가 주민들에게 기부했다. 그는 언젠가 아르준에게 아이들이 버릇없어져서 망나니가 될 수도 있다고 말했었다. 물론 그는 자식들에게 이웃을 위해 베푸는 일도 가르쳤다. 집 뒤뜰에서 거창한 잔치를 벌이고 자식들에게 커다란 통 다섯 개에 담긴 음식을 지역 청소부들과 일꾼들에게 국자로 떠주도록 했다. 아후자의 대규모 식사 대접인 셈이었다.

아르준은 아버지가 끊임없이 밀려드는 선물, 사탕과 과자 그리고 음식을 해치우기 위해 아기들을 낳고 싶어하는 건 아닐까 생각했다.

제법 그럴듯한 추측이었다.

아르준이 욕실에서 노래를 흥얼거리며 손을 씻고 있는데 어머니가 문을 두드리고 안을 빠끔히 들여다보며 말했다. "너, 그거 봤니? 그 사람이 죽었어."

어머니는 그 말만 하고 욕실문을 닫았다. 이게 어젯밤 일에 대해 사과하는 어머니 나름의 방식일까? 아르준은 손에 물을 받아 머금었다가 하얀 거품을 내뱉으며 거울에 비친 자신의 얼굴을 바라보았다. 사람들은 항상 그를 보고 아버지를 닮았다고 말했지만 오늘은 영락없이 산기타를 닮아 보였다. 이마에 난 여드름이 마치 빈디* 같았다. 입술은 처지고 푸르스름했다. 그는 어머니가 성적인 존재라는 걸 알게 된 게 다소 재미있었다. 그는 지금껏 부모님이 낳아 기른 자식들 수가 부모님의 섹스 횟수와 같거나 그 이하일 거라고 여겨왔다(자식들 가운데는 쌍둥이도 있으니까). 주로 미국을 통해 배운 섹스의 개념이 어젯밤 산산이 부서지고 말았다. 여태까지 그는 섹스가 상당히 매력적인 금발의 벌거벗은 사람들 사이에서 이루어지는 자발적인 체액 전달이라고 알고 있었다. 부모님은 (아직도!) 서로에게 성적 매력을 느끼는 게 분명했다. 어머니와 아버지는 평소 서로에게 무관심한 척했고 서로를 냉소적으로 대했다. 그런데 알고 보니 그런 식으로 욕망을 억제하고 있었던 것이다. 어젯밤 그는 느닷없이 뛰어들어 부모님의 열정적인 사랑을 방해한 게 분명했다.

쉽지는 않겠지만 그는 존중할 수 있었다.

이제 남은 의문은 어머니와 아버지 중에 과연 누가 성욕을 강하게 느끼는가였다. 이런 의문은 이중생활을 하고 거짓말을 하고, 성인이 되면 수반되는 수많은 위험을 모면하는 게 가능한지에 대한 그의 생각을 완전히 바꿔놓을 수도 있었다.

---

* 인도 여성들이 미간에 찍는 빨간 점.

그는 세면대에 가래를 뱉었다.

아르준은 산기타가 아기방에서 손에 신문을 들고 침울하게 앉아 있는 것을 보았다. 어머니는 빳빳한 회색 사리를 입고 있었다.

"그 사람이 죽었어." 어머니가 아무런 설명도 없이 말했다. "여기에 있었는데 갑자기 죽어버렸어."

"아, 정말 안됐네요, 엄마." 슬픈 표정을 지으며 아르준이 말했다. "제가 모르는 사람 같은데…… 누구예요?"

"정말 좋은 사람이었지. 자기와 아무 관련도 없는 일꾼들에게 차도 대접하고 자선단체에도 기부를 많이 한 사람이야. 길거리에서 가난한 애들이 굴리며 노는 타이어들 많이 봤지? 모두 그 사람이 선물한 거야. 요즘 세상에는 아주 보기 드문 착하고 훌륭한 사람이지."

"듣고 보니 정말 안됐네요. 화장은 언제 한대요?" 아르준이 물었다.

"화장은 무슨? 요즘에는 그런 것조차 안 해주더구나."

"이슬람교도예요?"

"왜 그렇게 질문이 많니? 넌 텔레비전도 안 보니? 이슬람교인이라면 어떻게 자선행사를 하러 사원에 가겠니? 넌 자선단체에 기부하는 이슬람교도를 한 명이라도 본 적 있니?"

"아뇨." 아르준이 대답했다.

"그리고 회사를 운영하는 이슬람 여자를 한 명이라도 본 적 있어?"

"누가 죽인 건데요? 사인이 밝혀지지 않았으면 대개 부검을 해서……"

"욕조에서 휴대전화를 사용하다 죽었어." 어머니는 그렇게 말하고 한숨을 쉬었다. "하지만 그건 그이 잘못이 아니야. 그 사람들이 그이를 죽인 거지."

"그 사람들이라뇨? 신문에 기사가 나왔어요?"

"Zee TV에 나와서 알았지, 어떻게 알았겠니?"

아르준은 하도 어이가 없어 말문이 막혔다. 그는 자기 방으로 돌아갔다.

리타가 복도에서 키득거리고 있었다.

"〈복수심에 불타는 며느리〉에 나오는 모한 베디야. 내 생각엔 그 사람 계약 기간이 끝나서 극중에서 죽여버린 것 같아. 다들 좋아하는 배우잖아. 왜 죽였는지는 신이 아시겠지. 정말 매력 있고 정말 세련되고 정말 잘생기고 연기도 정말 잘하고 정말 자상하고 정말 부드럽고……"

7
요구와 대가

어머니와 화해하기 위해서는 텔레비전에 나오는 배우의 죽음을 애도했어야 하는데 아르준은 그걸 몰랐다. 필요한 일을 끝내자 동생들에게 부탁할 마음의 준비가 되었다. 부탁이란 다름 아니라 콘서트에 와달라는 것이었다. 쉽지 않은 일이라는 것은 아르준도 알고 있었다. 첫째, 평일 오후 두시 삼십분, 그러니까 한창 배가 고플 시간이었기 때문이다. 게다가 아버지가 곧 집으로 돌아올 것이었다. 둘째, 그의 집은 재앙이 유예된 상태나 다름없었다. 마치 1947년에 일어난 대규모 폭동과 같았다. 아이들은 사적인 영역을 말없이 무시함으로써 서로를 학살했다. 어머니 말처럼 어떤 때는 아그라 정신병원 같았다. 아버지는 불난 집이라고 표현하기도 했다. 하지만 아무리 많은 비유나 칭송도 충분할 수 없었다. 오늘날 인도에서 아이를 열세 명이나 거느린 가정은 재앙이나 다름없었다. 마블을 잃어버린 마블게임이었고, 결국 빙산에 부딪혀 중심을 잃고 흔들

리는 타이태닉호였다. 또 어떻게 보면 모글리가 빠진 늑대 무리 같
았다. 아이들은 지루해질 대로 지루해지면 지하드 용사들처럼 서
로에게 성전을 선포했다.

어느 날 어머니가 말했다. "미국 사람들은 왜 그렇게 끊임없이
불평을 해대는 거야? 여기는 날마다 9·11인데 말야."

어느 화창한 일요일 오전이었는데, 어머니는 텔레비전 화면으로
날아드는 가미카제식 종이비행기들을 꼬집어 그렇게 말했다. 아니
소리쳤다. 그 비행기들이 산기타가 즐겨 보는 여덟시 프로그램을
방해하고 있었다. 바룬은 응접실에서 능숙한 솜씨로 비행기 날개
를 접다가 소리쳤다. "엄마, 사힐이 엄마보고 오사마라고 했어요!"

하지만 죄 없는 사힐은 소파 위에 말없이 앉아 있었다. 파자마를
입고 무릎 위에 달걀 프라이를 얹은 채. 달걀 프라이를 담았던 접
시는 바닥에 떨어져 있었다.

"엄마, 저는 그런 말 안 했어요! 산카르 아저씨, 수건 좀 갖다줘요! 바
룬이 절 자꾸 놀려요!" 사힐이 소리쳤다.

타냐가 읽고 있던 『해리 포터』를 옆자리에 내려놓고 끼어들었
다. "바룬, 사힐이 무슨 짓을 했다고 그래? 왜 사힐을 자꾸 괴롭히
는 거야?"

바룬이 분개했다. "사힐이 엄마한테 나쁜 말을 했단 말이야."

"아냐, 사힐은 그러지 않았어. 네가 그랬잖아." 타냐가 하품을
하며 말했다.

"엄마더러 오사마라고 한 건 형이잖아!" 사힐도 화가 나서 소리
쳤다. 그리고 무릎 위에 있는 계란의 노른자위를 토스트 조각으로
찍어서 후루룩 소리를 내며 먹었다.

바룬은 아무렇지 않은 얼굴로 대꾸했다. "그래서? 재밌잖아. 안 그래? 농담한 지 오래됐잖아."

"하지만 바룬, 아니, 바이야……" 바이야는 형을 공손하게 부르는 말이었다.

"나보고 바룬이라고 했냐?" 바룬이 고함을 질렀다.

"내 이름이 바룬이야, 아니면 바이야야? 이거 맛 좀 볼래?"

물론 이거란 동그랗게 말아쥔 주먹이었다.

그러자 사힐이 꼬리를 내렸다. 그는 비행기를 날리지 않았지만 책임을 져야 했다. 그들 가족은 마피아 조직과 동일한 방식으로 움직였다. 뱀과 사다리로 뒤엉켜 있어서 나이가 더 많은 사람이 꼬리를 더 오래 흔들 수 있고* 경험의 사다리 발판을 기어오르는 동생들을 흔들어서 떨어뜨릴 수 있었다. 하지만 간교한 늙은 뱀이 되면 불리한 점도 있었다. 아쉬운 소리를 하려면 똬리를 틀어 자신을 감싼 다음 매듭처럼 단단히 조여 매야 했다. 푸는 데 몇 년이 걸릴 정도로 말이다.

아르준은 동생들에게 부탁을 하면 몇 년 동안 노예처럼 봉사해야 한다는 걸 알고 있었다. 그것은 빚이었다. 갚기 위해서는 몸의 일부를 떼어줘야 할 정도로 지독한 빚. 그러나 동생들한테는 그 살이 전혀 필요하지 않았다. 겉으로 보면 그 아이들도 같은 몸뚱이를 가지고 있으니까. 그래서 더욱 힘들었다. 그저 괴롭히기 위해 살을 요구했으니까.

---

* 인도에서 시작된 '뱀과 사다리 게임'에 대한 비유적 표현. '뱀과 사다리 게임'은 보드게임의 일종으로 주사위를 굴려 뱀에 해당하는 숫자가 나오면 유리함.

하지만 가족이라면 서로 부탁을 하는 시스템이어서는 안 돼. 서로서로 베풀어야 해. 아르준의 내면에서 진지한 목소리가 말했다.

그건 심한 공상이야! 그러한 공상은 디왈리*나 홀리**, 라키*** 또는 인도와 파키스탄 간의 크리켓 시합 때나 적용되었다. 하루 동안 모든 적대감이나 복수의 일념 따위는 묻어버리고 끔찍한 충성을 맹세하는 것이다. 끔찍하다고 하는 이유는 지독히 잔인하기 때문이었다. 가령 이런 식이었다. 네가 내 동생을 물풍선으로 때렸다며? 그럼 나는 너를 물풍선 일만 개로 때려주지! 네가 내 여동생을 깜짝 놀래주려고 폭죽이 일만 발이나 든 폭죽통을 샀다며? 그럼 나는 그 위에 물풍선을 던져버릴 거야! 그리고 폭죽이 일조 발이나 든 통을 사서 네가 죽는 날까지 터뜨려주지!

아르준도 이 가족의 일부였다. 그는 자기 집안이 어떤 식으로 돌아가는지 알고 있었고 자신이 저항에 부딪힐 거라는 사실도 알고 있었다. 자신의 요구라는 성냥을 동생들의 거친 반응에 대고 긋는 꼴이 될 것이다. 동생들 하나하나를 상대로 유화정책을 펼 필요가 있었다. 예를 들어 바룬의 경우에는 바룬이 지금껏 저지른 죄들, 즉 뒤뜰에서 위험천만한 크리켓을 했던 일이며 집 뒤에 도랑을 팠던 일을 눈감아주어야 할 것이다. 작고 단단한 크리켓공이 바람을 가르는 소리와 함께 날아오면 아후자의 집에 있는 사람들은 가슴이 벌렁거렸다. 날아온 공이 자동차 앞창을 깨뜨린 적도 있었

---

* 힌두교의 빛의 축제.
** 힌두교의 봄맞이 축제.
*** 여자가 오빠나 남동생에게 자신을 보호해달라고 손목에 매어주는 끈.

다. 그렇지만 바룬이 저지른 최악의 사건은 뭐니뭐니해도 공을 쳐서 하인 산카르의 최신형 아틀라스 자전거를 망가뜨린 일이었다. 아르준은 그 장면을 목격했다. 공은 자전거의 뒷바퀴 살을 정통으로 맞혀 부러뜨렸다. 불쌍한 하인은 자신의 귀한 자전거가 왜 망가졌는지도 모른 채 눈물을 흘려야 했다. 자전거는 산카르가 자기 돈으로 구입한 것이었다(자전거를 구입할 때 그는 자기도 자수성가하고 싶다며 라케시의 도움을 거절했었다). 그는 휴대전화를 귀에 붙이고 자전거를 타길 고대하고 있었다(휴대전화 비용은 봉급에서 조금씩 제해서 갚아나가기로 라케시와 약속했었다). 그런데 그런 불행을 당하고 만 것이다. 이제 바퀴살은 그가 안장에 앉을 때마다 갈빗대처럼 부러질 것이다. 바룬은 자신의 잘못을 감추기 위해 온갖 잔인한 말과 행동을 서슴지 않았다. 키가 150센티미터밖에 안 되는 불쌍한 산카르가 상체를 구부리고 바퀴살을 들여다보고 있으면 다가가서 "뭐 해요? 아저씨가 물레나 뭐 그런 걸 돌리는 간디라고 생각하시는 거예요? 거기 그렇게 앉아서 옷감이라도 짜시게요?" 하고 뻔뻔하게 말하곤 했다.

바룬은 아르준이 창문에서 우연히 사건을 목격한 사실을 몰랐다. 아르준은 그동안 틈틈이 모아온 용돈을 산카르에게 주면서 자전거를 수리하는 데 보태라고 말했다. 산카르는 돈을 받지 않으려 했다. 그는 분통을 터뜨리며 말했다. "이런 짓을 저지른 놈을 반드시 잡고 말 겁니다. 놈을 찾아내면 저도 놈이 타고 다니는 자전거를 박살내버릴 거예요."

어느 날 아침, 버스정류장에서 아르준은 결국 바룬에게 자신이 목격한 내용을 털어놓았다.

"그래서 어쩌라고? 산카르는 하인이잖아." 바룬이 말했다.

"나오는 대로 내뱉지 말고 생각 좀 하고 말해." 아르준은 동생을 나무랐다. "내가 아버지한테 다 일러바쳐도 돼? 어쩌면 산카르 아저씨한테 직접 말할 수도 있어. 그러면 아마 산카르 아저씨는 네가 학교에 가져가는 물통에다 밤마다 열심히 침을 뱉어놓겠지. 어쩌면 네가 마실 망고 밀크셰이크에 손톱을 잘라 넣을지도 몰라. 앞으로는 집 주변에서 함부로 크리켓공을 날리지 마. 알았어? 일주일 동안 직선 드라이브만 연습하라고."

"존경하는 판사님, 죄송하지만 혹시 판사님이 크리켓에는 아예 젬병이라서 그런 식으로 말씀하시는 건 아닌가요? 산카르는 배드민턴을 아주 싫어하는데 판사님은 그런 산카르에게 배드민턴을 치자고 항상 강요하시잖습니까?"

"좋아, 그럼 얘기는 끝났군. 난 단지 너보다 돈이 없는 사람한테 잔인하게 굴지 말라고 당부하려 했을 뿐이야. 그런데 널 보니 선택의 여지가 없네."

"아니 내 말은 그게 아니라……" 바룬이 겁을 집어먹고 움츠러들었다.

"알았어. 그럼 지금부터……" 아르준이 말했다.

"형 내 말 좀 들어봐. 형도 알잖아, 난……" 바룬이 애원했다.

하지만 아르준의 태도는 강경했다. "지금부터 넌 테니스공으로 크리켓을 해야 할 거야."

테니스공은 여자애들이나 갖고 노는 것이었다. 바룬은 이제 거세당한 것이나 마찬가지였다. 하지만 그게 어딘가. 아버지가 크리켓을 금지하는 것보다는 낫지 않은가(아버지는 좀처럼 화를 내지 않는 분이지만 한번 화가 나면 온 집안을 뒤흔들어놓았다). 거대한 요요 같은 목울대를 감출 정도로 교복 셔츠 깃을 한껏 세우는 남자 중의 남자인 바룬조차도 아버지를 두려워했다.

아르준은 바룬이 경솔한 발언을 취소하고 용서를 구할 거라고 확신했다. 바룬은 버드나무 방망이가 코르크로 만든 크리켓공을 후려치는 느낌이, 온몸을 훑고 지나가는 방망이의 환상적인 떨림에 심장이 멎을 것 같은 순간이 그립다고 말할 것이다.

아니나 다를까 바룬은 경솔하게 내뱉은 말을 취소했다. 그제야 아르준의 감정도 누그러졌다.

리시만 제외하고 다른 동생들도 비슷한 반응을 보였다. 리시는 형이나 누나가 기분이 안 좋은 듯한 반응을 보이면 곧바로 사과했다. 그는 바룬, 라훌, 타냐, 리타 그리고 대체로 온화한 아르준한테까지 워낙 심하게 시달려서인지 발음이 경쾌한 느낌을 주는 영어 단어 'sorry'에서 안식을 찾으려 했다.

리시가 자주 쓰는 문장은 이랬다. "쏘오리. 쏘리. 쏘리. 쏘오오리 이이. 쏘오오오오리."

상대방이 리시의 말이 끝났다고 생각하는 순간 그는 다시 절묘하게 '쏘리'를 연발했다. "쏘리 쏘리."

"알았어. 알았으니까 제발 그만해. 입 닥치란 말이야!"

"쏘리 쏘리 쏘리 쏘리 쏘리 쏘리 쏘리 쏘리 쏘리 쏘리 쏘리 쏘리

쏘리 쏘리."

"바보 같은 자식. 저녁 먹을 시간 다 됐단 말이야."

그들은 식탁으로 몰려간다. "쏘리 쏘리 쏘리, 정말 형, 정말 쏘리, 그런데 차파티* 좀 넘겨줘. 쏘리 쏘리 쏘리 쏘리 쏘리……"

"지금 뭐 하는 거냐?" 라케시가 묻는다.

"쏘리, 아빠. 쏘리 쏘리 쏘리 쏘리 쏘리 쏘리 쏘리……"

"뭐라고? 아르준, 쟤가 지금 뭐라고 주절거리는 거냐?"

"아버지, 리시는 그러니까 미안하다고 쏘리 쏘리 쏘리 쏘리 쏘리 쏘리……"

"너도 같은 소리만 하고 있구나. 젠장, 뭐라고 하는 거야?"

"저는 아버지가 알고 싶어하시는 게 이거라고 생각했어요. 리시가 무슨 말을 하는지 물으셨잖아요."

"왜 자꾸 저런 말을 주절거리지? 응?"

"아버지, 다시 한번 말씀드릴게요. 리시 아후자, 그러니까 아버지의 아들은 지금 쏘리 쏘리 쏘리 쏘리 쏘리 쏘리 쏘리 쏘리 쏘리 하고 주절거리고 있다니까요."

---

* 쌀가루를 물로 되게 반죽하여 팬케이크처럼 얇게 펴서 철판에 구운 것.

"아르준 형, 아빠가 형한테 내가 뭐라고 하는지 말하게 시켜서 정말 쏘리. 아니, 나는 정말 쏘리 쏘리 쏘리 쏘리……"

리시는 이름만 불러도 자동으로 '쏘리'가 튀어나왔다. 리시에게 말을 할 때나 이름을 부를 때는 목소리의 크기까지 조절해야 했다. 그러지 않으면 자기를 나무라는 줄 알고 쉴 새 없이 '쏘리'를 내뱉을 테니까.

집에서 대화할 때의 규칙들은 아르준에게 에둘러 말할 수 있는 여지를 주지 않았다. 아르준은 알고 있었다. 식구들에게 어떤 사실을 이해시키고 싶으면 힘주어 단호하게 말해야 한다는 것을. 자신의 고통을 감춰서도 안 되었고, 자신의 고민을 식구들이 예리하게 알아차려주길 기대하는 건 어리석은 일이었다. 발밑만 빤히 내려다보며 넌지시 에둘러 말하다가는 어느새 다른 대화로 넘어가 자신의 말은 묻혀버리고 말았다. 이 집에서는 항상 재빠르게 행동해야 했다. 그리고 말을 할 때는 항상 상대를, 아그라 정신병원에서 적어도 십 년을 보내며 전기충격 요법을 거뜬히 견뎌낸 사람처럼 대해야 했다.

아르준은 타냐에게서 불꽃 튀는 반응을 예상했다. 타냐는 자신의 까무잡잡한 외모를 빌미로 삼아 감정을 벼락처럼 발산하곤 했다. "리타에게 물어보지그래." 타냐는 그렇게 말하곤 했다. "리타는 친구가 많잖아." 슬프지만 맞는 말이었다. 리타와 타냐는 거의 똑같이 생겼지만 리타가 좀더 희고 예뻤다. 두 여동생은 콧구멍이 말 콧구멍처럼 생겼고 두 뺨은 자루처럼 축 늘어졌는데 다행히 입은 그나마 예쁘게 생긴 편이었다. 타냐는 리타만 부당하게 편애받는 것에 반발하면서 대부분의 시간을 화장을 하면서 보냈다. 자기 나름대로 여드름을 가려보려고 화장품을 두껍게 발랐지만 여드름만 악화시킬 뿐이었다. 그렇게 해서 날이 갈수록 더 많은 화장품을 사용해야 했다.

어느 날 일곱 살 난 사힐이 그만 실수를 저지르고 말았다. "타냐 누나한테 정말 필요한 건 '페어앤드러블리 크림*'이야." 사힐이 진지하게 말했다.

그건 제법 큰 실수였다. 그날 식구들은 전쟁 지역의 흔들리는 벙커에 있는 것 같은 느낌을 받았다. 머리 위에서 재앙이 벌어지는 동안 모두 서로를 부둥켜안고 있어야 했다. 그 재앙이란 다름 아니라 타냐의 그치지 않는 통곡 소리였다.

타냐의 격정적인 성격을 잘 아는 아르준은 조심스럽게 접근했다.

"밴드를 한다고?" 타냐가 껌을 씹으며 말했다. "밴드 이름이 뭔데? 혹시 '11학년 낙제생' 아냐?"

최근 들어 타냐는 풍자의 묘미를 알아가고 있었다. 아르준은 여동생의 빈정대는 말을 그냥 넘겼다. "밴드 이름은 '라디오헤드'야." 아르준은 그런 밴드가 이미 있다는 설명은 굳이 하지 않았다.

"라디오헤드?" 타냐가 새된 소리로 외쳤다.

"응, 라디오헤드."

"라훌 오빠, 아르준 오빠네 밴드 이름이 라디오헤드래!" 타냐가 말했다.

"정말?" 라훌은 손에 들고 있던 '지아이 조' 장난감을 바닥에 떨

---

* 인도에서 유명한 미백 화장품 이름.

어뜨리며 말했다. "그럼 터번을 쓰는 거야? 시크교도처럼?"

아르준은 라훌을 노려보았다.

하지만 라훌은 궁금한 게 많았다. "형, 밴드 멤버가 모두 열여덟 명이야?"

"열여덟 명? 왜?"

"록 공연은 18금이잖아."

"재미있는 농담인데, 친구." 타냐가 약간 계집애 같은 라훌을 조롱하며 말했다.

"난 무슨 말인지 모르겠는데?" 아르준은 알면서도 모르는 체했다.

"난 알겠어." 타냐는 모르면서도 아는 체했다.

"타냐, 무슨 얘기인지 나한테 설명해봐." 아르준이 말했다.

"설명해봐." 라훌이 반복했다.

"오빠가 설명해. 오빠가 한 농담이잖아." 타냐가 투덜거렸다.

"그래서? 형은 너한테 먼저 물었어. 게다가 난 너보다 나이가 많아. 나이가 많은 사람이 무조건 이기는 거야. 안 그래, 형?"

항상 이런 식이었다. 누구든지 상대방을 이런 식으로 공격했다.

"농담 그만해! 내 얘기 좀 들어."

"오빠, 그렇게 소리치지 마." 타냐가 집단 공격을 당한다고 느끼며 말했다. 그녀는 자주 그랬다.

"난 너한테, 그리고 라훌한테도 도움을 청하고 싶어. 우리 밴드 콘서트를 다음 일요일에 열고 싶어. 그날 너희가 친구를 몇 명이나 데려올 수 있는지 궁금해. 웃지도 비꼬지도 말고 우리 밴드 공연을 지켜봐달라고 하면 돼. 괜찮겠어?"

아르준은 이 단계에서 협상이 잠정적으로 결렬될 거라고 예상했다. 라홀과 타냐가 구체적인 얘기를 듣지도 않고 단호하게 "싫어!" 라고 거부할 거라고 생각했다. 그런데 둘 다 어리둥절한 표정을 짓더니 동시에 같은 질문을 던졌다. "왜?"

왜? 왜? 왜냐고? 여자애 하나한테 잘 보이기 위해 굳이 그렇게까지 해야 하느냐고? 거짓말은 집어치우고, 밴드 활동을 하고 있다고 생각하게 내버려둔 채 아르티를 집에 초청하면 되지 실력도 없으면서 꼭 공연을 해야 하느냐고? 집으로 돌아오는 버스에서 서로 공감할 수 있는 대화, 이를테면 학교생활에 대한 불평불만 같은 걸 나누다보면 그녀의 마음을 얻을 수 있지 않겠느냐고? 어느 후텁지근한 날 그녀가 버스 유리창 밖으로 고개를 내밀거든 머리카락을 건드려보면 되지 않겠느냐고? 윤기가 흐르는 그녀의 검은 머리카락을 손가락 사이에 끼우고 기타줄처럼 퉁겨보면 안 되겠느냐고? 그녀의 머리칼은 기타줄과 달라서 날카롭지도 않고 금속성도 아니고 굳은살이 박이게 하지도 않는다는 것을 깨닫고 나면 왜 그런 짓을 하려 했을까 후회하지 않겠느냐고? 왜 밴드를 만들고 콘서트를 열기 위해 동생들을 상대로 한바탕 소동을 벌이느냐고?

그건 내가 부끄러움을 많이 타서 그런 거 아니냐고? 그 여자애와 얘기를 나눌수록 나 자신을 더 많이 내보이게 되기 때문 아니냐고? 내가 그 여자애의 눈빛에 무한정 끌리고 있다는 사실을 그 여자애가 알아차릴까봐 두려운 거 아니냐고? 여자애가 자신을 아주 특별한 존재라고 느끼면서 나보다 자기가 우월하다고 생각해 결국 나한테 조금도 관심을 보이지 않을까봐 두려운 거 아니냐고? 또 그 여자애가 정말로 더 우월하다면 그걸 들키고 싶어하지 않는 건 거짓말쟁이 아니냐고? 그녀를 진심으로 좋아한다면 감정적 감전사의 위험을 무릅쓰고서라도 당당하게 나서야 하는 거 아니냐고? 그 럴듯한 말로 발뺌하거나 이런 이기적인 거짓말 따위는 하지 말아야 하는 거 아니냐고?

"아무한테도 말 안 할 거지? 약속하는 거다? 너희 둘한테만 특별히 말해주는 거야. 아무한테도 얘기하면 안 돼. 알았지? 엄마 이름을 걸고 맹세하는 거지? 그럼 좋아. 난 버스에서 만난 어떤 여자애한테 강한 인상을 심어주고 싶어." 아르준은 라훌과 타냐에게 말했다. 그것은 거짓말은 아니었지만 그렇다고 완벽한 진실도 아니었다. 그는 관심의 대상이 되고 싶었다. 그뿐이었다. 그리고 그런 관심에 아르티의 넋을 잃은 시선이 포함된다면 더이상 바랄 게 없었다.

아르준은 결과에 충격을 받았다. 모든 동생이 그의 부탁을 순순히 들어주었다. 동생들은 자기 친구들에게 전화를 하기 시작했다. 아이들을 그처럼 한마음이 되게 하는 게 또하나 있다면 아버지에 대한 경외감과 존경심이었다. 아버지는 고가도로 건설자이며 지역 유권자들의 구원자였고, 총리나 대통령에게 잘 보이려고 애쓰는 사람이었다. 이따금 그런 사람들이 집으로 찾아오기도 했다. 동생들은 아르준이 콘서트를 여는 이유를 자기만 알고 있다고 생각했다(아르준은 그 거짓말이 얼마 못 갈 거라는 사실을 알고 있었다). 형제들 가운데 나이가 가장 많고 둘째보다 무려 네 살이나 많은 사람이, 그런 힘을 가진 사람이 그런 약점을 내보이는 위험을 감수한다는 사실에 모두 감동받았다. 아후자의 집에서 남자친구나 여자친구를 사귀는 일은 대체로 조롱을 받았으니까. 조롱은 뉴턴식 작용반작용 현상, 즉 아이들이 이성을 무뚝뚝하게 대하는 태도에 대한 반작용이었다. 여자친구가 있다는 얘기를 하지 않고 있었는데 다른 형제에게 그 사실을 들키면, 음, 그 여자친구와 갈라설 때까지 계속 놀림을 받아야 했다, 젠장!

하지만 아르준의 고백은 성격이 달랐다. 그것은 좀더 사려 깊고, 좀더 성숙한, 오점이 없는 비밀로서 함께 나눌 만한 가치가 있었다.

8
뚱보 신부

라케시는 두번째 결혼식을 치르던 날 밤에 무슨 일이 있었는지 어느 누구한테도 얘기하지 않았다.

라케시는 신부와 함께 불 주위를 돌고 나서 대기하고 있던 차로 그녀를 데리고 가 뒷좌석에 던져넣다시피 했다. 그는 뒷좌석에서 화가 난 표정으로 그녀를 노려보았다.

"미안해요. 착오가 있었어요." 그녀가 말했다. "내려야겠어요. 정말 죄송해요. 어쩔 수가 없었어요. 강제로 저를 내보냈어요."

"대체 당신은 누구요?" 라케시는 그녀의 말을 자르며 물었다.

그녀는 긴장으로 몸이 굳어 있었다. 보름달 모양의 얼굴은 흙빛이었고 두 뺨은 통통했다. 위로 치켜올라간 눈썹은 길고 뻣뻣해 보였다. 꼭 검은 고양이 같았다. 나중에 그는 이 비유가 틀렸다는 걸 깨달았다. 그녀에게는 교활한 면이 없었다.

"미안해요. 그만 가봐야겠어요. 제발 보내주세요. 정말 죄송해요." 그녀가 흐느꼈다. 운전사는 계속 전방만 주시하고 있었지만 라케시는 그의 목덜미 근육이 실룩거리는 것을 보았다. 운전사는 뒷좌석에서 들려오는 얘기를 하나도 빠뜨리지 않고 듣고 있었다.

"공연히 수선 피우지 마요." 라케시는 그녀에게 울음을 그치라고 타일렀다. "우리는 이제 결혼했어요. 당신은 내 착한 아내가 된 거요. 난 당신의 착한 남편이 되었고."

그녀는 그의 말을 알아들었다. 그녀는 억지로 미소를 지어 보이고는 고개를 돌린 다음 커다란 팔찌가 팔꿈치까지 미끄러져 내려오도록 두 팔을 치켜들었다. 호텔에 도착했을 때에도 그녀는 마치 라케시가 총으로 쿡쿡 찌르며 앞으로 걸으라고 위협이라도 하듯이 계속 두 팔을 들고 있었다.

호텔 방으로 들어가자마자 라케시는 그녀를 향해 고함을 질렀다. "당신 대체 누구야?"

달덩이 같은 그녀의 얼굴 전체가 움찔하더니 파르르 떨렸다. 그가 뺨을 한 대 후려칠 거라고 예상한 것 같았다. "저는 아샤의 언니예요." 그녀가 말했다. "정말 미안해요. 차라리 저를 내쫓아주세요. 저도 어쩔 수가 없었어요. 강요당했다고요. 이혼해주세요. 이렇게 엎드려서 빌게요."

그녀는 정말 라케시의 발 앞에 풀썩 엎드렸다. 금장신구들이 요란한 소리를 냈다.

"진정하고 앉아요." 라케시가 말했다.

그녀가 침대 위에 책상다리를 하고 앉았는데, 꼭 탑처럼 보였다.

"당신! 거기서 뭐 하고 있었던 거요?" 라케시가 으르렁거리며 물었다. "대체 무슨 생각으로……" 그는 그녀의 가족에게 온갖 악담을 퍼붓기 시작했다. 이혼하는 건 물론이고 델리의 상류사회에 소문까지 퍼뜨릴 생각이었다. 그는 신문사에도 아는 사람이 적잖이 있었다. 이번 사건을 〈타임스 오브 인디아〉에 팔 것이다. 물론 그들은 그에게 편향된 기사를 쓸 것이다.

라케시는 문득 자신이 이성을 잃었다는 사실을 깨달았다. 그것을 감추기 위해 그는 다시 말했다. "제발 정신 차려요."

"미안해요." 그녀는 그 상황이 지긋지긋한 듯 손톱을 물어뜯었다. 그녀의 눈썹은 그녀가 항상 사람들을 저자세로 대한다는 인상을 주었다. 그게 라케시를 화나게 했다. 그녀도 그 사실을 알아차렸는지 덧붙여 말했다. "용서해주세요. 저는 당신이 결혼식을 그대로 치를 거라고는 생각도 못했어요. 저는 당신이……"

"그 얘기는 그만하고." 라케시가 발끈하면서 날카롭게 말했다. "우선 거기서 무슨 씹할 짓을 하고 있었던 거요?"

그녀는 잠자코 있었다.

"좋아요. 당신이 원하는 대로……" 라케시는 자신의 말이 미국식으로 들리는 데에 뿌듯함을 느꼈다. "일단 섹스나 합시다."

그렇게 하면 그녀가 모든 이야기를 털어놓을 거라고 생각했다. 그런데 뜻밖에 그녀는 그의 말을 순순히 따랐다. 그는 자신이 어떤 덫에 걸려든 건지 궁금해졌다. 인도의 처녀가 이렇게 순순히 몸을 허락하다니. 어쩌면 온몸을 짓누르는 무거운 금장신구에서 그만 놓여나고 싶어 그랬는지도 모른다. 그 거추장스러운 장신구 때문에 그녀는 땀을 흘리고 있었다. 여하튼 라케시는 여자가 어떻게 그런 용기를 냈는지 알 수 없었다. 몇 초 뒤 그녀는 발가벗은 몸으로 그의 앞에 책상다리를 한 채 앉아 있었다. 인상적인 팔찌만이 아직도 팔꿈치에 걸려 있었다.

그는 아무 감흥도 느끼지 못했다. 그녀의 몸매에는 감탄할 만한 구석이 하나도 없었다.

라케시는 아무렇게나 옷을 벗었다. 이판사판이라는 생각이 들었다. 그는 바지를 발로 차서 구석으로 밀어놓았다. 목깃을 세운 상의는 양쪽 어깨를 움직여 벗어버렸다.

그녀 앞에 책상다리를 하고 어색하게 앉았지만 좀체 발기가 되지 않았다. 옆에 붙은 거울에 두 사람의 모습이 비쳤는데, 꼭 벌거벗고 요가를 하는 사람들 같았다. 발기조차 안 되자 라케시는 두 배로 화가 치밀었다. 이왕 사기를 당할 바에는 매력적인 여자한테 당하는 편이 낫다고 생각했다.

라케시는 손바닥으로 그녀의 뺨을 한 대 올려붙였다.

그녀가 다시 울기 시작했다. 그는 자신이 감정을 조절하지 못하고 난폭해져 있다는 사실을 깨달았다.

그녀가 말라리아 환자처럼 크게 경련하며 흐느끼기 시작했다. 그녀의 보석들이 오래된 기계처럼 서로 부딪치며 소리를 냈다. 그녀가 오른손 손등을 눈으로 가져갔다. 하지만 손이 부들부들 떨려서 소용이 없었다. 라케시는 그녀가 혀를 내밀어 뺨을 타고 흘러내리는 눈물과 화장과 콧물을 핥는 모습을 보고 묘한 매력을 느꼈다. 그 순간 그는 그녀를 구원했다. 그는 손을 뻗어 그녀의 매끈한 어깨를 붙잡아 그녀를 침대에 눕혔다. 그는 그녀의 옆에 드러누워 그녀의 머리카락을 쓰다듬었다. 두 사람은 천장을 올려다보고 있었다. 벽에 붙은 거울만 보면, 라케시가 갑자기 뒤바뀐 신부의 검은 머리카락을 쓰다듬는 것이 아니라 재킷에 묻은 먼지를 떨어내는 것처럼 보였다.

그는 여자에게 가장 못된 짓을 하고 있다고 생각하면서 절대로 용서받지 않기를 바랐다.

그는 결코 그녀를 다시 때리지 않았다. 그는 그녀의 귀에 대고 속삭였다. "자, 이제 털어놔봐요."

"그분이 동생 옷을 입고 천막으로 오라고 시켰어요. 정말 어려운 분이에요. 어떻게 하면 당신한테 제대로 설명할 수 있을까요?" 그녀는 말하는 게 아니라 울먹이고 있었다.

"누가 시켰다는 거요? 누가 그렇게 하라고 시켰는지 똑똑히 말해봐요." 그가 무뚝뚝하게 속삭였다.

"저희 어머니요. 어머니는 저희 자매가 시집가는 걸 원치 않으세요. 세상에는 저희 어머니 같은 사람들이 있죠. 어머니는 우리가 어른이 돼서도 당신과 함께 지내길 원해요. 평생 말이에요. 당신 건강을 병적으로 신경쓰시는 분인데도 항상 편찮으세요. 당신이 이 세상을 떠날 때까지 저희 자매가 돌봐주길 바라시죠. 하지만 어머니는 절대로 돌아가시지 않을 거예요. 몸이 아파서 고생하는 사람일수록 세상을 쉽게 떠나지 않죠."

그녀는 자리에서 일어나 앉아 남자처럼 손가락을 앞머리에 넣어 뒤로 쓸어넘겼다.

"어머니는 우리 중에 나이가 많고 별 매력도 없는 저한테는 항상 지나치게 잘생긴 남자를 맺어주려고 하셨어요. 결과는 뻔했죠. 어떤 남자도 절 좋아하지 않았어요. 전 그런 일에 익숙해져버렸고요. 그래서 영원히 시집을 못 갈 거라고 생각했어요. 그렇지만 제 동생

아샤는……"

"나도 당신 동생을 알아요. 난 당신 동생과 결혼하기로 되어 있었어요. 아마 당신도 기억날 텐데."

그녀는 그의 말을 무시하고 말을 이었다. "아샤는 무척 예쁜 아이예요. 어머니는 어떤 남자도 아샤한테는 충분치 않다고 생각하시죠. 오 년 동안, 우리는 남자들을 살펴봤어요. 그런데 당신이 찾아온 거예요. 우리는 당신 사진을 보고 무척 설렜어요. 키도 크고 피부도 아주 좋고 어깨도 넓잖아요. 우리는 당신이 옆 가르마를 탄 것이나 영화배우처럼 구레나룻을 기른 모습이 정말 멋있다고 생각했어요. 게다가 눈이 무척 매력적이에요. 진한 밤색이 아니잖아요.

그래서 아샤가 당신을 마음에 들어했어요. 하지만 바로 그때 항상 일어나는 일이 벌어지고 말았어요. 어머니가 아샤의 마음을 흔들어놓기 시작한 거죠. 어머니는 아는 점성술사와 얘기해봤더니 별들이 좋지 않다고 했다고 그랬어요. 점성술사가 당신은 홀아비고 항상 첫번째 아내를 그리워할 거라고 말했대요. 그러면서 당신 부모님은 웬일인지 건강이 너무 좋지 않아 저희 가족을 만날 수조차 없을 거라는 말도 했대요(그것은 라케시가 부모를 데려가지 않을 때 쓰곤 하는 핑계였다).

그러다가 열흘 전에 하마터면 어머니가 당신 집에 전화를 걸어 결혼시킬 수 없다고 말할 뻔했어요. 전 그때 무척 화가 나 있었죠. 우리는 서로에게 고함을 질러대기 시작했어요. 그러다 제가 이렇게 말해버린 거예요. 그래, 잘됐네. 아샤가 그 남자랑 결혼 안 하면 내가 할 거야.

일이 그렇게 된 거예요. 어머니가 저를 강제로 당신과 결혼시킨 거예요. 아샤의 옷을 입히고 당신과 결혼하게 만든 거죠."

"하지만 당신은 결혼을 강요받았을 것처럼 보이지 않는군."

그녀는 어깨를 으쓱했다. "전 어머니가 무슨 생각을 하는지 알아요. 어머니는 당신이 저에 대해 온 세상에 폭로하고 우리 가족에게 망신을 줄 거라고 생각해요. 그럼 어느 누구도 저나 아샤나 라가브와 결혼하려 하지 않겠죠. 라가브는 제 남동생이에요."

"그런데도 왜 이런 짓을 한 거요?"

"강요당한 거라니까요."

그녀는 다시 손톱을 물어뜯기 시작했다. 라케시는 그녀의 입에 올라가 있는 손을 움켜잡고 그녀의 두꺼운 손가락을 꼭 쥐었다. "다시 말하지만 당신은 강요받아서 결혼할 사람 같아 보이지 않아요. 솔직히 털어봐요. 당신은 결혼하고 싶었던 거요. 당신은 지금 이야기를 꾸며내고 있어요. 당신은 이런 일이 일어나길 은근히 바랐던 거요. 내가 당신이 한 짓을 세상에 알리지 않을 거라고 생각했겠지. 지금 이 순간, 당신은 행복해하고 있어요. 당신은 당신 가족, 당신 어머니한테 복수를 한 거요. 솔직히 말해요. 당신은 지금 행복해하고 있어요."

며칠 뒤 그날의 일을 돌이켜보면서 라케시는 자기도 그녀를 이용해서 부모에게 복수했다는 걸 깨달았다. 그의 옆에서 벌거벗고 누워 있던 아가씨는 그의 부모의 기대에 찬물을 끼얹은 완벽한 복수의 도구였던 것이다. 그런 이유로 그는 그날 그녀와 함께 머물면서 그녀와 성관계를 맺어야 한다는 어처구니없는 생각을 했던 것이다. 그녀는 소심하지 않았다. 그녀는 추하고 자기주장이 강했다. 그런 여자와 결혼하는 건 그의 개성을 확실하게 널리 알리는 일이었다. 그가 부모는 물론이고 어느 누구에게도 신세 지고 있지 않다는 표현이기도 했다. 그는 이튿날 부모님이 이것저것 물어보면서 어떤 표정을 지을지 충분히 상상할 수 있었다. 그 여자가 네가 만나봤다는 그 여자 맞니? 우리는 몸매가 호리호리할 줄 알았는데. 얼굴은 어떻게 된 거니? 그러면 그는 이렇게 대꾸할 생각이었다.

살이 쪄서 그래요, 어머니. 갑자기 뚱보가 됐더라고요.

라케시는 이제까지의 모든 반항이 거짓이었다는 걸 깨달았다. 그 나름대로 꾸민 모든 일은 늘 부모님을 기쁘게 해드린다는 잠재의식적 목표 아래 실행되었다. 자신이 직접 두번째 결혼 상대로 고른 아샤는 딱 부모님이 원했을 그런 여자였다. 얼굴도 예쁘고 사회적 계급도 적당한데다 교양이나 세련미의 측면에서 보더라도 어머니에게 어떠한 위협도 되지 않는 여자. 그의 부모는 아샤를 본 적이 없지만 만약 보았더라면 무척 흡족해했을 것이다. 라케시는 아샤가 너무나 완벽했기 때문에 부모에게 얼굴을 보여주지 않았던 것이다.

하지만 어느 누구도 라시미보다 완벽할 수는 없었다.

그의 마음은 순식간에 미국에서 생활하던 때로 거슬러올라갔다. 교외의 집에는 아늑한 분위기를 풍기는 벽난로가 있었고 집 앞 진입로에는 당장에라도 총알같이 튀어나갈 준비를 갖춘 차가 두 대나 있었다. 지독한 서리도 기억났다. 버몬트 주 몬트필리어의 가을 서리는 코밑까지 바짝 들이댄 차가운 칼날 같았다. 빨간 이파리들 아래로 차가운 자갈길을 걷던 일도 기억났다. 그럴 때면 서로를 꼭 껴안고 온기를 나누어야 했다.

그때는 가족이라고 해봐야 그, 라시미, 아르준 세 사람뿐이었다.

그는 그 시절 일이 너무나 생생하게 떠올라 놀라서 눈을 떴다.

그는 여태껏 미국을 조금도 그리워하지 않았다. 미국에서 생활하다 인도에 돌아왔을 때 눈이 많이 내리는 버몬트와 인도를 비교해본 게 전부였다. 하지만 그때도 무의식적으로 그랬을 뿐이었다. 라케시는 자신을 교양 있는 포퓰리스트—당신의 땀에 젖은 겨드랑이를 대라구! 미국에서 공부하고 온 내 코가 그 냄새를 기꺼이 맡아줄 테니!—로 여기고 싶어했다. 하지만 미국에서 그는 냄새에 대한 강박관념이 생길 정도로 자의식이 강했던 사람이기도 했다. 파티를 앞두고 라시미가 비단 사리를 몸에 두르는 동안 그는 겨드랑이에 향수를 뿌리곤 했다. 워낙 진하게 향수를 뿌려 앞을 볼 수 없는 사람은 여러 가지 꽃냄새를 풍기는 항아리가 근처에 있다고 착각했을 것이다. 한번은 이런 일이 있었다. 대화를 나누다 그가 흥분해서 팔을 거칠게 휘두르는데 겨드랑이에서 하얗게 굳어버린 데오도란트 가루가 우수수 떨어졌다. "오해하지 마세요. 비듬이 아니라 데오도란트 가룹니다." 그는 충격받은 미국인들에게 그렇게 설명해야 했다.

항상 몸에서 비누 냄새를 풍기는 미국인들은 그를 받아주고 그의 어설픈 농담에 웃어주었지만 라시미는 달랐다. 그녀는 슬픈 눈빛으로 그를 나무라곤 했다. 그런 순간이면 그는 당황해서 재치 있는 농담을 하기는커녕 잔뜩 주눅이 들었다. 그는 아내를 감동시키고 싶었다. 그가 원하는 건 그것뿐이었다. 그만큼 그는 아내를 사랑했다. 그래서 그녀가 세상을 떠났을 때 그는 그녀가 없는 끝없는 미래를 들여다보면서 라시미가 없는 파티나 모임에서 자신이 과연 무엇을 할지 궁금해했다.

이제 누구와 함께 집으로 돌아가 친절한 미국인들의 어리석은 순박함을 비웃을 수 있을까?

언젠가 두 사람은 어떤 미국인이 던진 유명한 질문에 대해 이야기하면서 밤새도록 베개를 쥐어짜며 깔깔거린 적이 있었다. 모임에서 어떤 미국 여자가 라시미에게 물었다. 저, 이런 질문해도 될지 모르겠는데 난 아직 한 번도 인도에 가보지 못했답니다. 그러니 이해해줘요. 내가 엉뚱한 동물을 생각하고 있는 건 아닌지 모르겠는데, 아후자 부인, 여기 사람들이 흔히 말을 기르는 것처럼 인도 사람들은 코끼리를 기르는 경우가 많다면서요?

라시미는 그 노부인에게 다음과 같이 대답해주었다. 예, 물론이죠. 그렇지 않다면 제가 어떻게 공항까지 갈 수 있었겠어요?

라시미를 화장하기 위해 비행기를 타고 인도로 돌아갈 때 라케시에게 그 일은 미국을 단 한 줄로 간추릴 수 있는 일화였다.

그는 미국이 몹시 싫었다. 그에게서 라시미를 빼앗아갔기에. 게다가 유에스항공은 팬케이크와 함께 완전히 메이플 시럽처럼 보이는 자그마한 봉지 하나를 그에게 가져다주었는데 봉지를 뜯어보니 메이플 시럽이 아니라 간장이었다. 팬케이크와 간장은 상공에서 구토를 일으키기에 완벽한 조합이었다. 그는 미국이 너무 싫어서 "코끼리를 기르나요?"라는 얼빠진 질문을 미국을 조롱하는 데 평생 써먹어야겠다고 생각했다. 그는 델리의 집에 코끼리를 들여놓기 위해 평생을 바칠 생각이었다. 코끼리를 타고 칸 시장, GK 시장, 사우스익스텐션, 파란테 키 걸리 등지를 부끄럼 없이 돌아다닐 생각이었다. 코끼리의 커다란 귀가 바람에 펄럭이며 가리키는 대로 가볼 생각이었다. 그에 더해 사프란색 옷을 입고 샤워는 절대

안 해 고약한 냄새가 몸에서 풀풀 풍기도록 내버려둘 것이다. 그리고 코끼리가 산더미 같은 똥을 길바닥에 퍼질러 싸도록 해 호기심 많은 미국인 관광객들이 코끼리를 졸졸 따라다니며 '아시아의 똥!'을 사진에 담게 할 것이다. 파티에 초대를 받으면 이렇게 말할 것이다. "내가 키우는 코끼리를 초대하고도 대화에는 절대로 올리지 않겠다면 참석하지요. 코끼리를 얘깃거리로 삼으면 미국 사람들에게 실제로는 인도의 도시에서 코끼리를 찾기는 힘들다는 인상을 줄 거고 그렇게 되면 미국인들이 상심할 테니까요. 어떻게 하시겠습니까? 코끼리에 대해 절대 언급하지 않겠습니까? 아니면 미국인들 마음을 아프게 하시겠습니까?" 음식점에서 지배인이 남은 음식을 싸가겠느냐고 물으면 그는 발끈하면서 이렇게 말할 것이다. "당신 눈엔 내가 그런 음식을 가져가 개한테 줄 사람으로 보입니까? 내가 개 따위나 키울 사람으로 보여요? 이 손이 개나 타고 다니는 사람의 손으로 보여요?" 밤이 되면 그의 집 진입로에서 코끼리가 마음껏 쉬도록 해주고 상사병에 걸린 수리공처럼 코끼리에게 '핑키'라는 이름을 붙여주고 그 몸을 쓰다듬어줄 것이다. 하지만 라케시가 가장 즐겼던 공상은 부모에게 가서 다음과 같이 말하는 것이었다. 코끼리 한 마리를 사는 데 제 모든 걸 바칠 생각입니다. 그는 부모가 너무 놀라 아무 말도 못하는 모습을 즐겁게 상상했다.

부모님은, 차나 좀 마실래?, 라고 대꾸할 것이다.

얘, 넌 지금 마음을 못 잡고 있는 것 같구나. 우리가 좋은 부모가 못 돼주었니? 달마다 델리 동물원에도 데려가지 않았니?

부모님은 절 낳으셨지만 제게 슬픔도 안겨주셨죠. 이제 저는 두 분께 제 인생에 코끼리가 한 마리 필요하다는 말씀밖에 드릴 수 없습니다.

차라리 새 아내를 맞이하는 게 어떻겠니?

새 아내요?

그게 낫잖니. 안 그러니? 올라탈 수도 있고, 똥도 코끼리보다 덜 싸고 돈도 덜 들어가고.

그러다 당시 두 살이었던 아르준이 울음을 터뜨리는 바람에 공상에서 깨어났다. 아르준은 비행기의 아기용 침대에서 몸을 웅크리고 있었다. 라케시는 아르준은 조금도 생각하지 않고 벌써 새 아내를 갈망하고 있는 자신이 부끄러웠다. 그는 당분간 결혼하지 않고 홀로 지낼 필요가 있었다. 기억 속에 남아 있는 라시미와 결혼생활을 유지할 필요가 있었다. 라시미가 남긴 마지막 흔적인 아르준을 위해서 살아야 했다. 절망에 빠져 있을 시간이 없었다. 아르준을 위해 돈을 벌어야 했다.

하지만 박사 과정을 포기해버린 마당에 과연 무슨 일을 할 수 있을까?

라케시 아후자는 유에스항공 232편의 통로 쪽 좌석에 웅크리고 앉아서 흐느꼈다.

라시미 생각을 하자 뜨거운 기운이 전신을 훑고 지나가는 느낌이 들었다. 그의 성적 본능이 완전히 되살아났다. 그는 호텔 방 침대 위, 자기 옆에 누워 있는 이 여자와 관계를 맺고 싶어졌다. 매력도 없고 대담한 이 낯선 여자와. 그는 그녀를 돌려 눕히고는 젖가슴을 잡고 정확하게 그녀의 몸으로 들어갔다. 그녀의 등뼈가 약하게 떨리는 게 느껴졌다. 하지만 그녀는 아무 말도 하지 않았다. 그는 일을 마칠 때까지 라시미 생각만 했다. 이따금 여자를 달래는 말을 내뱉으면서.

마지막에 남은 건 후회뿐이었다. 두 사람은 차례로 욕실에 들어
가 샤워를 하고 나서 옷을 입고 다시 나란히 누웠다. 할말이 없었
다. 그는 콘돔을 사용하지 않았는데 처녀성을 잃는 여자에게는 끔
찍한 일이었을 수도 있었다. 그녀는 그런 라케시를 어떻게 생각했
을까? 그는 다시 부드럽게 그녀의 몸을 쓰다듬었지만 그녀의 몸은
뻣뻣하게 반응했다. 그녀는 신경질적으로 베개를 정돈하더니 돌아
누웠다. 마치 몇 년을 같이 산 부부처럼. 라케시는 그녀가 자기를
괴물로 여기고 있지 않을까 궁금했다. 자기가 보기에도 괴물 같았
다. 아니면 이제 그가 그녀를 떠날 리 없다는, 두 사람이 하나가 되
었다는 생각에 기뻐하고 있을까? 임신을 하면 어떡하지? 그녀는
자신이 지금 어떤 처지인지 알고 있을까? 그녀는 내가 어떤 사람인
지 제대로 알고 있을까?
“당신 정말 예쁜 것 같아요.” 그가 말했다.
“고마워요.” 그녀가 우물거렸다.
“아까는 괜찮았어요?”
“예.”
“기분 좋았어요?”
그는 침대에서 일어나 앉아 두 팔로 자신의 무릎을 감쌌다.
“예.”
“정말?”
라케시는 그녀의 몸을 돌려 키스를 할까 생각했다.
“예.”

"다행이군."

"안녕히 주무세요."

"당신도 잘 자요."

그녀는 라케시에게서 조금 떨어져 몸을 웅크린 채 곧바로 잠들었다. 라케시는 그녀의 팔에 난 팔찌 자국을 빤히 바라보며 몇 분 동안 깨어 있었다. 흥분과 연민이 뒤섞인 상태로 그는 계속 생각했다. 이건 세상에서 가장 이상한 결혼이야. 이제 끔찍한 생활을 함께해야겠군. 나이가 들면 난 더욱 고약한 성격을 드러내겠지. 분명해. 어쩌면 이 여자는 벌써 임신을 했을지도 몰라. 이제 난 모든 힘을 잃었고 그 힘을 되찾기 위해 여생을 바쳐야겠지. 부모님을 원망하고 비난했듯이 모든 일을 이 여자 탓으로 돌리게 되겠지. 그러다 어느 날, 홀아비의 비탄에서 벗어나겠지. 그래도 나는 형편없는 남편일 거야. 이제 이 여자 인생은 끝난 거야.

그는 지나치게 오만했다. 이튿날 아침, 잠에서 깨어나보니 여자는 사라지고 없었다.

9
브라이언 애덤스

아후자는 곧 장남의 밴드에 대해 알게 되었다. 점심시간이 평소보다 늦어져 다들 배고파하고 있었다. 그는 기다란 직사각형 티크재材 식탁의 상석에 앉아 있었다. 식탁 양끝에는 그보다 크기가 작은 식탁 두 개가 붙어 있었다. 두 개의 식탁은 중앙 식탁보다 높이가 15센티미터나 낮았다. 아후자 부부는 아이들과 눈높이를 맞추기 위해 보통 식탁의 양끝에 앉아서 철제 접시를 나무 식탁 위로 조심스럽게 전달했다. 하지만 오늘은 모든 식구들의 시선이 아후자 쪽을 향해 있었다. 산기타는 자리에 없었다. 아마 아기들을 돌보고 있을 것이다. 아이들은 요란하게 음식을 씹고 있다가 아르준이 마지막으로 식당에 들어오자 잠시 행동을 멈췄다. 곧 그들은 다시 걸신들린 듯이 음식을 먹었다. 그것은 아후자 가족의 한 가지 특징이었다. 그들은 항상 걸신들린 것처럼 빠르게 음식을 먹어치우며 맛있어했다.

"어서 와라, 아르준." 아후자가 접시에서 시선을 들지 않고 말했다.

"아빠, 보세요. 제가 말씀드렸죠? 쟤 교복 셔츠에는 주머니가 없다니까요." 라훌이 말했다.

"하지만 옛날 옛적에는 저기 달려 있었어." 식탁 너머에서 바룬이 대꾸했다.

"쟤라니, 그게 무슨 말버릇이냐? 아르준 형이라고 불러야지." 아후자가 말했다.

"죄송해요, 아빠." 라훌이 말했다. "불량배들이 주머니를 찢어버린 게 분명해요. 세인트콜럼바 같은 삼류 학교에서는 그런 일이 일어나기도 한대요. 모던 스쿨이 가장 좋은 학교라는 건 누구나 알지. 안 그래, 바룬 형?"

바룬과 라훌은 후마윤 거리에 있는 모던 스쿨에 다니고 있었다.

"모던에서는 아예 셔츠에 주머니를 달지 않아. 얼마나 똑똑한 생각이야. 불량배들이 찢어버릴 주머니를 왜 만들어?" 바룬이 대꾸했다.

"나는 쟤가 교장실로 찾아가 주머니가 찢어졌다고 일러바쳤는지 궁금해." 라훌이 말했다.

"그러면 교장은 자선행위라도 하듯이 여기에 돈이 조금 있으니 가져가라고 하겠지."

"그다음엔?"

"그럼 형은 분명 '하지만 주머니가 없는데 이 돈을 어디에 넣어가죠?'라고 대답했을 거야."

두 아이는 그렇게 말하고 나서 웃음을 터뜨렸다.

아르준은 이야기를 듣고 있지 않았다. 그는 찬장에서 접시를 하나 가져와 리타와 타냐 사이에 끼어들었고("조심해, 오빠!" 두 사람이 소리쳤다), 접시를 들고 냄비와 냄비 사이를 오갔다("조심 좀 해, 오빠!" 이번에도 두 사람은 그에게 소리쳤다). 이제 접시는 온갖 음식이 담겨 묵직했다. 아르준은 불필요하게 거들먹거리며 아버지 맞은편 자리로 걸어갔다. 그는 자신의 과장된 행동이 다른 사람들에게 어떻게 비칠지 잘 알고 있었다. 그는 자리에 앉아 음식을 계속 휘저으며 누구에게도 말을 걸지 않았다. 그에게 말을 거는 사람도 없었다. 그는 누군가 자신의 우수를 알아차릴 때까지 침묵을 지키고 싶었다. 실생활에서 침묵으로 어떻게 자신의 의도를 관철할 수 있는지 아이들에게 알려주고 싶었다. 진짜 남자는 자기 주변에서 불어나는 군중 따위는 염두에 두지도 않는다는 것, 그런 남자는 여자들이 오만하고 과묵한 남자에게 성적 매력을 느끼고 끌린다는 사실을 잘 알고 있다는 것도⋯⋯

그는 식탁 너머로 몸을 기울이며 소리쳤다. "아버지, 저 록 밴드를 하고 있어요."

"그게 정말이냐? 네가 좋아서 하는 일이라면 나야 반대할 이유가 없지."

"고맙습니다, 아버지." 아르준은 아버지에 대한 불신을 억누를 수가 없었다. "그렇게 말씀해주셔서 정말 고마워요."

그는 수북이 쌓인 밥에 숟가락을 창처럼 꽂고 나서 식탁에서 벌떡 일어났다.

아르준이 걸어나가는 모습을 지켜보면서 아후자는 졌다는 느낌을 받았다. '방금 쟤가 무슨 말을 했지?' 다른 아이들 목소리와 뒤섞여 들려오는 통에 아르준의 목소리도 죽어가는 양떼 소리나 다를 바 없었다. 볼품없고 맛도 없는 음식 속에서 그날 하루의 고단함이 되살아났다. 아내는 요리도 하지 않았다. 그저 하인들에게 명령만 내렸다. 채소 장수는 현관문까지 찾아왔다! 대가족인 아후자의 집에 모두가 물건을 팔려고 했다! 누런빛을 띤 향신료 범벅인 음식은 전혀 구미를 자극하지 않았다. 하지만 아이들은 그런 음식이라도 맛있는지 정신없이 퍼먹고 있었다. 불쌍한 녀석들. 이제껏 제대로 된 음식을 먹어보지 못했는데 어떻게 음식의 질을 따질 수 있겠는가? 그들에게는 자기 어머니의 음식이 이 세상에서 가장 훌륭한 음식의 지표였다. 그는 아이들이 음식을 먹도록 내버려두었다. 그는 자식들 일에 일일이 참견하는 사람이 아니었다. 자식들의 삶에서 그는 그저 유전자의 전달자이며 희미한 권력자였다. 그는 자신이 사임한 사실을 자식들에게 알리지 않았다. 그런 소식은 불쌍한 자식들에게 큰 상처를 줄 게 분명했다. 하지만 아이들은 또 무슨 일이든 금방 잊어버리기도 했다. 언젠가 바룬은 몸에 열이 펄펄 나서 입원해 있고 아버지의 사임 소식을 전해 들은 아이들은 울분을 토하며 아버지의 정치적 라이벌에 대해 거친 말을 내뱉었을 때처럼.

음식 때문에 아후자는 기분이 나빠졌다. 상관인 당수에게 단호한 메시지를 보낸 게 후회되었다. 당수는 그의 정치인생에 많은 도움을 준 유일한 사람이었다. 그렇지만 이미 벌어진 일이었다. 그는 아르준과 얘기를 나누려고 집에 들어온 것이었다. 그는 숟가락으로 요구르트 그릇을 휘젓다가 아기방에 가 있을 장남에게 가보기로 마음먹었다.

아르준은 제 어머니 앞에 서서 한 손으로 동생 기타의 요람을 거칠게 흔들고 있었다.

산기타는 언제나처럼 뜨개질을 하고 있었다.

"어머니, 오늘은 동생들한테 우유를 먹일 수가 없어요. 밴드 연습을 하러 가야 해요." 아르준이 말했다.

그는 아버지가 자기 말을 듣고 있다는 걸 알고 있었다. 그래서 단호하고 분명하게 자신의 입장을 전달했다.

"거기 있는 털실 좀 주렴. 이 스웨터는 두 가지 색깔로 만들어야 해." 산기타가 말했다.

아르준의 머릿속에 어렸을 때 기억이 생생히 떠올랐다. 방은 털실 창살이 있는 감방 같고 집은 털실로 뜬 거대한 거미줄로 온통 뒤덮인 듯했었다. 각각 다섯 명의 아이가 들어가 있는 두 개의 방은 밤이면 산호초처럼 보였다. 아이들은 뜨개실로 몸이 친친 감겨 있었다. 어머니는 계속 입덧을 했다. 임신에 임신을 거듭해서 집에는 어머니가 아기를 낳지 않은 장소가 없을 정도였다. 아르준은 그나마 다행이었다. 그는 리시와 바룬과 한방을 쓸 수 있었다.

"어머니! 전 오늘 집에 남아서 동생들에게 우유를 먹일 수가 없다고요!" 아르준이 소리쳤다.

"당신 아들이 하는 소리 들었어요?" 산기타가 말했다. "가족에 대한 개념이 아예 없는 애라니까요. 일주일에 하루만 도와주면 되는데 그것도 못하겠다잖아요."

아후자는 아내를 향해 돌아섰다. "산기타! 쟤는 지금 당신이 짧은 바지를 입혔다고 화가 나 있는 거야. 얼마나 빨리 키가 자라는지 한번 보란 말이야! 덩치가 큰 애들에게 맞는 옷을 짜야지. 그런 생각은 한 번도 안 해봤어? 셔츠에 주머니도 없잖아. 게다가 바지는 짧고. 저렇게 내보내면 학교에서 다른 애들이 놀린다고. 알아?"

"예?" 두 사람이 동시에 반문했다.

"네 바지가 짧잖아short pants. 안 그래?" 아후자가 물었다.

"아버지, 록 밴드rock band를 한다고요. 록 밴드."

"보세요. 벌써 말하는 꼴이 영 돼먹지 못했잖아요." 산기타가 뜨개질 코를 풀면서 말했다. "조금만 있으면 머리를 길게 기르고 영국물이 든 녀석들과 리시케시*에서 노래를 부르고 있을 거예요."

어머니가 비틀스에 대해 어떻게 알았을까? 아르준은 어리둥절했다.

아후자는 그 일을 대수롭지 않게 여겼다. "애가 하고 싶다는데 그냥 내버려두면 안 돼?"

"아르준, 털실 좀 달라니까." 산기타가 말했다.

아르준은 화가 났지만 어머니의 말에 따랐다. 하지만 털실 뭉치를 건넬 때 일부러 어머니의 무릎에 떨어뜨렸다. 뭉치가 떨어지면서 실이 풀렸다. 그것은 그 나름의 항의 방식이었다. 왜 저랑 좀더 얘기를 나누지 못하는 거죠? 저한테 집에 붙어 있어달라고 왜 애원하지 않는 거죠? 혼자서 이렇게 많은 아이를 키울 수 없으니 제 도움이 필요하다고 왜 아버지한테 솔직하게 얘기하지 못하죠? 이런 생각들이 그 행동 속에 들어 있었다. 예전에 아르준은 날마다 동생들 뒷바라지를 해야 했다. 뒷바라지는 물론이고 수석 보안관이 되어 가정의 질서

---

* 힌두교 순례지. 비틀즈가 이곳에 머문 적이 있다.

와 평화를 유지하는 것도 그의 임무였다. 그는 산기타가 마사지를
받으며 부드러운 잠에 빠져들면 어머니를 대신해 동생들을 돌봐야
했다. 크리켓 방망이 쥐는 법을 배우기도 전에 아기를 업는 법부터
배웠다. 동생들이 흘린 침으로 누렇게 색이 바랜 셔츠만 입어야 했
다. 그뿐만이 아니었다. 산만한 동생들의 시선을 끌기 위해 항상
카펫 위에 엎드려 장난감 차를 바닥에 굴려야 했다. 동생들 한 명
한 명에게 엄지손가락을 빠는 법도 가르쳐야 했다(초콜릿을 빨아
먹듯이 엄지손가락을 빠는 시범을 보이며 쩝쩝거리는 소리를 몇
시간이고 쉼 없이 내야 했다). 그렇게 가르쳐줘야만 잠시나마 집이
조용해질 수 있었다. 동생들이 밤에 침대에서 벗어나지 않도록 무
서운 유령 이야기도 들려줘야 했다. 산기타가 임시로 만든 기도 공
간으로 촛불을 들고 가다 (아기가 누워 있지 않은) 아기침대에 불
을 냈을 때 대신 아기들을 돌봐야 했고, 때로는 산기타가 가장 좋
아하는 텔레비전 프로그램에 대해 그녀와 진지하게 대화도 나눠야
했다.

그러다 일 년쯤 전에 그는 갑자기 자신의 지위를 박탈당했다. 강
제로 밀려난 것이다. 그 자리는 바룬과 리타가 차지했다. 이제 그
는 모든 책임을 떠맡고 있던 그때가 그리웠다. 어머니가 일주일에
단 한 번만 그에게 임무를 부여하려 한다면 조금도 협조할 수 없
었다.

아르준은 집을 박차고 나왔다. 방충망이 달린 문이 그의 등 뒤에
서 탁탁거렸다. 그의 부모는 자식의 비밀스러운 생활 따위에는 아
예 관심조차 두지 않았다. 그들은 자신들의 편안한 생활에만 관심

이 있었다. 아르준은 지금쯤 세상에서 가장 유명한 록 스타가 되어 있을 수도 있었다. 빌보드 1위 곡을 세 곡 정도 만들어냈을지도 몰랐다. 또한 음악평론가들에게 "새로운 천 년이 시작되는 시점에 인도의 십대 청소년의 삶을 제대로 구현했다"고 평가받으며 그래미상 수상 앨범도 발표했을지도 몰랐다. 지방 곳곳을 돌아다니며 공연을 하고 있을 수도 있었다. 이 지점에서 그는 걸음을 멈추고 무대에 올라가 있는 자신의 모습을 상상해보았다. 무대 뒤쪽에 앰프를 산더미처럼 쌓아놓고 음악을 연주하는 동안 환한 회색 무대로 분홍색 팬티들이 무수히 날아든다. 마이크는 구강성교 중인 남근처럼 예민해져 파르르 떨리고 그의 발아래서는 수많은 사람의 머리가 털북숭이 해조류처럼 이리저리 흔들린다. 수많은 얼굴 속에서 오직 하나의 얼굴만이 그의 눈에 보인다. 아몬드 모양으로 환하게 웃고 있는 얼굴, 바로 아르티의 얼굴. 상상 속에서 그는 세계에서 가장 유명한 록 스타이고 아르티도 그 사실을 알고 있다. 그는 콘서트장 맨 앞줄에 아르티가 서 있는 모습을 상상했다. 두 사람은 서로를 다정한 눈길로 뚫어질 듯 바라보고 있다.

그는 줄곧 공상에 잠겨(백열전구의 자줏빛 잔상처럼 아르티가 눈에 아른거렸다), 차를 타고 라비의 집으로 갔다. 도착하고 몇 분 지나자 아누락과 디팍이 산트로를 몰고 진입로로 들어섰다. 자신들이 거칠고 다루기 힘든 한 쌍임을 남들에게 보여주기 위해 일부러 그랬는지 둘은 서로 반대 방향으로 등에 기타를 메고 나타났다. 그들은 회의를 하기 위해 라비의 자그마한 방으로 들어갔다.

"오늘 나한테 무슨 일이 있었는지 알아? 말해도 너희는 도저히 믿을 수 없을 거야." 라비가 말했다.

"무슨 일이 있었는데?"

라비는 아이스크림 장수, 신호등 그리고 섹시한 여자애가 등장하는 도무지 있을 법하지 않은 이야기를 늘어놓았다.

"그래서?"

"그 여자애가 나한테 윙크를 하는 거야."

"끝내주는데. 자, 그럼 〈Summer of '69〉부터 시작해볼까?" 아르준이 말했다.

"브라이언 애덤스? 지금 꽃미남 스타일을 추구하려는 거야?" 디팍이 대꾸했다.

"우린 메탈리카 스타일만 연습할 거야." 아누락이 디팍을 거들었다.

"하지만 리드 싱어는 나야." 아르준이 말했다. "나는 감정을 전해야 해. 재미 삼아 쇳녹을 먹는 사람들 노래로는 감정을 전할 수 없어."

"아, 그거 노래 가사로 멋진데. 제목으로도 좋을 것 같고. 재미로 녹을 먹는 자." 라비가 아르준을 두둔하며 말했다.

"진짜 그렇네! 메탈리카 노래로 딱인데." 아누락이 말했다.

그들은 모두가 받아들일 수 있는 본 조비의 음악을 하기로 합의를 보았다.

그날 연습은 한마디로 엉망이었다. 멤버들 간의 화음은 전혀 맞지 않았고 보컬은 악기들의 연주가 아무 때나 끼어드는 바람에 리듬이 자주 끊겼다. 드럼 박자가 어느 정도 맞아 들어가는가 싶으면 기타가 틀어져 곧바로 모든 게 엉망이 되었다. 노래는 아르준이 퍼커션 소리 사이로 목이 터져라 고함을 지르는 소리가 되어버렸다. 처음부터 다시 연주를 시작했지만 노래가 멈추면 곧바로 기타가 멈춰버렸고 자기혐오가 심한 라비만 바보처럼 드럼을 치는 꼴이 되어버렸다. 라비는 작정을 한 사람처럼 미친듯이 드럼을 두들겨댔다. 그는 밴드의 핵심이 되려고 미리 마음을 먹었거나 어차피 핵심이 되지 못할 바에는 적어도 중추적인 역할은 해야겠다고 작정한 사람 같았다. 라비는 기다려주지 않고 자기 혼자 계속 연주했다. 나머지 멤버들은 그가 드럼 연주로 마음껏 자기과시를 하도록 그냥 주저앉아 기다리는 수밖에 없었다. 게다가 라비의 집이기도 했다. 그래서 다른 멤버들은 아무 말도 할 수 없었다.

그들은 똑같이 땀을 흘리면서 서로 마찰을 빚었다. 땀냄새 제거용 스프레이를 몸에 충분히 뿌리지 않았다고 서로를 비난했다. 중간에 라비는 욕실에 갔다 오더니 땀냄새 제거제를 자기 방에 뿌려댔다. 벽에 축축한 물기가 생겼고 급기야 물방울이 맺혀 아래로 흘러내리기까지 했다. 아이들은 컴퓨터를 들여다보며 인터넷에서 기타 악보와 코드를 베껴 적느라고 눈이 따끔거렸다. 인터넷에서 옮겨 적은 자료의 양이 곧 밴드의 실력이 아니겠는가? 가장 쉬운 곡부터 시작해야 발전이 있는 것 아니겠는가? 에릭 클랩턴은 제외되었다. 이글스도 탈락이었다. 메탈리카도 빼버렸다. 스테인드, 오아시스, 브라이언 애덤스, 스테픈울프 같은 밴드의 음악을 파워코드보다 조금 나은 수준으로 단순화시킨 다음, 요술을 부리듯 잘게 분할했다. 디팍은 앰프에서 나오는 수많은 음향 효과들을 발로 조절하면서 그 짧은 소절들을 스트라토캐스터 기타로 반복 연습했다. 그는 특히 '언더워터' 페달의 소리에 집중했다.

첫번째 연습에서 그들은 진짜 밴드처럼 유난을 떨며 연습 시간의 사분의 삼을 기타를 튜닝하고 드럼의 헐거워진 심벌을 조정하는 데 썼다. 멤버들이 부산스럽게 악기들을 매만지는 동안 아르준은 가사를 들여다볼 시간을 충분히 가질 수 있었다. 그는 영감을 얻기 위해 인터넷에 접속했다. 브라이언 애덤스에 관한 자료는 전부 샅샅이 구글에서 검색해보고 싶었다. 자료를 찾는 동안 손목에 힘이 들어갔다. 미국의 모든 사이트가 브라이언 애덤스를 단지 캐나다 사람이라는 이유로, 그리고 그의 노래를 두고 'schmaltzy'* 하다며 부당하게 조롱하는 것을 보고 그는 기분이 언짢아졌다. 아르준의 손에서 컴퓨터 자판으로 브라이언 애덤스와의 연대감이 흘러들었다. 그는 팬 사이트를 몇 개 찾아보았다. 아르준은 'schmaltzy'라는 낱말의 정확한 의미를 인터넷 사전에서 찾아보았다. 처음에는 철자를 틀리게 적어 그런 단어가 없다고 나왔다. 그는 속어를 만들어내 타인의 명예를 훼손하는 사람들에게 염증을 느꼈다. 명예훼손의 증거는 계속 쌓여가고 있었다. '연인이 헤어지는 가장 흔한 이유 백 가지' 목록에 브라이언 애덤스의 노래가 49위로 올라가 있었다. 한 사이트에는 자살을 결심했던 어떤 스웨덴 사람이 삶을 긍정하는 브라이언 애덤스의 히트 앨범 〈So far so good〉 덕분에 목숨을 건진 얘기('칼로 에이는 듯한 아픔이야/ 정말 그래/ 하지만 이게 옳은 것 같아'라는 구절이 인용되어 있었다)가 나와 있었다. 하지만 "오랜 세월 눈물과 두려움"을 겪고 삶에 대한 앎이 쌓인 후 돌이켜 생각해보니 브라이언 애덤스의 팬이 되기보다는 자살을 감

---

* '지나치게 감상적인'이라는 의미.

행하는 게 어쩌면 더 나았을 거라는 생각이 들었다고 적혀 있었다. 첫 페이지의 마지막 문장은 이랬다. "확실히 전자보다는 후자를 선택할 때 사람들은 더 존경받는다."

아르준은 불쾌하고 역겨운 패러디라고 생각했다. 그는 분노가 치밀어 사이트의 자유게시판에 글을 남겼다.

첫째. 저는 당신이 스웨덴 사람이라는 걸 믿을 수 없습니다. 스웨덴 사람들은 존경할 만한 국민입니다. 음악에 좌우되어 자살을 결정할 국민이 아닙니다. 당신은 미국 사람이 분명합니다. 둘째. 왜 자살을 하려고 하죠? 주소와 전화번호를 알려주시면 제가 브라이언 애덤스의 〈18 Til I Die〉가 담긴 테이프를 당신 입속으로 집어넣어 내장을 모두 긁어내드리겠습니다. 알겠습니까? 그러면 죽음은 확실히 보장됩니다. 약속드립니다.

덧붙여, 당신이 자살을 감행해 '힘겹고 구질구질한' 인생을 끝내기 전에 여기 제 사진을 올립니다.

그는 영양실조에 걸린 아프리카 어린이의 사진을 올리고 나서 그 아래 다시 몇 자를 적었다.

그냥 농담이었습니다!!!!! 죄송합니다. 하지만 사진은 괜찮군요.
PS>> 그런데 혹시 한 여자를 진정으로 사랑해본 적이 있는지?

그는 인도 출신 모델 겸 영화배우인 아이시와라 라이의 사진을 올렸다.

리뷰들은 아직 하나도 읽어보지 못한 상태였다.

브라이언 애덤스의 인기곡 〈Everything I do〉는 영국 차트에서 16주 연속 1위를 기록했다. 이 노래는 '발라드라는 장르에 영원한 마침표를 찍을 발라드'라고 자평하고 있다. 아침식사로 로드 스튜어트를 집어삼킨 것 같은 목소리. 운이 맞는 낱말들만 골라 가사에 넣으려는 확고한 집념. 사운드트랙마다 자신의 주절거리는 듯한 헛소리를 집어넣는 놀라운 능력까지 브라이언 애덤스는 여전히 캐나다가 낳은 가장 뛰어난 가수 겸 작곡가다.

인종차별주의자들 같으니! 캐나다 사람을 증오하는 자들!
아마존 사이트에 올라온 평가에 다음과 같은 글이 있었다.

진짜 문제는 브라이언 애덤스에게 박력이 없다는 것이다. 그의 음악은 너무나 감상적이고 달콤하여 죄책감이 드는 기쁨조차 주지 못한다.

이건 그를 죽이는 것이나 다름없었다. 죄책감이 드는 기쁨? 이게 뭔가? 확실히 서양 사람들은 쾌락에 너무 물들어 이제 해롭고 도발적이며 어렵고 신랄한 예술을 갈구하기 시작했다. 그런 사람들은 인도에 와서 하루 지내봐야 한다. 빈민가를 둘러봐야 한다. 스쿠터에 치여 팔다리가 부러져봐야 한다. 그 와중에도 사람들은 벌떼같이 모여들어 서로 지갑을 가져가려고 난리를 칠 것이다. 자살하기 직전의 농부들에게 음식을 먹여 살려봐야 한다. 아니, 가만있자. 농부한테는 부자가 되어 애덤스의 음악을 듣는 것보다 차라리 자살을 하는 게 낫지 않을까? 그게 낫겠지, 물론. 바보 멍청이들. 그들이 비극 속에서 살아보면 그들이 말하는 그 "죄책감이 드는 기쁨"을 고마워하기 시작할 것이다.

속으로는 이렇게 장광설을 늘어놓고 있었지만 사실 아르준은 충격이 컸다. 그는 브라이언 애덤스가 마지막 남은 자신의 친구라는 생각이 들기 시작했는데 그 자신도 브라이언 애덤스의 유일한 친구라는 사실을 깨닫고 무척 놀랐다.

그런데 브라이언 애덤스가 그를 배신하고 말았다. 인터넷에서 발견한 인터뷰 내용에서.

질문자 〈Summer of '69〉에 대해 얘기를 나누고 있는데요. 자전적인 의미가 있는 노래인가요?

애덤스 일부는 자전적인 성격이 강하지만 제목은 섹스의 한 체위인 '69'에서 가져왔습니다. 그런데 대부분 1969년을 가리킨다고 생각하죠.

"너희들 이거 봤어? 이 빌어먹을 걸 봤냐고." 아르준이 말했다.
"우린 연습해야 돼. 너도 연습이나 해." 라비가 무심하게 대꾸했다.
"미안."
"아니, 괜찮아. 하지만 우선 연습곡 열 개를 골라야 해. 그다음엔 디팍하고 맞춰봐야 하고. 우린 균형이 필요해. 균형. 어쿠스틱, 발라드 그리고 강렬한 음악 사이의 균형 말이야. 참, 다른 밴드 노래를 부를 거야, 아님 우리 곡을 만들 거야?"

어느 누구도 라비의 말에 귀를 기울이지 않았다. 라비는 투덜거리기 시작했다. 그는 멤버들이 하나같이 초보자 수준이라고 강조하고 나서 자기집에서 연습하는 게 별로 즐겁지 않다는 걸 보여주려고 힘없이 드럼을 두들겼다.

"그럼 이렇게 하자. 라비, 네가 좋아하는 노래로 골라. 됐지? 아무 노래나 괜찮아." 아르준이 양보했다.

그것은 큰 실수였다.

아무튼 그렇게 해서 그들은 도어스의 〈The End〉를 부르게 되었다. 함께 장거리 여행을 하다보면 서로에 대해 깊이 이해할 수 있게 되듯이 팔 분이나 되는 긴 노래를 연주하는 동안 멤버들은 서로에 대해 많은 걸 알 수 있었다. 그중에서도 가장 놀라운 발견은 아누락이 베이스를 제대로 치지 못한다는 것이었다. 처음에는 어느 누구도 눈치채지 못했다. 아누락이 대단한 연주자로 보이기 위해 어떤 각도로 베이스를 메야 할지 궁리하느라 많은 시간을 보냈기 때문이다. 게다가 C 메이저와 D는 그런대로 듣기 괜찮았다. 사실 다른 친구들의 연주 실력을 비웃으면서 자신감을 얻은 디팍이 아니었더라면 그런 사실을 전혀 눈치채지 못했을지도 모른다.

하지만 이제는 아르준까지 아누락을 비난하고 나섰다. "아누락, 넌 구제불능이야."

그들은 아누락에게 베이스 대신 신시사이저를 맡기자는 역사적인 결정을 내렸다. 처음에는 속상해했던 라비도 몇 달 뒤에 순순히 인정했듯이 그 결정 덕분에 그들의 음악은 한 단계 발전했다. 이제 그들의 경쟁 밴드들, 그중에서도 특히 오렌지 스트리트와 파리크라마는 감히 자신들의 실력이 더 뛰어나다고 주장할 수 없었다.

네 명의 멤버—인도인은 왜 차고가 없는지 신랄하게 따져대는 라비, 가학적 성격으로 밴드 멤버들을 조롱하는 디팍, 더이상 베이스 뜯는 시늉을 하지 않아도 되는 아누락 그리고 아르준—가운데 오직 아르준만 계속 신나했다. 그는 꽥꽥 소리를 질러댔다. 그는 필통에 대고 노래를 불렀는데, 자신의 입술을 조롱하듯 필통을 열었다 닫았다 했다. 긴 솔로 음악이 떠오르자 욕실로 갔다. 중간중간 어울린다 싶으면 투팍의 노래 〈All Eyez on Me〉의 랩 한 소절을 흥얼거렸다. 레몬주스 한 잔을 마시고 싶어지자 "Calling on Onion Transit, Calling on Onion Transit, Radio Delete Europe" 하고 도무지 뜻을 알 수 없는 주문 같은 랩을 했다. 그는 부드러운 세레나데를 부르다가도 다음 순간에는 달려오는 차량을 향해 컹컹 짖어대는 도베르만처럼 노래해댔다.

문제는 아르준의 노래 실력이었다.

"내 노래 실력이 어떻다고?" 아르준이 코웃음을 쳤다.

"좋아, 그만하면 괜찮아." 라비가 말했다. "하지만 소리를 너무 크게 지르지는 마. 우리 엄마 아빠가 저쪽 방에서 주무시고 계시니까. 너는 계속 고함을 지르더라. 아무튼 조절 좀 해. 그러지 않으면 목이 쉬어버릴 거야. 목이 쉬면 고칠 방법이 없어. 물과 핫초코를 마실 수도 있지만……"

"그렇지만 로커들은 누구나 미친듯이 고함을 지르잖아."

"그건 맞아. 그래도……"

불편한 침묵이 흘렀다.

"아르준을 혼내주자." 디팍이 말했다.

몇 초 뒤 그들은 한꺼번에 아르준을 덮쳤다. 이번에는 아르준의 입에서 진짜 고함이 터져나왔다. 밴드는 동성애적 이상을 실현했다.

조율하고 또 조율하고 또 조율한 끝에 다음 노래를 시작했을 때 갑자기 전기가 나갔다. 그전까지 네 아이는 음향 효과를 내는 전기가 그들이 지향하는 역사적인 음악에 얼마나 크고 중요한 역할을 하는지 미처 몰랐다. 델리 비드윳 전력공사의 붕괴가 곧 백만 명이 동시에 내지르는 비명이라는 것도. 기타에서 울려나오던 소리도 강제 종료되었다. 아르준의 목소리와 드럼 소리만이 한때 노래가 차지했던 공간을 떠다녔다.

하지만 기타리스트들은 즉석에서 전기가 나간 상태로 기타를 연주했다. 아누락과 디팍은 그럭저럭 베이스와 기타의 리듬을 맞출 수 있었다. 아르준은 나직이 노래하기 시작하다가 눈을 감았다. 화음이 제 소리를 찾았지만 그는 노래를 부를 수 없었다. 아르티를 상상하면서 동시에 노래를 부를 수 없었다. 노래를 부르면 머릿속에서 아르티가 지워졌다. 작고 조용하고 어두운 방은 남들의 이목에 자꾸 신경을 쓰게 만들었다. 마치 심사를 하는 청중 앞에서 노래를 부르고 있는 것 같았다. 무덤 혹은 자궁 안에서 세상으로 나오려고 비명을 질러대는 것 같기도 했다.

"이렇게 좁은 데서는 못 부르겠어." 아르준이 벽을 바라보며 고백했다. 그리고 자극적으로 벽지를 핥았다.

멤버들은 그의 연극 같은 행동을 괜찮다고 생각했다.

"좋은데! 누구더라…… 짐 모리슨? 키스? 걔들 같다." 라비가 말했다.

"마스카라도 하지그래."

"아니, 정말로 노래를 못 부르겠어." 아르준이 고집스럽게 말했다.

라비의 어머니 메타 부인은 아이들에게 관대한 편이었다. "얘들아 뭐 하는 거니?" 방으로 들어서면서 그녀가 물었다. "옆집에서 전화로 불평을 하더라. 미안하지만 그만하자. 오백 루피 줄 테니 시장에 가서 놀든지 해."

아이들은 다소 낙담했지만 그녀의 지시에 따랐다. 첫번째 연습은 실패로 돌아갔다. 그들은 GK 시장에 가서 아이스크림을 먹으며 지나가는 여자애들에게 추파를 던졌다. 아르준은 아무도 밴드의 실패에 대한 책임을 그의 형편없는 노래 실력으로 돌리지 않아 약간 마음이 놓였다. 그는 시장을 휘젓고 다니면서 고함을 지르고 싶은 욕구를 강하게 느꼈다. 인색한 이웃 사람들 때문에 실력을 연마할 수 없다는 게 안타까웠다. 그는 공연 때 몸에 착 달라붙는 흰색 티셔츠와 청바지를 입으면 아주 멋질 거라고 멤버들에게 말했다 (물론 그러려면 멤버 전원에게 그것들을 사줘야 할 것이다). 그는 밴드의 비전에 대해서도 상세하게 이야기했는데, 인도의 전통적인 가치들을 가사로 전달하면서 브라이언 애덤스와 통하는 미국의 독특한 전통을 몸에 꽉 끼는 청바지를 통해 전달하자는 것이었다.

"이 바보야, 브라이언 애덤스는 캐나다 사람이야. 그것도 몰랐냐." 라비가 말했다.

아르준은 라비를 바라보며 진지하게 대꾸했다. "우린 좀더 나은 연습 장소를 찾아야 해."

그들은 커피 전문점에 앉아 설탕을 휘저으며 차가운 커피를 홀짝거리고 있었다. 몇 시간이 금방 지나갔다. 유나이티드 아케이드로 가서 정신없이 비디오게임을 하고 GK 시장에 새로 생긴 커피 전문점에 들어와 탁자 위에 발을 올려놓고 노닥거린 게 전부였다.

"너네 집에서 연습하는 건 어때? 커다란 정원도 있고 전기가 끊길 일도 절대 없잖아. 너네 아버지는 거기서 연설까지 하잖아. 그러니까 분명 앰프도 있을 거야. 지붕에 올라가서 연습할 수도 있고. 소음이 심하다고 옆집 사람들이 불평하면 앰프를 빼고 연습하면 돼." 라비가 말했다.

라비의 말은 모두 사실이었고, 또 그럴 수 있으면 좋겠지만 그러자면 문제가 되는 게 한둘이 아니었다. 우선 아르준은 지금까지 동생이 열두 명이 아니라 여섯 명뿐이라고 말해왔다. 믹서와 압력밥솥의 소음이 끊임없이 흘러나오는 주방을 지나 아기방을 돌아가면 어머니 방에 옹기종기 모여 앉아 텔레비전을 보거나 비디오게임을 하는 동생들을 적어도 다섯 명은 발견하게 될 것이다. 그뿐만이 아니었다. 욕실에 들어가면 칫솔이 무수히 꽂혀 있었다. 벽에 걸려 있는 대형 가족사진들은 어쩐단 말인가. 식탁 위에는 열다섯 명이 함께 식사할 수 있는 식탁 매트가 놓여 있었다. 신발장은 신발들로 넘쳐나서 공간이 턱없이 부족했고, 다리미판에는 개어놓은 세탁물이 산더미처럼 쌓여 있었다. 손님용 침실에는 잡동사니가 꽉 들어차 있었다. 두루마리 화장지, 연고, 탐폰, 비닐 포장된 기저귀 그리고 낡은 밀폐 항아리 들이 있었는데, 항아리 속에는 어머니가 좋아하는 것들, 이를테면 라이프보이 비누, 아마 씨, 구운 마늘, 껌, 말린 망고, 파를르 지 비스킷이 들어 있었다. 그래서 친구들을 집으로 데려가는 건 위험천만한 일이었다. 지난 몇 년 동안 그는 친구들

118

을 집으로 초대한 적이 한 번도 없었다.

게다가 항상 말썽을 일으키고 시끄러운 하인 산카르도 있었다. 그는 한마디로 천방지축이었다. 지금까지 일방적으로 해고당하거나 자발적으로 사직한 게 한두 번이 아니었다. 술에 취해 있는 날도 드물지 않았다. 유쾌하게 농담을 할 때도 있지만 어떤 때는 정색을 하고 남의 일에 쓸데없이 참견했다. 아무튼 그가 일으키는 문제는 끝이 없었다. 가장 최근에 해고당했을 때는 항상 하인들을 괴롭히는 안주인에게 편지를 써서 보냈다. 편지에서 그는 아후자 집안에서는 똥개가 하인들보다 나은 대접을 받기 때문에(틀린 말은 아니었다) 다시 태어나면 아후자 집안의 개로 태어나고 싶다고 적었다. 다행히 아후자는 그 편지를 받아 보고 불쌍한 산카르에게 연민을 느꼈다. 산카르의 편지는 라니켓에 있는 그의 집을 무너뜨린 빗물 때문에 글자가 번져 엉망이었다. 그는 폭우로 집이 폭삭 내려앉아 할부로 구입한 휴대전화 외에는 아무것도 건지지 못했다고 썼다. 그리고 아후자의 집에서 개로 다시 태어나 살면 어떨지에 관한 편지를 쓰기 전에(그의 주장대로라면) 전화를 걸었지만 히말라야산맥에서는 전화도 잘되지 않았다고 했다. 중요한 것은 산카르에게는 모든 사람을 제 마음대로 주무를 수 있는 이상한 힘이 있다는 사실이다. 그는 아후자의 집으로 돌아올 때마다 항상 전보다 더 당당하고 뻔뻔한 모습을 보였다. 그는 모든 일에 자신의 의견을 내세웠다. 그리고 아르준이 반복해서 틀어놓는 오프스프링의 〈Pretty Fly for a White Guy〉를 듣고 계속 그 노래를 흥얼거렸다. 노래의 내용도 전혀 모르면서 그렇게 흥얼거리는 건 그래도 받아들일 수 있었다. 솔직히 말해서 그 노래를 제대로 아는 사람은 집에 아무도 없었다. 아르준도 마찬가지였다(그는 바지에 달린 멋진 모양의 지퍼에 관한 노래라고 생각했다).

아르준 자신도 그 노래를 흥얼거리고 있었다. 그는 라비를 향해 보일 듯 말 듯 고개를 끄덕이면서 부모님과 동생들은 집에서 무얼 하고 있을지 궁금해했다. 벌써 오후 다섯시였다. 허락도 받지 않고 이렇게 오랫동안 집 밖에 나와 있은 적은 한 번도 없었다(열여섯살이나 되었는데도! 열여섯 말이다!). 부모님이 안절부절못하면서 친구들 집으로 허겁지겁 전화 거는 모습을 상상하자 짜릿하고 뿌듯했다.

아니, 어쩌면 자식이 집에 없다는 사실조차 여태껏 알아차리지 못했을 수도 있었다.

자식이 열셋이나 되는 집에서는 충분히 있을 수 있는 일이었다.

"어떻게 할래? 너희 집에서 연습할까?" 라비가 말했다.

"괜찮은지 아버지께 여쭤볼게." 아르준이 말했다.

10
여론 조작

아후자는 아르준의 록 밴드를 무시하지 않았다. 무시할 수가 없었다. 그는 아르준을 뒤따라 아기방 문턱까지 갔지만 그날 두번째로 아들과 대화할 기회를 놓쳤다. 아후자는 침대에 누워 있는 비크람을 번쩍 들어 어깨에 올리고 트림을 시켜주었다. 그러다가 갑자기 자신과 막냇자식 사이의 엄청난 거리를 자각했다. 시간과 공간의 팽팽한 밧줄이 두 사람을 갈라놓고 있었다. 둘 사이에는 그가 낳은 아들딸이 자그마치 열두 명이나 있었다. 그의 지시에 따라 아들딸들은 일찍부터 아기 돌보는 법을 배웠다. 그러다보니 라케시가 비크람의 기저귀를 갈아주고 침대 옆에 무릎을 꿇고 앉아 비크람을 어르는 시간이 점점 줄어들 수밖에 없었다. 우선 순위가 높은 문제들─예를 들어 지금 아르준의 문제─은 항상 사람을 바쁘게 만들었다. 때때로 가족이라는 시스템 속으로 뛰어드는 것은 자신의 지능이 낭비되는 것 같은 느낌을 불러일으켰다. 한번 주어진 지시 내용이나 주입된 교육은 마치 인간 체내의 DDT*나 한 경제체제 내의 부富 혹은 교육나눔운동처럼 집중적인 축적을 통해서, 소외되고 의견도 낼 수 없는 아기들에게까지 전달될 것이다. 아기는 팔다리가 달린, 자극들의 집합체가 아닌가? 리타의 초경이나 앞뜰에 불을 지르려던 바룬의 시도, 콜라는 여러 물질이 섞여 잉크 맛이 난다는 사힐의 발견 같은 문제들과 어떻게 비교될 수 있겠는가? 아르준과 대화를 나눠야 할 시간에 그는 아기한테 키스나 퍼부으며 무슨 짓을 하는 건가?

그는 자신이 비용편익분석을 하고 있다는 생각이 들자 역겨웠다.

"오늘은 아르준이 집에 들어오면 제 엄마에 대해 얘기해줘야겠소." 아후자는 아내를 돌아보지도 않고 말했다.

"좋아요." 산기타가 말했다.

"좋아요? 좋아요라고? 당신, 내 말을 안 믿는 거지?"

"믿어요. 믿는다고요."

하지만 아후자는 아내가 자신의 말을 믿지 않는다는 걸 알고 있었다. 결혼생활을 이어오는 동안 아르준에게 비밀을 모두 털어놓겠다고 무려 백마흔다섯 번이나 아내를 협박했으니까.

"그런데 왜 그러는 거요?" 아후자가 물었다.

"좋다니까요."

"그뿐이오?"

"예."

"제기랄. 산기타, 당신하고 얘기해봐야 아무 소용도 없다니까."

---

* 강력한 유기염소계 살충제. 생체에 들어가면 지방에 축적됨.

응접실에 가자 아이들이 여느 때보다 반갑게 아후자를 맞았다. 아이들은 아르준이 어떤 여학생의 환심을 사려고 록 밴드를 결성했다고 말했다.

"그 여학생이 누군데?" 아후자가 물었다.

"오빠와 같은 버스를 타고 다니나봐요." 아니샤가 대답했다. 아니샤는 여덟 살인데도 아직 엄지손가락을 빨았다. 과일 아이스크림 맛이 난다면서.

"그 여자애가 어쨌는데?" 아후자가 물었다. 그는 실내화 끈을 풀었다. 이 시간이면 집 안은 평소보다도 무미건조하고 초라해 보였다. 탁자와 의자는 모두 새하얀 색으로 칠해져 있었고 벽에 걸린 그림들은 한쪽으로 기울어 있었으며 진흙 발자국은 천천히 노을빛으로 변해가고 있었다. 찬장에 보얗게 쌓인 먼지가 모든 가구를 함부로 방치하고 있다는 사실을 단적으로 보여주었다.

아후자가 벌떡 일어서자 비닐 커버 소파에서 뿌지직 소리가 났다. 아이들은 그의 발을 만지려고 허리를 굽혔다가 발을 감싸고 있는 강력한 냄새를 맡고는 손을 거둬들이면서 말했다. "같은 버스를 타고 다닌대요."

"그 여자애는 우리에 대해 알고 있니? 알면서도 이런 집에 들어오고 싶어한다고? 난장판 같은 이런 집에? 너희 몰골을 한번 봐라. 그런 몰골을 한 너희를 내가 어떻게 결혼시킬 수 있겠니? 응? 몇 대가 함께 살아가는 모습을 감히 상상이나 할 수 있겠니?" 아후자가 자신의 허벅지를 철썩 쳤다.

아이들이 깔깔거리며 웃었다.

"아이스크림 먹고 싶니?" 아후자가 말했다. "좋아, 칸 시장으로 가자꾸나."

오후 네시였다. 그들은 도로를 건너 칸 시장으로 들어갔다. 경비 두 명이 원뿔 모양의 막사에서 달려나와 커다란 노란색 바리케이드로 도로를 막고 아이들이 바리스타까지 안전하게 건너가도록 해주었다(경적을 울리던 차량들은 깜짝 놀랐다). 바리스타는 아후자 가족이 즐겨 찾는 커피 체인점이었다. 먼지로 뒤덮인 오래된 서점들과 화려한 외국 상품들이 쌓인 상점들이 작은 시멘트 기둥들 사이에 밀집해 있었는데, 대부분 셔터가 내려져 있었다. 이따금 도로에서 먼지가 자욱하게 일어나 회오리바람이 되었다가 사라졌다. 하얀색 바탕에 붉은 글자가 적힌 거창한 간판들이 시장의 이쪽 끝에서 저쪽 끝까지 걸려 있었는데, 그게 꼭 썩은 이빨들처럼 보였다. 이빨들은 당장에라도 땅을 씹어 먹을 듯 불안하게 매달려 있었다.

바리스타의 점원이 생일 파티를 하는 거냐고 물었다. 그 가게에는 대형 케이크가 구비되어 있었다.

아후자가 아니라고 대답했다.

그러자 점원은 학교에서 소풍을 나온 거냐고 물었다.

"아닙니다. 아이스커피 여덟 잔 주세요. 그리고 탁자는 네 개를 붙여주시고요."

아후자는 엄청난 카페인과 설탕이 가뜩이나 산만한 아이들에게 얼마나 큰 피해를 줄지 예상하지 못했다. 그는 아이들을 탁자 주변에 앉히고 사힐과 아니샤는 자신의 무릎에 앉힌 뒤 말했다. "자, 아르준에 대해 해줄 말이 있으니 잘 들어라. 너희도 기억하지? 내가 너희 엄마와 결혼하기 전에 다른 여자와 결혼한 적이 있다는 거 말이다."

그는 어리둥절한 아이들의 얼굴에 주름이 잡히는 걸 보았다. 꼭 늙은 아후자처럼 보였다. 코를 후비는 아이 수가 갑자기 배로 불어났다. 빈 유리잔에 꽂힌 빨대를 빠는 아이, 허공에 대고 중얼거리는 아이, 서로를 멍하니 바라보며 귀를 긁어대는 아이들.

조금 후 아이들이 대답했다. "기억하고 있어요."

"예, 기억해요."

"예, 아빠."

"예."

"예."

사힐과 아니샤 그리고 리시만 대답이 없었다. 그들은 제때 깎지 않은 손톱에 낀 때를 파내고 있었다. 아후자는 손등으로 그애들을 가리키며 말했다. "너흰 너무 어려서 아마 기억 못할 거야."

또다시 편을 갈라서 공략하는 아후자의 버릇이 나왔다!

사힐과 아니샤, 리시가 반발하고 나섰다. "아빠, 우리도 기억하고 있다고요!"

"얘가 지금 뭐라는 거니? 너희는 그때 너무 어렸어." 타냐가 비아냥거렸다.

"그래, 타냐 말이 옳아. 아주 오래전 일이야. 너희 모두가 태어나기 전이었지. 내가 너희 엄마와 결혼도 하기 전이었어. 너희도 알다시피 젊었을 때 나는 다른 여자와 결혼했단다. 하지만 그 여자는, 너무나 안타깝게도 자동차 사고를 당해 그 자리에서 죽고 말았지. 예전에 이런 얘기를 들려줬는데, 기억하지? 정말 비극이었지. 영화 속에 나오는 일처럼 말이야. 아무리 잊으려 해도 잊을 수가 없어."

"저도 그 얘기가 잊혀지지 않아요." 라훌이 말했다.

"물론 그 얘기 기억하고 있죠."

"저는 백 프로 기억해요."

"당연하죠."

"너무 슬퍼요."

"정말 영화 같은 일이에요."

"으앙. 슬퍼요."

"콘테사였죠, 아빠?"

"뭐?" 아후자가 말했다.

"차가 콘테사 아니었어요?"

"응, 콘테사. 아무튼 너희도 알다시피 그 여자가 바로 아르준의 친엄마였단다. 이것도 알고 있지? 왜 다들 그렇게 놀란 표정을 짓는 거지?"

놀랐다는 표현은 그 상황에 전혀 적합하지 않았다. 아이들은 강제로 꿇어앉혀져 엉덩이에 주사를 열 방씩 맞은 것 같은 표정을 짓고 있었다.

카운터에 설치된 전기살충기에서 타닥 소리가 났다. 평행으로 늘어선 네 개의 불빛을 향해 날아온 파리들이 감전사하면서 나는 소리였다.

"놀라지 않았어요, 아빠." 아이들이 거짓말했다.

"우린 아르준 형에 대해 알고 있어요."

"그래서 아르준 형은 영화 주인공이 악당한테 '엄마 젖이나 제대로 먹고 왔나?' 할 때 별로 안 좋아했구나. 엄마하고 같이 있으면

126

아르준 형은 악당이 된 거 같은 기분이 드나봐요."

"맞아."

아이들을 속이고 있자니 아후자는 기분이 언짢아졌다. 하지만 선택의 여지가 없었다. 아이들은 영화를 들먹이며 어쭙잖게 어른 흉내를 냈지만 그가 보기에 아이들은 분명 놀랐다. 하지만 아이들 스스로 자신들의 행동과 감정을 억제하도록 내버려두는 게 나았다. 아이들이 공격적으로 질문을 퍼붓지 않고 계속 기억을 쥐어짜다 보면 나중에는 지쳐서 자기들도 모르게 충격적인 소식에 익숙해져 대수롭지 않게 받아들이게 될 것이다.

"그래. 정말 기억력이 좋구나." 아후자가 말했다. "그동안 대구 간유를 부지런히 먹인 보람이 있구나. 너희 엄마가 아르준을 떠맡게 됐을 때 그 아이는 겨우 세 살이었기 때문에 우리는 친엄마에 대해 아무 얘기도 하지 않았단다. 너희는 세 살 때 일을 기억할 수 있니? 기억 못하지? 내가 하고 싶은 이야기는 이거야. 형제들 가운데 너희 엄마 뱃속에서 나오지 않은 유일한 아이인데다 자기 친엄마를 기억조차 못해서 아르준은 약간 우울해하고 있었어. 소외감을 느끼는 거지. 아르준은 엄마와 너희들이 자기를 똑같이 대하지 않는다고 생각하고 있어."

아이들은 이제 완전히 걸려들었다. 아후자의 노련한 연설을 들으며 몇 번 고개를 끄덕이다보니 이제는 거부할 수가 없게 되었다. 아빠가 무슨 이야기를 하는지 모르겠다는 말도 할 수 없어져버렸다. 아이들은 침착하게 행동하려 애썼다. 옛날 일을 모두 기억하는 척한 것, 그리고 아르준을 함부로 대한 것도 인정할 수밖에 없었다. 아이들은 무겁게 숨을 내쉬었다.

"그러니까 아르준 오빠는 아빠의 의붓아들이네요." 제 딴에는 다른 아이들을 위해 중간에서 설명을 해준답시고 타냐가 말했다. 타냐는 스스로를 형제들의 대표로 여겼다. 그녀는 시간을 벌려고 애쓰고 있었다.

"맞아, 바로 그거. 의붓아들." 바룬이 맞장구쳤다. 그는 비밀을 지켜주는 대가로 아르준이 자기한테 무엇을 해줄지 생각하느라 부지런히 머리를 굴리고 있었다.

"나도 벌써 알고 있었어." 라훌이 거짓말했다. 그는 이 놀라운 소식을 블로그에 올리고 싶어 몸이 근질거렸다.

"뭐라고? 지금 다들 무슨 말을 하고 있는 거냐? 그게 아냐. 의붓아들이라니! 그애는 내 친아들이야. 내 피를 물려받았단 말이다. 만약에 모기 한 마리가 내 피를 빨아먹고 나서 너희와 아르준의 피까지 빨아먹었다고 치자. 그 모기는 우리의 피를 전혀 구별 못할 거야. 그건 마치 다이어트 펩시와 다이어트 코크의 맛을 구별하지 못하는 것과 같아. 그애는 내 아들이야. 너희가 내 아들인 것처럼 그애도⋯⋯"

"하지만 저는 딸이잖아요." 리타가 말했다.

"그래, 그래. 내가 실수했구나. 그애도 너희처럼 내 자식이란 말이다. 엄마만 다를 뿐이지. 그러니까 그애는 나한테는 친아들이고 너희 엄마한테는 의붓아들이 되는 셈이지. 이게 너희가 알아야 할 사실의 전부야."

"그러니까 아르준 오빠가 의붓아들이긴 한 거네요." 아이들을 향해 진지하게 고개를 끄덕이며 타냐가 말했다.

"신데렐라처럼?" 바룬이 흥분해서 말했다.

"아니야, 바보야. 신데렐라는 의붓딸이잖아." 리타가 발끈했다.

"의붓이니 뭐니 하는 말도 안 되는 소린 그만해라. 엄밀하게 말하자면 아르준은 배다른 형제야."

"엄밀하게가 뭐예요?" 사힐이 물었다.

"특별약정이란 뜻이지. 엄밀히 따지면 영국이 인도를 지배한 것도 그런 거고." 리타가 아는 척했다.

"그런 말이 아냐. 다들 왜 이렇게 멍청해? 법으로 정해놓았다는 뜻이야." 타냐가 말했다.

"타냐, 그럼 약정이 정확히 무슨 뜻인지 말해봐. 말해보란 말이야."

"너야말로 진짜 의붓딸이구나! 마녀 같은 게." 타냐가 식식거렸다.

"누가 의붓딸이라는 소리냐?" 아후자가 물었다.

"예?"

"누가 의붓딸이라고? 큰 소리로 말해보거라!" 아후자가 반복해서 물었다.

"아니에요, 아빠. 그러니까 제 말은…… 제 말은 엄마가 아르준을 의붓딸처럼 대하고 있다는 거죠. 그래서 의붓딸이라는 표현을 쓴 거예요. 엄마는 저희한테 '아르준이 아기들을 못 건드리게 해야 돼. 기저귀도 못 갈게 해. 너희 장난감을 만지려 하거든 숙제나 하라고 해라' 그러셨거든요."

"그게 정말이냐?" 아후자는 놀라는 척했다. 산기타는 그가 부탁했던 것들을 그대로 아이들에게 전달한 것이다. 하지만 지금 그 문제를 깊이 파고들 생각은 없었다. "그러니까 너희 모두 아르준을 따뜻하게 대해줘야 해. 엄마한테도 아르준이 너희 모두와 똑같다고 말씀드려야 하고. 엄마한테 가서 말씀드려라. 아르준이 의붓아들이면, 우리도 의붓아들, 의붓딸이라고 말이야! 만일 너희 중에 하나라도 아르준에게 의붓아들이니 뭐니 하는 말을 하거나 험한 말을 했다가는……" 그는 턱짓으로 자신의 불끈 쥔 주먹을 가리켰다.

"아빠, 우리는 그런 짓 안 해요. 아르준 형은 우리 형제니까요!"

"그래요. 우리는 아르준 오빠를 사랑해요."

"아르준 형은 우리가 제일 좋아하는 형이에요."

"맞아요. 저한테 얼마나 잘해주는데요."

잘해준다고?

"저한테 산수도 가르쳐줘요."

아후자는 아이들을 둘러보았다. 무척 산만했다. 가느다란 갈색 팔다리를 잠시도 가만히 두지 못했다. 플라스틱으로 된 싸구려 디지털 손목시계를 손목 위아래로 연거푸 올렸다 내리고 탁자 아래로 저희끼리 발길질을 해댔다. 그는 눈썹을 찡그리며 말했다. "내가 죽고 나서 너희 엄마가 너희에게 아르준을 구박하라고 시키면? 그러면 어떻게 할 거냐? 내가 오늘 했던 말은 모두 잊어버리겠지?"

슬쩍 떠보는 질문이었는데도 아이들은 적절하게 대답했다.

"아빠는 절대로 죽지 않을 거예요." 사힐이 말했다. 그의 뺨을 타고 눈물 한 방울이 굴러내렸다.

그러자 아이들 모두 울음을 터뜨렸다. 아이들 눈에서 눈물이 흘러넘쳤다. 하지만 거짓 눈물이었다.

"아빠 죽지 않아요. 우린 엄마보다 아빠를 더 사랑해요."

"맞아요, 아빠. 우리는 엄마 말 듣지 않고 아빠 말만 들을게요."

"아빠 사랑해요."

"저도요."

"저도 엄마보다 아빠가 더 좋아요."

아후자는 아이들을 하나씩 안아주면서 근엄한 표정으로 아이들의 찬사를 받아들였다. "아니, 얘들아. 이러지 마라. 그냥 말이 그렇다는 거지. 이 아빠는 아주 오래, 아주 오래오래 살 거야. 내가 엄마한테 가서 아르준을 구박 못하도록 하마."

그렇게 해서 아후자는 아이들을 상대로 손쉬운 승리를 거두었다. 그는 감정을 자극하는 공갈범이었고 아이들은 드라마의 여주인공처럼 야단스럽게 반응했다. 어쨌든 그는 기분이 날아갈 듯했다. 그가 인생에서 원한 것은 오직 신임투표, 그것밖에 없었다. 하루에 단 한 시간이지만 자신이 인기도에서 산기타를 앞섰다는 증거, 정치 인생에서 무엇을 했든 간에 아이들의 사랑을 얻을 수 있을 거라는 증거를 확보한 셈이었다. 아이들은 그가 정치계에 남아 있는 이유였다. 아이들은 그의 부패를 정화해주었고 그의 카리스마를 확인해주었다. 아직 너무 어려서 말의 속임수를 못 배운 아기들, 말을 전혀 몰라 그의 사교적인 문장에 속아넘어갈 수조차 없는 아기들까지도 그를 절대적으로 신뢰해주었다. 자세만 봐도 그는 신뢰받게끔 되어 있었다(그는 온화하게 고개를 숙였다). 그는 소리 높여 정직성에 대해 외쳤다(항상 신이 나서 모든 일을 때려치웠다). 그는 상대방의 마음을 읽는 데 동물적이었다(보통 사람이라면 마땅히 들을 것도 그는 잘못 듣는다). 그의 앞니는 아주 우아하게 고기 속으로 파고들었다(그는 탄두리 치킨을 사랑하라고 아이들에게 가르쳤다). 그는 아이들을 안아올릴 때 아이들에게 사랑받고 있다는 걸 알 수 있었다. 아이들이 달려들어 그의 양쪽 무릎을 갉아먹는 시늉을 할 때도, 아이들이 그를 믿고 비밀을 털어놓을 때도, 그가 이동중에 보낸 긴 이메일에 아이들이 답장을 보내올 때도 그런 느낌을 받았다. 아이들은 저마다 이메일에 아버지에 관한 기억을 상세히 떠들며 과시했다.

아후자는 마음이 놓였다. 아르준이 아버지와 친하다고 아이들이 지금껏 아르준을 못마땅하게 여겼다면 이제는 바로 그 때문에 아르준을 좋게 바라볼 것이다. 이제 해야 할 일은 아르준과 단둘이 얘기를 나누는 것뿐이었다. "마지막으로 한 가지. 내가 오늘 너희에게 했던 말은 절대로, 다시 한번 강조하는데 절대로 아르준에게 해선 안 된다. 안 그러겠다고 약속할 수 있지? 아르준을 이복형제나 배다른 형제라고 부르면 절대 안 돼. 지금까지 해온 대로 아주 자연스럽게 대하는 거야. 이해하겠니? 만약 그러지 않으면 너희 모두 보호소에 보내버리고 말 테다. 만약 너희 가운데 하나라도 아르준에게 이상한 소리를 했다가는 모두 보호소에 보내버릴 테니 그렇게 알고 있어. 정말이야. 내 말을 절대 허투루 들어선 안 돼."

11
쓰라린 반쪽

먼저 나와보았자 달아날 의향이 없으면 아무 소용 없는 것이다. 이제 아후자 부인이 된 산기타는 정말이지 달아날 마음이 전혀 없었다. 그녀는 스물여섯 살이었고 전날 밤 갑자기 섹스에 입문한 것에 너무 당황해 호텔 정문까지밖에 나갈 수 없었다. 그곳에서 그녀는 화창한 햇살 속에 서서 황금색 베일을 벗어버리고 치렁치렁한 두파타를 열어젖혔다. 열이 나서 뜨거운 살갗에 신선한 바람이 와 닿았다. 커오면서 산기타는 자신이 너무 못생겨 남자와 잠자리를 갖는 것은 고사하고 평생 남자의 몸에 손가락 한 번 대보지 못할 거라고 확신했었다. 그래서 그녀는 섹스에 병적으로 집착하게 되었다. 그녀는 책과 영화와 잡담에서 성욕을 채우곤 했다. 성행위에 대해 그녀의 몸이 아는 건, 손가락 사이에 잠깐 붙잡혔다가 이내 팔랑거리며 날아가버리는 나비의 날개처럼 얄팍했다. 결혼 첫날밤 그녀는 자신이 무언가를 간절히 바라며 자신의 몸 위를 가볍게 떠도는 것 같다고 느꼈다. 그녀의 어머니는 섹스의 절차에 대해 아무 얘기도 해주지 않았다. 그녀는 섹스에 관해서는 지참금 없이 결혼한 것이나 마찬가지였다. 라케시가 "일단 섹스나 합시다"라고 말했을 때 그녀는 순순히 응했다. 안 될 게 뭐 있겠는가?

섹스에 대해 알 수 있는 방법이 달리 없지 않은가?

쾌감은 일시적이었다. 그것은 험악한 밤바다에 홀로 떨어져 있는 섬 같았지만 그래도 분명 쾌감은 쾌감이었다. 그녀는 군침을 흘리는 남자와 그로 인한 귀찮은 문제들에 눈떴다. 그녀는 결혼을 했고 성관계를 맺었으며 치욕을 맛보았다. 그리고 그녀 앞에는 수많은 난관이 산더미처럼 쌓여 있었다. 그 난관을 피하려면 가족에게 연락해 부피가 엄청난 침구류를 끌고 기차에 올라야 했다. 그리고 안개에 휩싸인 달하우지의 고지대로 자취를 감춰야 했다. 거기서 자신은 라케시의 아이를 낳게 될 것이다. 그녀는 이미 아이를 가졌다고 확신했다(섹스와 임신에 관해 그녀는 심각하게 무지했고 미신에 사로잡혀 있었다. 그것을 능가하는 것은 그녀의 출산 능력밖에 없었다). 그런데 비극은 라케시가 임신에 대해 전혀 모를 거라는 것이었다. 극성스러운 그녀의 어머니는 아이가 태어나면 아이 아버지와 절대로 못 만나게 할 것이다. 아이는 그녀와 그녀의 부모, 아샤, 라가브 등 머저리 같은 가족들 손에서 자라게 될 것이다. 그러면 어머니의 계획이, 가족끼리 영원히 함께 사는 것이 실현되는 것이다.

그녀가 전날 밤 라케시에게 털어놓은 가족 이야기는 모두 사실이었다.

불행하게도 호텔 주차장의 푹푹 찌는 더위 속에 내던져지자마자 산기타는 깨달았다. 델리가 낯선 도시라는 것을. 그녀가 갈 곳은 어디에도 없었다. 그녀는 라케시에게 모든 진실을 털어놓았고 이제는 그의 처분에 따를 수밖에 없었다.

그리고, 그녀는 다시 섹스를 하고 싶었다.

그래서 그녀는 주차장을 어슬렁거리면서 운전사들을 상대로 난감한 표정을 연습했다. 운전사들은 손잡이가 달린 걸레로 자신들의 차를 윤이 나도록 닦고 있었는데, 다들 라케시가 그랬던 것처럼 의아한 표정으로 그녀를 바라보았다. 어느 순간 라케시가 모래바람을 뚫고 그녀 뒤로 터벅터벅 다가왔다.

"여기서 뭐 하는 거요?" 라케시가 물었다.

그는 숨을 헐떡거리고 있었다. 그녀는 가만히 서 있었다. 그녀는 있는 그대로 말했다. "그냥 여기 서 있어요. 아침잠을 방해하고 싶지 않아서……"

"그렇군. 알았어요." 그는 약간 짜증이 난 것처럼 보였지만 곧바로 표정을 바꾸고 진지하게 말했다. "이봐요, 어젯밤 일은 미안해요. 내가 원래 그런 인간은 아닌데. 아무튼 오해하지 말았으면 좋겠어요. 사실 나도 많이 놀랐어요. 하지만 우리는 이 결혼생활을 이어가야 한다고 봅니다. 이상하게 들릴지 모르겠지만 나는 당신 말이 마음에 들었어요. 솔직하게 말해줘서 고맙기도 하고. 당신은 정말 용기 있는 여자더군요."

산기타는 딱히 대꾸할 말이 없었다. 그의 말을 이해할 수 없었다. 그의 두 뺨에 자라난 짧은 수염은 검고 벨벳처럼 부드러워 보이고 땀에 젖어 있었다. 입술 주위에도 드문드문 수염이 나 있었다. 꼭 누구한테 두들겨맞고 나서 검정색 거즈를 붙인 것 같았다.

"이 결혼생활은 이어가야 해요." 그가 다시 말했다. "나는 운명을 믿습니다."

운명! 하! 산기타는 웃겨서 죽을 뻔했다.

이제 그녀의 운명이 모습을 드러낼 것이었다. 달리 무엇을 해야 할지 모른 채 그녀는 무작정 그를 따라 시부모의 집으로 갔다.

"아샤, 만나서 정말 반갑구나." 시부모가 말했다.

"저기, 어머니. 아무래도 헷갈리시는 것 같은데요." 라케시가 혀를 차는 소리를 내며 말했다. "이 사람 이름은 아샤가 아니라……" 라케시는 아직 그녀의 이름조차 몰랐다. 믿을 수 없게도.

"산기타라고 합니다. 아샤는 애칭이고요." 산기타가 말했다.

불쌍한 시부모는 어안이 벙벙한 표정을 지었다. 그들은 거듭 사과했다. 너무나 당황해서 금방이라도 숨이 끊어질 것처럼 보였다.

"정말 좋은 분들이네요. 그런 느낌이 들었어요." 차에 올라탔을 때 산기타가 말했다.

그녀는 생각했다. 내가 침대에서 제대로 했을까? 이제 자기집으로 데려가는 건가? 내 무릎에 앉아 있는 이애가 아르준이라고? 라케시가 나한테 매력을 느낄 수 있을까?

라케시는 고개를 가로저었다. "좋은 분들 같다고요? 영 잘못 짚은 것 같은데. 지금쯤 두 분이 무슨 얘기를 하고 있을지 알아요? 라케시가 어디서 그런 여자를 데려왔을까? 영어도 제대로 못하는 그런 여자를. 아마 이러고 있을 거예요."

그는 자신의 설명을 무척 재미있어하는 것처럼 보였다.

처음부터 문제가 된 건 섹스였다. 그녀는 섹스가 하고 싶었고 자신이 섹스를 하고 있다는 걸 세상에 알리고 싶었다. 하지만 라케시는 그녀의 배가 눈에 띄게 불러올 때까지 한 번도 그녀를 건드리지 않았다. 그는 아르준과 놀아주느라 정신이 없었고 여기저기 집회에 참석하느라 밤이면 지쳐서 쓰러졌다. 산기타의 접근을 뿌리치듯, 자면서도 팔다리를 뒤척거렸다. 산기타는 나름대로 여러 가지 수법을 동원해보았지만 통하지 않았다. 두파타를 젖꼭지 위로 교묘하게 묶어보기도 했고 속이 훤히 비치는 블라우스를 입고 제일 위의 단추를 풀어보기도 했다. 그리고 아르준과 라케시를 다정하게 껴안아보기도 했다.

이 마지막 '수법'은 라케시를 짜증나게 만들었다. 어느 날 밤, 히마찰에서 선거운동을 마치고 돌아온 라케시가 산기타를 보고 말했다. "아이를 내려놔."

그가 집으로 들어왔을 때 산기타는 아이의 겨드랑이 밑으로 손을 넣어 번쩍 들어올리면서 말했다. "아빠한테 안녕하세요, 해봐. 안녕하세요, 아빠."

"아이 내려놓으라니까." 라케시가 다시 한번 말했다. "당신은 애가 싫어하는 거 안 보여? 난 지금 시시덕거리고 있을 기분이 아니야. 선거에서 지게 생겼다고. 그동안 아까운 시간만 허비했어. 당신도 시간만 낭비한 거야. 그애는 당신 아들이 아니야. 그애는 절대로 당신 아이가 될 수 없어. 애가 말을 좀더 잘 알아듣게 되면 친엄마에 대해 알려줄 거야. 그러면 당신은 거들떠보지도 않을걸. 당신이 지금 아무리 잘해줘봐야 다 소용없어. 고마워하지도 않을 텐데 뭐. 무슨 말인지 알겠어?"

하지만 그녀는 고맙다는 말이 듣고 싶어서 그런 게 아니었다. 그녀는 아이를 무척이나 아꼈다. 온종일 아르준에게 키르*도 만들어주고 노래도 불러주고 멋진 곱슬머리를 감겨주기도 하면서 보냈다. 남편으로부터 섹스를 약속받지 못하더라도 기꺼이 그렇게 했을 것이다.

당신이 상처받은 거 이해해요. 하지만 나한테 이러지는 마요. 제발 나 좀 이해해줘요. 난 당신 아들을 내가 낳은 아들처럼 사랑하고 있다고요. 그녀는 그렇게 말하고 싶었다. 하지만 어떻게 그럴 수 있겠는가? 산기타는 라케시가 대리석 바닥에 맨등을 대고 눕는 걸 보았다. 그의 머리가 차갑고 딱딱한 표면 위에서 떨었다. 그날 밤 늦게 그는 침대 밑으로 기어들어가 흐느껴 울었다. 그녀는 침대 위에 반쯤 잠이 깬 상태로 누워서 라케시의 목구멍이 터져나오는 울음을 참느라 떨리는 것까지 느낄 수 있었다. 아기처럼 꼭 움켜쥔 그의 손이 침대 밑 어둠 속에서 불쑥 튀어나왔다. 이따금 그는 머리로 침대 밑판을 들이받고 나서는 몇 분간 죽은듯이 있었다. 타조처럼 어리석은 자신의 행동을 자각하고 조용해지는 것이었다. 그러면 산기타는 침대 위에서 몸을 웅크리고 슬픔에 잠겨 생각하곤 했다. 왜 내게 얼굴을 안 보여주는 거죠? 왜요? 왜? 왜?

신은 가장 심술궂은 방식으로 그녀의 소망을 이루어주었다. 뜻밖에도 라케시가 선거에서 승리를 거둔 것이다. 그는 자신에게 집착하게 되었다. 이제 그는 자신의 성공을 자랑하는 일을 멈출 수 없었다. "나 같은 배경을 가진 사람이 정치계에 입문할 수 있으리

---

*쌀과 우유, 설탕으로 만든 인도의 간식.

라고는 꿈에도 생각 못했어. 정말 우습지 않아? 이 사람들은 대부분 고등학교도 못 나온 사람들이야. 당신은 나왔어? 좋아, 좋아. 가끔 내 힌두어 실력이 형편없어서 기분이 별로일 때도 있어. 그럴 때면 나는 미국이 얼마나 역겨운지 말하기 시작했지. 그러면 놈들은 모두 내 말에 귀를 기울였어. 내가 미국에서 살았기 때문이지! 내가 외국물을 먹은 사람이라서 놈들은 날 더욱 신뢰한단 말이야!"

산기타는 자랑스러운 마음으로, 그리고 의무감 때문에 이 정보를 동네에서 사귄 두 친구에게 떠들고 다녔다.

하지만 그녀가 어쩌지도 못하고 떠벌리지도 못한 것은 라케시가 SZP당의 당수인 루파 발라를 존경하고 있다는 사실이었다. 그녀는 라케시의 정치적 스승이었다. 그는 확실히 상사병에 걸려 있었다. "루파 발라는 정말 대단한 여성이야. 남편이 죽고 한 달밖에 안 지났는데 당을 승리로 이끌고 있어. 당신도 그 얘기 들었지? 남편은 곡물 수확기에 깔려 죽었어. 정말 두뇌가 명석한 여자라니까. 당수는 나한테 두번째 어머니나 마찬가지야. 당수한테는 무슨 얘기든 해도 돼. 자의식도 강한 여자야. 나한테 이러더군. '라케시, 내가 발을 담근 장미수를 당신도 마셔야 한다니 죄송해요. 마치 제가 종교집단의 지도자 같다는 느낌이 들어요.' 그래서 내가 이렇게 대답했지. '여사님, 여사님은 당연히 그렇게 보여야 합니다!' 하고 말이야."

마지막 말이 산기타의 분노를 자아냈다. "무슨 일인지 모르겠어요. 아르준이 요즘 들어 푸르스름한 싸구려 바나나 모양의 똥을 누고 있어요. 왜 그런지 알아요?"

그가 자신의 하루 일과에 대해 말할 수 있으면 그녀도 그럴 수 있었다.

아르준이 누는 똥에 대한 묘사는 점점 더 사실적으로 변해갔다. 그러던 어느 날, 그녀는 아르준의 똥에 대해 생생하게 묘사하다 너무 역겨운 나머지 먹은 것을 게우고 말았다("오늘 아르준은 똥을 다섯 번이나 눴어요. 한 번은 하얀색이었고 그다음엔 노란색이었는데 알루 고비* 냄새가 나더라고요"). 그러면서 구역질을 했는데 그래서 라케시는 그녀가 임신했다는 것을 알게 되었다.

라케시는 곰곰이 기억을 더듬어보았다. "믿을 수가 없군. 당신하고 딱 한 번 했는데……"

그런데 이상한 일이 벌어졌다. 자신의 정력에 매혹되어서였는지, 아니면 산기타를 곁에서 돌봐줄 장모가 없어서였는지, 그도 아니면 산기타의 젖꼭지가 거무스름해지고 얼굴에 살이 올라서였는지 모르겠지만 갑자기 라케시가 그녀에게 끌리기 시작했다.

산기타는 가슴이 예전보다 커져서 남편이 자신한테 매력을 느끼는 거라고 생각했다. 그녀는 젖가슴 덕분이라고 확신했다. 그가 그녀의 아랫배보다 가슴을 먼저 만지며 감탄했으므로.

푹푹 찌는 10월의 더위 속에서 일어난 잇따른 정전이 성적 집착을 더욱 부채질했다. 무덥고 어두운 방에서 할 수 있는 일이라고는 기후에 자신을 내맡기는 것, 거기에 약간의 열기를 더하는 것밖에 없었다. 두 사람 중 하나라도 성욕을 느끼면 앞뒤 가리지 않고 일을 치렀다. 일단 느낌이 오면 옷을 훌러덩 벗어 바닥에 아무렇게

---

* 감자, 꽃양배추, 완두콩, 토마토 등을 넣어 향신료로 맛을 낸 카레.

나 집어던지고 사랑을 나누었다. 하인은 무료관람권을 줘서 극장에 보냈다. 집 밖에서 숄 판매상이 힘껏 체중을 실어 초인종을 눌러도 안에서는 이상한 부화孵化 소리, 즉 성적 매력이라곤 전혀 없다가 섹시한 여자로 탈바꿈한 산기타가 옷 벗는 소리밖에 들리지 않았고, 초인종 소리(전기가 다시 들어왔다)는 일부러 끄지 않은 주전자처럼 요란한 소리를 냈다. 물은 결국 증발했고, 사랑이 끝난 후엔 차가운 공기만이 남았다. 바닥에 등을 대고 누운 그녀의 몸이 반짝반짝 빛났다. 그녀는 모로 누운 다음 지켜보았다. 그가 떨리는 양손으로 그녀의 배를 화환처럼 감쌌다. 그녀는 당장에라도 손을 떨쳐버리고 화를 낼 수 있었다. 자기 몸 안에 있는 아기처럼 발길질을 하며 흐느낄 수 있었다. 하지만 그때 라케시가 벌거벗은 채 침대에서 일어나 그녀의 몸을 밟기 시작했다. 그의 머리가 천장에 매달린 선풍기의 날개에 맞아 당장에라도 잘려나갈 것 같았다. 그는 뱃속의 생명을 쿡쿡 찌를 것처럼 한 발로 그녀의 둥그런 배 주변을 짓눌렀다. 아기를 뭉개버릴 셈일까? 뱃속에 든 사랑의 증표를 지워버리려는 걸까? 왜 아기의 이름을 부르는 거지? 그의 발은 꼭 썰물이 훑고 간 후 해안에 남아 있는 한 마리 게 같았다. 긴장감이 그녀의 발가락 사이사이, 발갛게 달아오르는 턱, 등허리로 구석구석 퍼져나갔다. 긴장감으로 그녀는 여러 번 강하게 몸을 움찔거렸다. 그런 반응이 결국 라케시의 허벅지까지 전달되었다. 이런 긴장감은 항상 섹스로 귀결되었다(두 사람은 다시 침대에 누웠고 그의 양손은 그녀의 부은 발목에 얹혔다).

아르준은 아직 너무 어려서 문을 열지 못했다.

그 시절만큼 산기타가 행복했던 적은 없었다. 그녀는 곧 아기를 낳았다.

임신과 출산이 별로 고통스럽지 않아서 놀랐다(입덧을 심하게 하지도 않았고 포도가 미치도록 먹고 싶었던 적도 없었다). 하지만 아기를 보자 몹시 우울해졌다. 무척 지쳐 보이는 아기는 막간 휴식 시간을 이용해 잠시 자궁에서 빠져나온 영화배우처럼 보였다. 아기는 갈색 피부에 이마에는 주름이 있었다. 바룬이라는 이름은 그녀가 골랐다. 아르준과 가장 비슷한 이름을 곰곰이 생각해보다 아룬은 너무 비슷한 것 같아서 포기하고 바룬을 선택했다.

그녀의 우울증은 델리 전역에서 두 사람을 축하하기 위해 사람들이 몰려왔을 때 약간 나아졌다. 그녀는 라케시의 칭찬("산기타는 임신 기간 내내 매우 편안해했답니다. 정말 좋은 아내죠.")과 손님들의 찬사에서 큰 기쁨을 맛보았다. 라케시가 복수심에 불타죽는 날까지 증오하겠다던 사람들("요그라지가 살해당했다는 기사가 뜨면, 경찰한테 내 이름을 영장에 써넣으라고 해.")과 함께 웃으며 큰 소리로 떠드는 모습("요그라지 의원님! 훌륭한 아내분은 잘 지내십니까!")도 보기 좋았다. 그런 모습을 보고 있으면 그는 사악해질 수 없는 사람처럼 보였다. 상상력이 다소 거친 사람일 뿐이었다. 그 상상력을 위협적인 성격으로 바꾸는 데 계속 실패하는 바람에 남편은 짜증을 내는 것이었다. 산기타는 드디어 남편을 이해할 수 있었다.

사람들이 모두 떠나고 나서 라케시가 말했다. "당신한테 줄 깜짝 선물이 있어. 잠깐만 기다려봐."

산기타는 남편이 준비한 선물이 자기 어머니이길 바랐다. 그녀는 결혼하고 나서 한 번도 부모님의 소식을 듣지 못해 우울해져 있었다. 한번은 마음먹고 애끓는 편지를 썼다. 자기는 집에서 하녀처럼 살고 있다고 적었다가 편지를 구겨버리고 '아주 행복하게 잘 살고 있다'는 내용으로 새로 써서 부쳤다.

이제 그녀가 바라는 것은 편지에 쓴 대로 행복하게 잘 사는 모습을 어머니에게 보여주는 것밖에 없었다.

라케시가 나이 지긋한 어떤 여자를 침실로 데리고 들어왔다. "라시미의 어머님이셔." 그가 말했다.

그 순간 산기타 입장에서는 몹시 끔찍한 흥정이 이루어졌다. 산기타는 라시미의 어머니를 '어머니'라고 불러야 했고 그녀를 아이들의 할머니로 인정해야 했다. 거부할 수가 없었다. 자상한 수양어머니로서 아이들을 키우는 데 도움을 줄 수 있는 분이었기 때문이다.

그날 밤 잠자리에서 라케시가 처음으로 라시미에 대한 자신의 감정을 아내에게 털어놓은 걸 보면 그게 잔인하다는 것을 그도 아는 듯 보였다. "산기타, 정말 슬픈 일이었어. 난 그녀를 아주 많이 사랑했는데 어느 날 아침 잠에서 깨어나보니 더이상 그녀가 보이지 않는 거야. 몇 달 동안이나 생각했지. 차를 다른 데 주차했더라면, 그날 그녀와 다투지만 않았더라면 그런 비극은 일어나지 않았을 거라고. 내 말 이해할 수 있겠어? 내 인생에 들어와줘서 고마워."

그는 라시미에 대해 이야기하는 게 산기타에게 얼마나 잔인한 짓인지 전혀 모르는 눈치였다.

라시미에 대한 얘기를 들은 순간 산기타는 남편의 관심과 사랑을 갈구하는 것이 시간낭비라는 사실을 깨달았다. 그는 계속 슬퍼

할 것이다. 어쩌면 죽을 때까지 라시미를 두고 가슴 아파할 것이다. 그래서 그녀는 남편 대신 아르준에게 모든 관심을 쏟았다. 자기가 친어머니가 아니라는 사실을 아르준이 알기 전에 아이의 사랑을 얻어야 했다. 두 사람은 이미 아주 친밀한 사이였다. 그녀에게 아이는 중요한 조언자, 차분한 라스푸틴*, 부총리 그리고 정열적인 관료였다. 두 살짜리 바룬이 아무것도 모를 때 여섯 살인 아르준은 이미 어른스러웠다. 아르준은 그녀에게 많은 도움을 주었다. 두 사람은 함께 중대한 문제들을 해결했다. 어떻게 하면 아프지 않고 텔레비전을 오래 볼 수 있는지, 구석으로만 숨으려는 아기들을 어떻게 하면 통제할 수 있는지, 집을 어떻게 구획해서 냉방장치를 가동할지를 의논했고, 문을 단단히 고정시키는 일과 방과 방 사이에 생긴 더운 기운 때문에 아기가 울음을 터뜨리는 일이 없도록 하는 것까지 모두 함께 해결했다. 그리고 라케시가 성대한 정치 행사 도중에 아이들에게 정원을 돌아다니며 높은 분들에게 인사를 드리라고 했을 때도, 아이들에게 거품이 넘치는 콜라를 잔디에 흘려서도 안 되고 옷을 더럽혀서도 안 되고 발뒤꿈치로 잔디밭을 파내서도 안 된다고 단단히 주의를 준 것도 아르준이었다.

하지만 하루에 몇 시간씩 아이들의 얌전한 모습만 보아온 라케시는 아르준이 유모 노릇을 하는 게 못마땅했다. 그는 굳이 그럴 필요가 있는지 이해할 수 없었다. "아르준은 이제 겨우 열한 살이야. 동네 아이들하고 한창 운동을 해야 할 나이라고." 등뒤에서 크리켓 방망이를 꺼내며 라케시가 말했다.

---

* 제정 러시아 말기에 국정을 좌우한 성직자.

하지만 아르준은 운동에는 재능이 없었다. 그래서 항상 심판을 맡았다.

"아르준, 네가 읽을 소설책 좀 가져왔다."

하지만 아르준은 우드하우스*와 크리스티**의 책들을 읽지 않고 찢어서 젖먹이의 턱받이로 사용했다.

"아르준, 같이 파티에 가자꾸나."

파티에 가면 아르준은 세 동생에게 지시를 내렸다. 웨이터에게 부탁해서 과자나 음료를 나이 어린 동생들에게 가져다주도록 하고 그래도 말을 듣지 않으면 단체로 몰려가 웨이터를 압박하라고. 그래야만 마음을 놓았다.

산기타는 장남 아르준—이제는 그녀의 아들이나 다름없었다!—이 강박적으로 사람들에 둘러싸여 있으려 하는 것이 대견스러웠다. 라케시가 '아이를 하인으로 만들고 있다'느니, '아이에게 아무것도 안 가르친다'느니 하면서 그녀를 나무라도 신경쓰지 않았다. 아르준이 다른 아이들보다 버릇이 나쁜 것도 신경쓰지 않았다. 다른 아이들보다 많이 먹고 생일선물도 더 좋은 것으로 받는데다 바로 아래의 바룬보다 자그마치 네 살이나 많은데 버릇이 나빠지지 않고 배기겠는가?

게다가 아후자로부터 관심도 더 많이 받았다. 그래서 아르준의 성격이 그렇게 나빠진 것이다. 요즘은 아버지에게 대들기까지 했다. 아후자가 숙제하라고 하면 아르준은 말대꾸를 하면서 부루퉁

---

* 1881~1975, 영국 태생의 미국 소설가.
** 1891~1976, 영국의 추리소설가.

한 표정을 짓곤 했다. 아후자가 베란다로 나가 중요한 손님을 맞이하라고 했을 때도 아르준은 텔레비전 앞에 죽치고 앉아 비디오게임에 몰두했다. 다음에는 어떤 식으로 나올지 누구도 알 수 없었다.

라케시는 무척 당황했다. 지금껏 그에게 말대꾸를 한 사람은 아무도 없었다. 달리 비난할 사람이 없자 라케시는 산기타를 나무랐다.

"얘기를 해야겠어." 어느 날 라케시가 느닷없이 말했다. "제 엄마에 대해 말해줄 거야."

지난 오 년 동안 한 번도 꺼낸 적 없는 이야기였다. 산기타는 패닉에 빠졌다. 그녀는 섹스로 그의 의지를 무너뜨릴 수 있을 거라고 생각했다. 자식을 아홉이나 둔 그들에게 이제 사생활은 없었다. 그들은 섹스를 하지 않던 때로 되돌아가 있었다. 마지막으로 한 게 언제였던가? 밤늦게 아기방에서 한 게 마지막이었다. 그때 아이들은 모두 자고 있었고 산기타는 새로운 방법을 강구해냈다. 그녀는 매트에서 일어나 아기 침대들을 오가면서 엉덩이로 침대를 밀어붙였다. 침대가 이리저리 흔들리면서 아기들이 잠을 깼다. 아기들은 몸을 뒤척이면서 계속 빽빽 소리를 지르거나 칭얼거렸다. 한 아기가 소리를 지르면 그 소리에 놀라 다른 아기가 눈을 떴다. 아기방이 울음소리로 가득찼다. 늦은 밤, 아기들의 울음소리가 동시다발로 터졌다. 그녀는 자식들이 아기들을 달래려고 한밤중에 깨어날 리 없다는 것을 잘 알고 있었다. 그녀는 라케시가 올 때까지 기다렸다. 라케시가 방 저쪽에 섰다. 그는 마치 그 방에 처음 들어온 사람처럼 어리둥절한 표정으로 눈앞에서 벌어지는 장면을 유심히 지켜보았다. 그녀는 텔레비전 근처의 매트로 돌아가 기다렸다. 라케시는 조금이라도 발을 잘못 내디뎠다가는 사납게 울어대는 아기들이 다시 잠에 빠져들어 그 순간을 망칠 수도 있다고 생각했는지 아주 조심스럽게, 천천히 걸어왔다. 그리고 더이상 참지 못하고 그녀를 향해 달려들었다.

그들은 아기들의 울음소리로 위장하고 특이하고 소란스럽게 섹스를 했다. 하지만 섹스의 만족감도 그를 변화시키지 못했다.

아침에 그는 다시 말했다. "아이한테 제 엄마에 대해 말해줘야겠어."

이제는 산기타도 위협을 심각하게 받아들였다. 그녀는 아르준한테서 물러났다. 아르준에게 더이상 아기를 돌보는 책임을 지우지 않았다. 라케시의 명령에 따랐고 열두 살 난 아르준을 가족에게서 풀어주었다. 아르준은 욕실 벽에 그의 키를 표시해놓은 눈금이 점점 더 벌어지듯 가족과 멀어졌다. 이제 아르준은 오후에는 테니스장에서 형광 불빛을 받으며 테니스를 치거나, 짐카나클럽 수영장 물속에서 서민들과 타액을 교환하며 시간을 보냈다. 집으로 돌아오면 책상 위에 숙제가 펼쳐져 있었다. 샤워할 시간도 없었다. 펜을 종이에 대고 있으면 겨드랑이만 축축해질 뿐이지 아무 생각도 나지 않았다. 그럴 때면 수영복 바지춤을 추어올리고 두 다리를 힘껏 조였다. 골반 주변이 몹시 근질거렸다. 물론 그의 테니스 실력은 형편없었고, 수영장에서 돌아올 때면 수영을 하고 있는데 누가자기 위로 다이빙을 했다며 항상 투덜거렸다. 자유시간을 얻어서 좋은 게 하나 있다면 다음과 같은 의문을 품게 된 것이었다.

엄마. 엄마와 아빠는 어떻게 아기를 만드는 거예요? 바룬은 엄마 뱃속에 사 년 동안 들어 있었어요? 몇 년 동안 누군가와 함께 살면 저절로 아기가 생기는 거예요?

그는 산기타의 뒤를 졸졸 따라다니며 그런 걸 물었다. 그러면 그녀는 대답했다. 아빠한테 물어보지 그러니? 하지만 그녀는 아이들의 아빠가 지극히 평범한 대답밖에 할 수 없으리라는 걸 잘 알았다. 라케시가 사탕발림으로 하는 연설 혹은 지키지 못할 약속을 늘어놓는 일에나 능하다고 생각했다(그녀는 남편이 연설하는 모습을 상상했다. 국민 여러분께 감사드립니다. 제 아내의 임신은 모두 국민 여러분 덕분입니다!). 부모와 자식들 사이의 관계가 이런 식이다보니 아이들은 중요한 것들은 모두 어머니한테서 배우고 아버지 앞에서는 성숙한 척 행동했다.

하지만 요즘 그녀는 아르준을 무시했다. 아들이 도와주려 하면 딱 잘라 거절하면서 속으로는 마음 아파했다. 자신이 친엄마가 아니라는 사실을 아이가 알게 되면 분명 두 사람의 관계가 악화될 거라고 생각했다. 그 오랜 세월 동안 자식을 열둘이나 낳았지만 그녀는 아직도 자신이 사랑받지 못한다고 느꼈다.

그래서 그녀는 아이들을 관리하는 문제에 전념했다. 그녀는 몇몇 아이를 이용했다. 편을 갈라 지배하는 방식을 택한 것이다. 심지어 겁을 주기도 했다. 딸들에게 감시 임무(자기가 보지 않을 때 하녀가 무엇을 먹는지, 기저귀를 갈아줘야 할 아기가 없는지)를 맡겼다. 그리고 텔레비전 시청 시간을 늘려주는 방식으로 아이들의 수고에 사례했다. 그녀가 가장 애용한 뇌물은 '카툰 네트워크'라는 채널이었다. 그게 없으면 그녀는 힘을 쓰지 못했다. 그 채널은 대부분 재미있었다.

그러던 어느 날, 달하우지에서 그녀의 어머니가 세상을 떠났다는 소식이 날아들었다.

산기타는 참담했다. 피 한 방울 섞이지 않았기에 누구보다 객관적으로 그녀의 존재를 정당화해줄 수 있는 두 사람, 즉 라케시와 아르준으로부터 사랑받지 못하고 있는 상황에서 그녀는 예전부터 친정어머니를 초청해 자신의 화려한 생활을 보여주고 싶었다. 그녀는 모든 일을 자기 방식으로 처리하는 어머니에게 자신이 현재 어떤 위치에 있는지 보여주고 싶었다. 그녀의 전 인생은 어머니를 위한 연기였는데, 이제 어머니가 세상이라는 무대에서 영원히 사라져버린 것이다.

산기타의 살림은 완전히 엉망이 되어버렸다. 그녀는 어떤 일에서도 즐거움을 찾지 못했다. 며칠 내내 텔레비전만 볼 때도 있었다. 그럴 때는 아이들도 안중에 없었다. 라케시를 끝까지 지지하는 지저분한 유권자로밖에 안 보였다. 그녀는 〈복수심에 불타는 며느리〉라는 인기 연속극에 완전히 빠지고 말았다. 임신중이면 늘 그랬듯 망고를 닥치는 대로 입안에 욱여넣는 일도 더이상 없었다. 아기 방에서 섹스를 할 때도 지루하고 무심한 표정이었다. 남들한테 들킬 위험도 더이상 그녀를 흥분시키지 못했다.

그리고 라케시가 아르준의 학교 성적이 형편없다고 그녀를 나무랐을 때 그녀는 심상하게 말했다. "말하세요."

"누구한테 말하라는 거야?" 라케시가 커튼을 탁 치면서 말했다. "하인한테 차를 끓여 오라고 말하라는 거야? 아니면 우편배달부한테 우편물을 가져오라고 말하라는 거야? 그것도 아니면 아기한테 우유를 마시라고 말하라는 거야? 산기타, 당신은 항상 애매모호하게 말하는 버릇이 있어. 도대체 뭘 말하라는 거야? 누구한테 말하라는 건데?"

"그애한테 말하라고요. 아르준한테 나하고 제 친엄마에 대해 얘기하란 말이에요."

"안 돼." 그가 말했다.

결국 라케시는 깊이 좌절해서 그녀를 의사한테 데려갔다.

의사는 항상 하던 일을 했다. 그는 뱃속의 아기, 그러니까 산기타의 열두번째 아기를 낳지 말라고 강하게 설득했다. 아기를 낳을 때마다 다운증후군의 위험은 증가했다. 그런데 이번에는 기형아를 출산할 가능성이 제법 있었다.

병원에서 돌아오는 길에 라케시가 그녀에게 말했다. "당신이 원한다면 아기를 포기해도 괜찮아. 미안해."

"안 돼요." 그녀가 말했다.

"당신은 정말 용감한 여자야." 그가 한숨을 쉬며 말했다.

옳은 말이었다. 그녀는 용기로 충만해 있었다.

그래서 그녀는 아르준이 갑자기 뛰어들어 섹스를 방해했을 때도 아무런 수치심을 느끼지 않았던 걸까? 그래서 그런 일이 일어났는데도 가만히 있었던 걸까?

그들은 늦은 밤에 아기방에 누워 있었다. 다른 아이들은 모두 잠들어 있었다. 그날 밤, 그녀는 주변의 모든 소리에 귀를 기울이고 있었다. 라케시는 그녀의 몸 위로 올라와 그녀의 파자마 끈을 풀고는 그녀의 배를 구석구석 쓰다듬으며 말했다. "괜찮아, 산기타. 괜찮아." 그녀는 모든 소리를 들을 수 있었다. 아기들이 칭얼거리다

잠잠해지는 소리, 아기들 몸속에서 후두喉頭가 파르르 떨리는 소리, 요람들이 동시에 흔들리며 내는 소리, 천장에 달린 선풍기가 돌아가는 소리, 라케시가 바지를 벗었을 때 발기한 성기가 부드럽게 움직이는 소리까지도 들렸다. 하지만 그날 밤에는 그 소리들 말고도 소리가 하나 더 있었다. 방문이 삐거덕 소리를 내더니 뒤이어 발소리가 들렸다. 그녀는 라케시에게 주의를 줄 수도 있었다. 자기 배 위에 올라와 있는 그를 재빨리 밀쳐버릴 수도 있었다. 하지만 그녀는 그러지 않았다. 왜 그랬을까?

라케시는 자신의 헐떡이는 숨소리 외에는 아무것도 들을 수 없었다.

그 순간, 아르준이 문을 열었다가 짧은 탄성을 내뱉었다. 뒤늦게 라케시가 몸을 굴려 얼른 그녀의 배에서 내려왔다. 난처하기 이를 데 없었다. 그는 아르준의 머리 위쪽의 허공을 빤히 바라보았다. 산기타는 즉각 그 표정을 알아보았다. 결혼 첫날밤 라케시의 얼굴에 드러났던 표정이 기억났다. 그의 얼굴은 연민과 분노 사이의 어떤 감정으로 파르르 떨리고 있었다. 마치 그 두 감정 사이에 아무 차이도 없다는 듯. 그녀는 첫날밤에 그랬던 것처럼 이제 무언가가 영원히 바뀌리라는 것을 깨달았다. 그녀는 종착점을 향해 치닫고 있다는 것을 알았다. 하지만 그녀는 당황스럽지 않았다. 아르준은 이미 모든 것을 보아버리고 뒷걸음질로 달아나버렸는데, 라케시는 여전히 그녀 위에서 손발로 바닥을 짚은 채 얼어붙은 듯이, 동물처럼 고개를 뒤로 홱 틀고 문간 쪽을 뚫어져라 쳐다보고 있었다. 하지만 언젠가는 일어날 일이 아니었던가? 너무 위험하다고, 계속 이럴 수는 없다고, 누군가에게 들킬 거라고 지난 몇 달 동안 그에게 얼마나 수없이 경고했던가?

그녀도 한편으로는 남편이 느끼는 수치심을 자신도 어느 정도
나마 느낄 수 있기를 바랐다. 남편을 자기 가슴으로 끌어당겨 마치
아기라도 되는 것처럼 달래주고 싶었다. 하지만 그 순간 그녀가 느
낄 수 있었던 것은 안도감뿐이었다. 그녀는 라케시의 얼굴에 점점
짜증이 피어오르는 것을 보고 생각했다. 그래, 드디어 이 남자가 비난
을 퍼부을 다른 대상을 발견한 거야.

12
고가도로 위의 친구들

네 아이가 고가도로에서 내려오기 시작했을 때는 저녁 여섯시 사십오분이었다.

그전에 그들은 GK 바리스타를 나와 새로운 연습실을 찾을 수 있을지 의논했다. 그들은 아르준이 스쿨버스를 타고 오가는 경로를 따라 천천히 차로 돌았다. 실타래처럼 풀려나오는 풍경을 보자 아르준은 아르티가 생각났다. 그는 옹이투성이 나무가 나올 때마다 아르티와 나누었던 흥미진진한 대화를 한 문장씩 떠올려보았다. 신호등은 빨간불과 노란불이 번갈아가며 신경질적으로 깜빡거렸고, 커다란 규모의 중국음식점들은 용이 있는 거대한 간판 아래 모여 있었다. 아직 완성되지 않은 기이한 고드세 나가르 고가도로를 지나칠 때, 아르준은 라비에게 속도를 줄이라고 말했다. 고가도로는 이어지지 못하고 허공을 향해 뻗어 있었다. 그 아래에는 위압적인 수많은 기계, 즉 연삭기, 기중기, 시멘트 혼합기 등이 잠자고 있었다. 차가 신호에 걸려 멈춰섰을 때, 아르준이 창문을 내리고 소리쳤다. "여기야!"

라비는 미심쩍은 표정으로 시동을 껐다. 아직도 건설중인 고드세 나가르 고가도로, 거기서도 특히 고가도로 밑은 결코 보기 좋은 모습이 아니었다. 쌍둥이 기둥들과 뒤집어진 배 모양의 아치들이 고가도로를 높이 떠받치고 있었다. 천장에는 먼지를 뒤집어쓴 거미집이 보기 흉하게 걸려 있었고 오렌지색 차폐물과 잎이 짧은 야자수들, 당장에라도 꺼져버릴 것 같은 바닥의 타일, 그리고 기둥에 덕지덕지 붙어 있는 B급영화 포스터들은 검댕을 덮어쓴 채 햇살 속에서 빛나고 있었다. 주변은 조용했다. 거지 두 명이 회색 거적에 드러누워 있었고 아기 하나가 젊은 여자의 젖을 빨고 있었다. 한 노인이 천막에서 화난 표정으로 그들을 내다보았다. 아마도 노인은 먼지를 가르는 물줄기를 기대했던 것 같다. 그는 한낮에 스프링클러가 작동되지 않아 절망에 빠져 있는 듯했다. 차들이 미친듯이 울려대는 경적 소리만 없었다면 아마도 화성의 붉은 표면처럼 보였을 것이다.

아르준은 고가도로 아래에 있는 녹이 슨 '공사중' 표지판 두 개를 한쪽으로 치우고는 양손을 청바지에 문질러 닦았다. 그리고 고가도로 꼭대기로 천천히 걸어올라가기 시작했다. 라비가 숨을 몹시 거칠게 몰아쉬면서 그뒤를 따라갔다. 이제 그는 그를 땅 쪽으로 끌어당기는 몸 안의 페달과 변속장치를 제대로 인식하게 되었다. 아르준은 라비가 계속 움직이도록 부추겼다. 두 사람의 발은 절박한 심정으로 갓 만든 도로를 붙들었다. 도로 가장자리에는 보호장벽이 없었다. 몇 분 뒤 고가도로 꼭대기에 이르렀다. 높이가 자그마치 15미터나 되었다. 도로가 끊긴 지점에는 기다란 쇠막대들이 하늘을 향해 삐죽삐죽 솟아 있었고 불빛들이 두 개의 미완성 도로 사이의 허공을 환하게 밝히고 있었다. 라비는 들보를 붙잡고 헉헉거렸다. 아누락은 그들 뒤에서 고함을 질렀다.

아르준은 칠한 지 얼마 안 된 타르 위를 조심스럽게 걸었다. "우리 아버지가 만든 도로야." 그가 라비에게 속삭이듯 말했다.

"미친 자식." 라비가 말했다.

아르준은 라비의 진단이 옳다는 것을 입증이라도 하려는 듯 도로 끝까지 걸어가서 멈춰섰다. 이제 그의 두 발끝은 완전한 어둠에서 불과 2센티미터밖에 떨어져 있지 않았다. 아르준은 그렇게 서 있다가 갑자기 거칠게 발길질을 했다. 자신이 왜 그런 짓을 하는지 몰랐고, 알 도리도 없었다. 도로 난간에서 돌무더기가 빗방울처럼 쏟아져내리기 시작했다. 아르준은 겁을 집어먹고 뒷걸음질 쳤다. 4월인데도 서늘한 공기가 그의 주변으로 살랑였다. 구멍 같은 데서 무언가 불쑥 치솟았다. 그 순간 그는 보았다. 철근 끝에 둥지를 튼 한 무리의 비둘기가 갑자기 허공으로 날아오르는 것을. 다음 순간 새들은 질퍽질퍽한 땅바닥을 향해 수직으로 강하하더니 고가도로 아래서 넓게 퍼졌다. 놈들이 날개를 퍼덕이자 먼지가 자욱하게 일었다. 돌무더기가 날개를 가지고 있었다! 그는 돌아서서 아이들을 바라보았다. 아이들도 아르준을 빤히 쳐다보았다. 아이들이 아르준에게 조금이라도 경외감을 느낀 것은 그때가 처음이었다(하지만 그리 오래가지는 않았다).

"기타를 꺼내." 아르준이 말했다.

아이들은 기타를 꺼내 아르준을 중심으로 반원을 그리며 섰다.

라비는 버려진 철판을 드럼으로 삼았다. 아르준은 영화 주인공이라도 된 것처럼 자기 감정에 사로잡혀, 허공을 등지고 노래를 부르기 시작했다. 미완성 고가도로의 꼭대기에 서서 과장된 열정으로 고래고래 악을 썼다. 온갖 생각들이 머릿속에서 서로 충돌을 일으키다 그의 노랫소리를 통해 서로 이어지는 것 같았다. 음이 가장 높이 올라간 순간 그의 머릿속은 온갖 생각들로 가득차면서 동시에 완전히 텅 비었다(보통 때도 텅 비어 있었다). 그 음은 거대한 댐에서 처음으로 물이 새어나오는 소리 같았다. 그것은 끔찍했다. 왜냐하면 앞으로 더욱 끔찍한 괴성이 터져나올 것이기 때문이었다. 하지만 상관없었다. 그 순간 아르준은 남들이 어떻게 생각하든 신경쓸 겨를이 없었다. 심장이 피를 빨아들이듯 몸의 모든 고요한 구멍에서 소리를 끌어내 노래를 부르고 있었으니까. 그는 본 조비의 〈Living on a Prayer〉를 온몸으로 불렀다. 악보도 없었고 원곡의 선율도 살리지 못했다. 마이크도 일렉기타도 없었다. 몇 년 뒤 아르준 아후자의 언플러그드 콘서트라고 말하고 다니게 될지도 몰랐다. 바로 그 순간, 그는 아르티에 대한 생각을 완전히 떨쳐버릴 수 있었다. 두려움과 자신감이 한데 뒤섞여 그의 몸을 덮었다. 꼭 첫 섹스를 하게 될 때의 느낌과 비슷했다. 그녀의 이름도 그녀의 얼굴도 잊어버렸다. 그는 괜찮다고, 이것이 끝이 아니라고, 자신은 앞으로 괜찮을 거라고 생각하면서 급격한 감정적 폭발을 견뎌냈다.

그는 다시 등을 돌리고 고가도로가 끊긴 지점의 허공을 바라보며 노래를 불렀다. 그러다 갑자기 노래를 멈추고 음악의 여운이 허공을 채우도록 두었다. 그는 보았다. 중간에 노래를 멈추기 직전,

아버지가 끊긴 고가도로의 반대편 경사로를 따라 차를 몰고 올라
오는 장면을 상상한 것이다. 아버지의 도요타 퀼리스가 고가도로
의 끄트머리까지 올라와 끼익 소리를 내며 불안하게 멈춰섰다. 차
의 불빛이 밴드를 눈부시게 비추었다. 차 안에서는 여덟 명의 아이
들이 기쁨을 주체하지 못하고 서로를 부둥켜안으며 소리를 질러댔
다. 아르준의 청중, 그의 팬, 그의 끔찍한 동생들이었다. 가족은 더
할 나위 없이 유쾌해했다. 아르준이 자신의 세계에 완전히 빠져들
고, 무너져내리고, 결국은 살아나오는 모습을 멀리서 지켜보면서.

13
사고

    새로운 동지애를 느낀 네 아이는 차에 올라탔다. 라비는 신이 나서 현대 산트로의 기어를 갑자기 바꿔서 속력을 올렸다. 조수석에 앉은 아누락은 위험하게도 창밖으로 팔꿈치를 내놓았고 디팍은 아르준 옆에 앉아서 약에 취한 사람처럼 멍하니 있었다. 넷 다 미성년자라서 차를 모는 것은 불법이었다. 운전을 하려면 열여덟 살이 되어야 했다. 아무튼 그들은 끝이 보이지 않는 차들의 행렬 속으로 들어가 창문을 내리고 폐암으로 가는 느린 순례의 길에 동참했다.

    아르준은 한껏 들떠 있었다. 그는 라비의 어깨를 톡톡 두드리며 말했다. "야, 콘서트 할 때는 이런 반바지 입기 없기야. 알았지? 네 털투성이 다리를 보고 싶어할 사람은 아무도 없어. 알겠지? 검은 옷을 입을 거야. 우린 비밀스러운 사람들이니까. 모두 검은색 바지로 통일하자. 주머니는 이렇게 끄집어낼 수도 있고." 그는 시범을 보였다. "어때? 멋있어 보이지 않아? 어느 밴드든지 나름대로 독특한 패션 스타일이 있어야 해. 보노는 항상 멋진 선글라스를 끼고 나오지. 메탈리카는 가죽옷을 자주 입고. 셰나이어 트웨인은 배꼽이 알아주잖아."

"그 여자는 씹도 알아주지. 내가 보기엔—" 아누락이 말했다.

"너도 그렇게 생각해?" 디팍이 우려스럽다는 듯이 말했다. "난 자존심이고 뭐고 다 내팽개친 여자 같던데."

아르준은 친구들을 조용히 시켰다. "야, 그만해. 지금 내 말 듣고 있는 거야? 주머니는 밖으로 끄집어내는 거야. 그러면 너희들 다리에 귀가 달린 것처럼 보일 거야. 아니면 엉덩이가 똥을 싸는 것 같거나."

"너 대체 언제부터 그렇게 셰나이어를 싸고돌았냐?" 아누락이 특유의 느릿느릿한 말투로 물었다. "그 여자가 뭔데? 누나라도 되냐?"

"브라이언 애덤스 노래를 선택하길 잘했네." 라비가 말했다. "셰나이어하고 너의 완전 소중한 브라이언의 프로듀서가 같은 거 알고 있었어? 셰나이어가 그 프로듀서랑 결혼했다는 것도? 유명한 록 프로듀서 머트 랭한테 당한 거지."

물찬드 고가도로를 향해 가는 동안 나눈 록 역사에 대한 그런 음탕한 이야기는 링 로드 건너편에서 걸어가는 수수하고 평범한 여자들과 대비되었다. 그들 넷은 고개를 돌려 여자들을 바라보았다. 살와르 카미즈*를 입고 사리를 뒤집어쓴 여자 세 명이 토요 시장에

---

* 인도나 파키스탄의 전통 의상. 상의 카미즈는 엉덩이 밑으로 길게 내려오고 바지 살와르는 헐렁하다.

와 있는 것처럼 시끄럽게 떠들며 걸어가고 있었다. 나이는 적어도 오십은 되어 보였다. 여자들의 발밑에서 피어오른 먼지가 지독히 건조한 4월의 저녁 속으로 퍼져나갔다. 여자들은 나란히 붙어 서서 길가에 외롭게 선 금사슬나무 아래를 걷고 있었다. 노란 꽃잎들이 새벽을 밝히는 가로등처럼 여자들 머리 위에 환하게 걸려 있었다. 여자들의 사이가 약간 벌어졌을 때 뺨이 발그레한 한 청년의 사진이 언뜻 보였다. 사진은 가로수 몸통에 기대어져 있었다. 여자들은 한 명씩 사진을 향해 다가가더니 목례를 하고는 사진에 만수국 화환을 조심스레 걸어주었다.

다른 여자들은 노래를 부르며 가슴을 치면서 눈물을 뚝뚝 흘렸다.

아누락이 창문을 내리더니 야유했다.

"그러지 마, 멍청아." 디팍이 말했다.

"유명한 사람이 죽기라도 한 거야?" 아누락이 말했다.

"바보야. 유명한 사람이 아니라도 그렇지. 넌 사람이 죽었는데 그렇게 야유를 보내냐?" 디팍이 말했다.

아르준이 어깨를 으쓱했다. "모한 베디라는 배우가 죽었어. 아마 그 사람일 거야."

"모한 베디? 그게 누군데?" 라비가 물었다.

그 질문에 대답이라도 하듯 차가 갑자기 앞쪽으로 홱 쏠렸다. 라비와 아누락이 차 앞유리에 머리를 박았다. 두 사람은 모두 남자답지 못하다고 생각해 안전벨트를 매지 않고 있었다. 아르준과 디팍은 앞으로 몸이 쏠리면서 태아처럼 웅크리게 되었다. 네 명의 소년은 좀 전의 광경 때문에 벌써 머리가 아파왔다. 어떤 소녀가 그들의 차 앞쪽에 부딪힌 뒤 팔다리를 프로펠러처럼 휘저으며 말 그대로 날아가는 것을 본 것이다. 소녀는 실수로 도로에 발을 잘못 디딘 바람에 3미터 정도 튕겨나갔다. 다행히 소녀가 도로에 쓰러져 있는 동안 달려온 차는 없었다. 소녀의 지갑과 휴대전화는 도로 저편으로 튕겨나가 있었다. 러시아워였는데도 지나가는 차가 한 대도 없었다. 그것은 기적에 가까웠다. 라비는 제때 브레이크를 밟을 수 있었다. 덕분에 그는 두개골에 금이 가는 일을 면할 수 있었다. 아누락도 마찬가지였다. 둘은 자신들의 목을 어루만지며 산트로에서 기어나왔다. 도로는 뜨거웠고 핏자국은 전혀 없었다. 놀랍게도 소녀는 피를 한 방울도 흘리지 않았다! 그들과 비슷한 또래였다. 아르준은 차에서 기어나오며 소녀를 쳐다보았다. 소녀는 청바지가 찢어진 채 도로 바닥에 반듯하게 누워 있었다. 스쿠터 운전자들이 빗자루 같은 소녀의 머리카락을 이리저리 피해 지나갔다. 피를 한 방울도 흘리지 않는 게 그저 신기하고 놀라웠다. 아르준을 포함해서 모두 어처구니없는 말로 기도하며 소녀를 향해 다가갔다. 젠장 젠장 젠장. 저기, 죽어가시는 분, 젠장 젠장 젠장! 아르준은 도로 건너편에 있던 사람들이 우르르 달려오는 것도 알아차리지 못했다. 자칫 잘못하다가는 영화 〈쥐라기 공원〉에서처럼 사람들에게 깔려 죽을 판이었다. 그는 사람들에게 치여 한쪽으로 밀려났다. 수많은 손이 소녀를 번쩍 들어 인도에 내려놓았다. 마치 콘서트에서 크라우드서핑*을 하는 가수 같았다. 그리고 어떤 마음씨 착한 사람의 두 손이 소녀의 지갑과 휴대전화를 소녀의 옆에 내려놓았다. 인도

---

* 공연 도중에 가수가 관객들 머리 위로 뛰어들어 관객들 손길에 의해 파도타기를 하듯 옮겨지는 것.

는 가난한 나라지만 사람들에게서 탐욕이라고는 조금도 찾아볼 수 없어 자주 놀라게 된다. 부유하고 아직 어린 아르준과 라비 그리고 아누락과 디팍은 비극의 한복판에서 구경꾼이 되어버렸다.

그들이 링 로드에 서 있는 동안 차 다섯 대가 그들을 향해 경적을 울리며 비켜달라는 신호를 보냈다. 뭐 하는 거야. 차 좀 빼. 지금 도로 한복판에 있잖아. 아르준은 멍청한 꼭두각시처럼 링 로드에 서 있는 동안 자신들 때문에 도시 전체가 마비되고 있다는 생각을 했다. 저녁 여섯시에 직장을 나서 아내와 자식들이 기다리는 집으로 돌아가는 사람은 교통이 마비되어 평소보다 한 시간쯤 늦을 것이다. 그 한 시간 동안 무슨 일이든 벌어질 수 있었다. 생명유지기관인 심장이나 뇌가 멈춰 사랑하는 사람을 잃을 수도 있었다. 하지만 소녀는 죽지 않았다.

그렇다고 상태가 양호한 것도 아니었다. 소녀는 비몽사몽 상태였다. 의식이 있어 반쯤 일어나 앉아 있었지만 양 손바닥은 먼지투성이였고 아직도 흐느끼고 있었다. 얼굴도 부어 있었다. 만일 소녀가 죽거나 심하게 다쳤더라면 아이들도 신체적 상해를 입었을 것이다. 가난한 시민들이 분개해서 아이들에게 욕설을 퍼부으며 고가도로 난간 너머로 떨어뜨렸을지도 몰랐다(아르준의 상상은 그랬다). 하지만 두 팔로 소녀를 안고 달래주는 여자들은 어머니들이었다. 그들은 〈복수심에 불타는 며느리〉의 열렬한 팬이었다. 그들은 소녀를 보며 모정과 분노를 동시에 느꼈다. 이렇게 함부로 도로를 건너다니 도대체 무슨 생각을 하고 있었던 거야? 괜찮니? 울지 마라, 얘야. 두 번 다시 이런 짓을 안 하겠다고 약속할 거지? 사람들은 소녀를 빨리 병원으로 데려가야 한다고 생각했다. 그들은 네 아이에게 차로 오

분 거리에 있는 물찬드 병원으로 데려가도록 했다.

아르준은 울고 있는 여자를 안아본 적이 한 번도 없었다. 또래 여자아이를 안는 것은 상상도 할 수 없는 일이었다. 소녀는 팔다리를 늘어뜨린 채 아누락과 아르준의 무릎 위에 누워 있었다. 소녀의 얼굴에서 눈물과 콧물이 뚝뚝 떨어졌다. 아르준은 아기를 어르듯이 소녀를 달래주었다.

앞자리에 앉은 라비가 계속 지껄여댔다. "빌어먹을, 우린 이제 끝장이야. 아빠한테 절대 말 못해. 사실대로 얘기했다간 맞아 죽을 거야. 난 감옥에 가기 싫어. 젠장."

"그만해. 일단 아버지한테 전화해. 얘가 울고 있잖아. 걱정은 나중에 하자." 아르준이 말했다. 그가 소녀를 내려다보며 물었다. "괜찮아요?"

"자기, 괜찮아?" 아누락이 물었다.

"자기? 아누락, 입 닥치지 못해?"

14
접견

아후자는 당수의 응접실에 서 있었다. 종교의식을 치르고 난 뒤라 아직도 열기와 연기가 남아 있었다. 루파 발라는 사프란색 스카프를 휘저으며 그에게 불편해 보이는 등나무 의자에 앉으라고 몸짓으로 신호를 보냈다. 그녀의 모습은 마치 기차역에서 사람들이 깔고 앉는 돌돌 말린 매트리스 같았다. 걸을 때는 누가 밀치기라도 하는 것처럼 불안해 보였다. 밤색 의자에 앉는 그녀의 얼굴에서 안도의 기색을 뚜렷이 느낄 수 있었다. 자리에 앉자마자 그녀는 아후자에게 라시*를 한잔하는 게 어떻겠냐고 하면서 어떤 라시를 좋아하는지 물었다. 그러더니 비서를 소리쳐 불렀다. 그녀는 그들이 함께 참석했던 결혼식에서 그가 냅킨을 좋아했던 걸 기억한다고 말했다. 이 말에 라케시는 '당수님이 그 결혼식을 성대하게 준비하셨

---

* 요구르트를 기본으로 하여 인도의 향신료를 넣은 전통 음료.

던가?' 하는 생각을 했다. 어쨌든 지금 그녀는 그가 좋아하는 라시가 남킨이었는지 아니었는지 기억하지 못했다.

라케시는 즉시 경계 태세를 취했다. 그리고 그녀에게 그 결혼식은 퇴폐적이고 과시적인, 연극 같은 행사였다고 말했다.

그녀가 웃음을 터뜨리며 말했다. "고맙군요."

그녀는 격식을 갖추어 거리를 두고 그를 대하고 있었다. 그녀는 지금껏 한 번도 그의 가족에 대해 물어보지 않았다. 그것은 그녀의 습관이었다. 그리고 지금 그녀는 그가 어떤 라시를 좋아하는지 잊어버린 것처럼 행동하고 있었다.

그것은 어처구니없는 일이었다. 그가 케사 라시를 마시는 것은 온 나라가 알고 있었다.

"맞습니다. 남킨 라시가 좋습니다." 라케시가 말했다. "그건 그렇고 제가 찾아뵌 건 제 편지—"

루파가 안도하는 표정을 지었다. "다행이에요." 그녀가 이마를 손바닥으로 가볍게 치며 말했다. "전 아후자 씨도 사직하기로 마음먹고 찾아온 줄 알았어요."

"당수님, 저는 이미 사직했습니다. 단지 그 사실을 말씀드리려고 찾아온 겁니다."

"사직을 했다고요? 아, 그랬군요." 그녀는 아무렇지도 않게 내뱉고 나서 손으로 이마를 가볍게 쳤다. "로히니가 당신한테서 메일이 왔다고 알려주더군요. 제가 그게 사직서인지 어떻게 알 수 있었겠어요? 로히니가 말을 해줬더라면 얼른 메일을 열어봤을 텐데, 전 대수롭지 않은 메일이라고 생각했답니다. 요즘 저한테까지 스팸메일이 날아와요. 스팸 메일을 근절하는 방법이 없을까요?"

그녀의 입은 새끼 참새들의 둥지 같았고 그녀의 목소리는 여고생 목소리 같았다. 평소에 그녀의 미간에는 커다란 붉은색 빈디가 있었는데 오늘은 반들반들한 틸라크가 있었다. 그녀가 은색 냅킨꽂이를 집으려고 탁자 위로 몸을 기울였다. 삼각형 지느러미 모양으로 접힌 노란색 냅킨들을 그것에 밀어넣자 냅킨이 거센 선풍기 바람에 날리지 않게 되었다. 그녀는 사람들 얼굴을 수화기라고 생각하는지 얼굴을 바짝 들이밀고 말하는 버릇이 있었다. 너무 가까워서 그녀의 입에서 나는 은은한 수파리* 냄새까지 맡을 수 있을 정도였다. 그녀는 은퇴한 코미디언처럼 입가를 비틀며 짓궂은 미소를 지었다. 그녀의 두 눈은 한 번에 쳐다볼 수 없을 만큼 거리가 멀었다.

라케시는 두 사람을 떼어놓고 있는 탁자가 고마웠다.

"저까지 사직하러 찾아왔을 거라 생각하셨다고요?" 그는 다리를 꼬아 하얀 등나무 의자의 몸체에 걸고 의자를 흔들면서 말했다. "저 말고 또 누가 사직했죠?"

"아, 아주 적절한 순간에 질문을 하시네요." 그녀가 고개를 좌우로 까닥거리며 말했다.

"예?"

"우리 당의 모두죠. 당신만 빼고요." 그녀는 비서를 부르려고 손뼉을 쳤다.

"그렇지만……제 말씀은……저도 사직을 하겠다는 겁니다."

이 말에 두 사람은 동시에 웃음을 터뜨렸다.

---

* 인도인들이 식후에 씹는 것으로 은단 맛이 남.

"좋아요. 좋아." 루파가 산만한 표정으로 주방 문을 바라보며 말했다. "크리산! 라시 좀 가져와요! 미안해요. 근데 왜 또 사직하려는resign 거죠?"

"뭐라고 하셨죠? 그들을 찾으신다고요find? 누구 말입니까?"

"예?"

"예?"

오 초 동안 두 사람 사이에 긴장 어린 침묵이 흘렀다. 두 사람은 자세를 고치고 꼿꼿하게 앉았다. 라케시는 아직 집단 사직에 대해 제대로 파악하지 못한데다 루파가 흥분한 게 자신의 방문 때문이 아니라는 것을 깨닫고 진실을 파악하려 애썼다. 결국 당수라는 지위는 아부와 아첨이 난무하는 우주의 중심인 것이었다. 그녀 주변에는 대테러부대, 종복, 사환, 최고경영자, 특수이익집단, 잠입 취재 기자 들이 널려 있었다. 하지만 라케시에게는 권력의 핵심이라는 게 성가시고 힘들어 보였다. 어젯밤부터 우주는 그의 머릿속에서 어느 한 점으로 압축된 것 같았다. 마치 그의 눈 뒤에서 굴러다니는 슬픔 가득한 세번째 눈처럼. 그는 어디를 보더라도 자신에게 임박한 파멸의 징후들을 발견할 수 있었다. 그 징후들을 처음 본 것은 그가 아르준의 열여섯번째 생일날 아르준을 데리고 밤 열두시에 드라이브를 나갔을 때였다. 그때 라케시는 아르준을 도요타 퀄리스의 조수석에 태우고 이산화탄소를 내뿜는 델리의 그린벨트를 지나고 있었다. 대열을 이룬 트럭들과 덜덜 떨고 있는 거지들을 지나자 웅장한 모습의 첫번째 고가도로가 보였다. 로마풍의 콘크리트 기둥들과 삐죽삐죽 튀어나온 쇳덩이들이 쌓인 도로에는 차단막이 설치되어 있었다. 먼지로 얼굴이 시커먼 인부들이 콘크리트 기둥들 사이로 오가며 양동이 가득 돌을 담아 기초공사를 위해 파놓은 구덩이에 쏟아붓고 있었다. 인부들 뒤로는 칙칙 소리를 내는 거대한 분쇄기가 깜깜한 밤하늘로 회색 연기를 뿜어냈다. 빗방울이 떨어지고 빗소리가 도시를 뒤덮고 있었다. 아버지와 아들은 차 안에서 빗소리에 귀를 기울였다. 라케시는 아르준에게 말했다. 거대한 것들에 가려져 있는 힘없는 사람들을 항상 생각하라고. 왜 그런 말을 해주려 했을까? 어떻게 그날이 아르준의 열일곱번째 생일이라고 착각했던 걸까? 하지만 그가 아들에게 정작 해주고 싶었던 말은 따로 있었다. 내가 널 사랑한다는 걸 항상 기억하거라. 아르준이 창문을 내리자 빗방울이 대각선을 그리며 두 사람의 무릎 위로 떨어졌다. 그 순간 라케시는 아르준이 자신의 말을 귀담아 듣고 있지 않다는 것을 깨달았다. 아르준은 어른들의 세계에 들어온 아이였다. 아버지의 정치적, 철학적 영역에는 아무 관심도 없었다. 두 사람 사이에는 부모 자식 간의 본능적 유대만 있을 뿐이었다.

그래서 라케시는 아들을 지키기 위해 모든 것과 거리를 두어야 했고, 세상 근심을 혼자서 삭여야 했다. 그리고 아르준이 어젯밤 갑자기 들이닥쳐 자신과 산기타를 방해했을 때, 그는 그동안 간직해온 라시미와 관련된 비밀 외에 또하나의 비밀을 포기할 수밖에 없었다.

세상이 또 한번 그의 가슴을 찔렀다. 그의 가슴을 짓누르는 압박감은 엄청났다.

"물론 저의 사직은 다른 문제 때문입니다." 라케시가 코를 킁킁거렸다.

"그야 물론 그렇겠죠." 손으로 하품을 억누르며 루파가 말했다.

"교육도 많이 받으시고 훌륭한 가문에서 태어나신 분이니 그런 어처구니없는 일로 사직할 리는 없을 거라고 생각해요. 이번에 전혀 거리낌 없이 사직한 남자들 가운데 그 드라마를 본 사람은 한 사람도 없다니까요. 아주 멍청한 짓이죠. 텔레비전에 나오는 어떤 정숙한 여자가 죽었다고 신경쓰는 사람은 아무도 없잖아요. 그렇지 않나요? 어쩌면 툴시 같은 사람은 신경쓸 수 있지만요. 어쨌든 얼마나 성차별적인 일인가요? 그리고 저를 더욱 화나게 만드는 건 이 여자들이 모두 그를 살려내라고 요구하고 있다는 거예요. 그러지 않으면 오늘 대대적인 파업이 벌어질 거예요! 그것도 인도 전역에서요! 정말 뻔뻔스럽기도 하지!"

'드라마라니? 텔레비전 드라마를 말하는 건가?' 라케시는 생각했다.

'정말 뻔뻔스럽기도 하다고?'

"지금 제 수중에 들어와 있는 사직서들은 의원이나 장관 들이 손수 작성한 게 아니라 그들의 부인들이 작성한 거예요. 알고 계셨어요? 남자들이 왜 다들 이 모양이죠? 자신들이 아니라 아내가 사직서를 작성했으니까 모한 베디를 드라마에 다시 불러내지 않으면 저한테 사직할 각오를 해야 할 거라고 엄포를 놓고 있다니까요. 한번 상상해보세요! 그러고 보면 당수라는 자리도 대단한 게 아니라니까요. 사람들이 그렇게 함부로 할 수 있는 걸 보면."

루파는 혼자서 깔깔거리며 웃었다. 라케시는 움찔했다. 루파가 무슨 얘기를 하는지 감이 잡히지 않았다. 만약 그가 가끔 아기방에서 아내의 자질구레한 일을 함께할 때—버섯구름 모양의 똥으로 범벅이 된 두 살배기 아기의 기저귀를 갈거나 목욕통에 아기용 배들을 나란히 띄우거나 냉장고에 든 우유병마다 딱지를 조심스레 붙일 때—한 번이라도 아내의 얘기를 주의 깊게 들었더라면 〈복수심에 불타는 며느리〉라는 드라마 제목은 물론이고 베디 가족의 일대기, 치과 병력, 변비의 고통 그리고 식사량까지 알고 있었을 것이다.

그는 아내의 말을 귀담아듣지 않았다. 아내가 텔레비전에 정신이 팔린 것도 싫었다. 그러다보니 지금 그의 머릿속에 남아 있는 것은 어렴풋이 들은 듯하다는 느낌뿐이었다. 모한 베디는 들어본 이름이었지만 잘 알지는 못했다.

그래도 그건 괜찮았다. 아후자를 정말 짜증나게 한 것은 당에서 어느 누구도 집단 사직에 대해 귀띔해주지 않았다는 사실이었다. 왜 아무도 귀띔해주지 않았을까? 그는 버림받고 따돌림당하고 배제되고 배신당한 느낌을 받았다. 지금까지 그는 동료들을 정말 가족처럼 여겼다. 그런데 이렇게 되고 보니 사춘기 아이가 된 것처럼 소외감이 더욱 크게 느껴졌다. 지나치다 싶을 만큼 친밀하게 대하는 것이 친구를 사귀는 유일한 방법이라고 라케시는 알고 있었다. 그는 복수를 할 때도 친구와 우정을 쌓을 때처럼 철저했다. 그는 그 작전을 써서 당수에게 말했었다. 제 자식들한테는 부모밖에 없습니다. 친척들은 아무도 없죠. 저는 독자였습니다. 아버지도 독자였죠. 친가 쪽으로든 외가 쪽으로든 조부모님도 없습니다. 그래서인지 아이들은 당수님을 사랑하고 당수님이 친할머니가 되어주길 바라고 있습니다. 시간이 지나면서 아이들은 숭배의 대상이 되었다. 라케시의 당은 하나의 가족이 되었다. 주지사, 주총리, 당비서, 반정부 투사 그리고 재판관 들은 이름이 아니라 삼촌, 숙모, 할아버지, 할머니, 큰아버지, 큰어머니 등의 호칭으로 불렸다. 그들은 아이들의 생일에 모습을 드러냈다. 술에 취하고, 케이크가 담겼던 종이접시를 반달 모양으로 접고, 뒷굽이 뾰족한 슬리퍼로 잔디를 차올리고, 땀을 흘렸다. 그들은 아기 말을 흉내내면서 바보처럼 굴었다. 그들의 눈에는 외로움이 어려 있었다. 알고 보면 나라를 통치하기 위해 먼 곳에 가족들을 두고 델리까지 올라온 사람들이었다.

얼마나 여러 번 자식들을 이끌고 거드름 부리는 정치인을 찾아갔던가? 아이들은 존경의 뜻으로 나이 많은 정치인의 발 앞에 엎드려야 했다. 난처한 모임에서 집에 갑자기 일이 생겼다는 핑계를 대고 도중에 자리를 떴던 경우가 얼마나 많았던가? 그의 아이들은 단식투쟁을 벌이는 정치인을 위해 얼마나 여러 번 초콜릿을 몰래 가져다주었던가?

그는 그들에게 본때를 보여주려고 했다. 권력을 움켜쥘 작정이었다.

"아시겠지만 저는 그렇게 하찮은 일 때문에 사직하려는 게 아닙니다. 제가 생각해도 그건 어처구니가 없는 일입니다. 저는 아주 뚜렷한 목표를 가지고 당과 거리를 두어왔지요. 저 역시 요구가 있습니다. 한 가지 요청드리고자 합니다. 요그라지를 제명해주십시오. 그 친구는 제가 추진하는 고속 고가도로 사업에 사사건건 간섭하고 훼방을 놓고 있습니다. 제가 드린 메일을 신중하게 검토해보시고 그를 제명해주시기 바랍니다."

"아, 그건 곤란한데. 지금은 비니트의 사직을 받아들일 수 없어요. 지금 그 사람은 저를 향한 이 어처구니없는 반대에 앞장서고 있거든요." 루파가 말했다.

"그럼 잘됐군요. 동의하지는 않지만 당수님의 결정을 존중합니다. 집단 사직이라는 문제에 관한 한 저는 당수님을 백 퍼센트 지지하고 있다는 것을 알아주셨으면 좋겠습니다. 비니트에 관한 문제는 이 사태가 진정된 뒤에 다시 의논드리겠습니다."

라케시는 밖으로 걸어나와 운전사에게 손짓했다. 갑자기 한 줄기 바람이 불어와 흙먼지 장막을 치더니 그의 포위된 콧구멍으로 돌진해 들어왔다. 그는 재채기를 하며 자신이 거둔 성과를 자축했다. 이제 루파는 완전히 그의 손아귀에 들어왔다. 그가 해야 할 일은 당원들과 부딪치는 것밖에 없었다.

15
조롱 혹은 칭찬

임금체계에 관한 회의에는 '사직서를 제출한' 열세 명의 의원이 참석했다. 의원들은 모서리가 둥근 탁자에 둘러앉아 있었다. 라케시는 불만을 노골적으로 표출했다. "집단 사직 소식을 왜 저만 몰랐던 거죠? 한번 말씀해보세요. 제가 몸소 나서서 고가도로를 하나하나 짓고 제 자식들까지 기계를 돌리게 하고 있다는 인상을 여러분에게 줬을 거란 걸 저도 잘 압니다. 하지만 여러분도 아시다시피 저 같은 예술가도 현실 세계에 깊이 관여해야 합니다. 제게 연락을 취할 수 있는 방법은 수도 없이 많습니다. 저희 직원들이 휴대전화를 열두 대나 갖고 있으니 그쪽으로 연락해도 되고요. 직급이 낮은 행정공무원들도 제게 연락할 수 있어요. 그리고 제 사무실과 집을 오가는 비둘기가 천여 마리나 됩니다. 비둘기들의 녹색 모가지에 쪽지를 매달 수도 있는 거 아닙니까? 저한테 이메일을 보내도 되고 저희 집으로 전화해서 아이들한테 얘기해줄 수도 있는 거 아닙니까?"

연설을 하는 동안 휴대전화가 무려 아홉 번이나 울어대는 바람에 그는 의사를 전달하는 데 무척 애를 먹었다.

불행하게도 그의 연설에 처음으로 반응을 보인 사람은 그의 강적으로 사직 문제를 찬성하고 있는 비니트 요그라지였다. "어제 오후 다섯시에 어디에 계셨습니까?" 요그라지는 정색을 하고 진지한 말투로, 우호적인 척 물었다. 까무잡잡한 얼굴에 양파 모양의 하얀 염소수염을 기른 그는 사람들을 들볶는 취미로 정평이 나 있었다. "고속 고가도로 때문에 무척 바쁘시지 않나요? 초과근무까지 하시는 걸로 압니다만? 요즘 우리한테 낼 시간도 없잖습니까, 라케시 장관님?"

라케시는 가슴을 펴고 대꾸했다. "비니트 의원님은 역시나 취조하듯 발언을 개시하시는군요. 다른 분은 의견 없습니까?"

"그런데 라케시 장관님, 왜 내각회의에는 참석을 안 하셨습니까?" 비니트가 꿈쩍도 않고 말했다. 의자 하나를 사이에 두고 라케시의 오른편에 앉은 그는 주먹을 쥐고 있던 두 손을 폈다. "깜박할 뻔했습니다! 제가 여러분 모두를 위해 카다몬 열매를 가져왔습니다. 좀 드시지요. 케랄라에서 막 도착했는데, 약용으로 많이 쓰인답니다."

비니트의 계략은 제대로 먹혀들었다. 탁자 너머의 여성 의원들이 그를 향해 상체를 기울였다. 그 덕분에 그는 여자들이 내뻗은 손에 녹색 카다몬 열매를 조금씩 얹어주면서 블라우스 너머의 풍만한 가슴을 좀더 잘 볼 수 있었다. 그것으로 거래는 성사되었다. 카다몬 열매들이 탁자를 한 바퀴 돌아 전해졌다. 라케시만 상체를 뒤로 젖히고 의자에 뻣뻣하게 앉아 있었다. 그는 쓴웃음을 지으며 말했다. "고맙지만 저는 사양하겠습니다. 이래서 제가 내각회의에 참석하지 않는 겁니다. 비니트 의원님이 여러분에게 어떤 독을 먹일지 알 수 없는 겁니다."

"비니트 의원님이 그 질문을 한 건 내각회의가 끝나고 우리가 합의에 도달했기 때문이에요." 한 의원이 말했다.

"내각회의에서 뭘 했다구요?" 한 손을 귀에 갖다붙이며 라케시가 말했다. "법안 이야기입니까?"

"아뇨. 합의를 했다고요."

라케시가 손바닥으로 탁자를 내리쳤다. "아이옌거 의원님, 당신은 그 자리에 있지도 않았잖아요."

아이옌거는 각료가 아니었다.

"저는 회의실 밖에서 만났습니다. 루파 여사님이 떠난 뒤에 말입니다."

"여사님의 시야 밖에 있었으니 눈치볼 일도 없었겠군요." 라케시가 말했다. "저도 똑같았습니다. 저는 미국인 설계사들을 만나 회의를 하느라 내각회의에는 참석할 수 없었습니다. 저로서는 어쩔 수가 없었죠. 항상 약속이 있으니까요. 이것으로 제 불참 이유는 설명되었다고 봅니다. 자, 이제 말씀해보시죠. 제가 왜 집단 사직 얘기를 듣지 못한 겁니까?"

그는 위협적인 눈빛으로 젊은 의원들을 둘러보았다. 눈썹을 추켜세우고 왼손으로 찻잔에 담긴 숟가락을 만지작거렸는데, 숟가락이 찻잔에 부딪히면서 학교 종 같은 소리가 났다. 사암 건물 안으로 한줄기 햇살이 비쳐들었고, 이따금 거센 바람이 밀려들었다. 은

은한 오렌지색 불빛이 남녀 의원들 사이의 공간을 채우고 있었다. 아후자는 불빛에 드러난 방의 윤곽이 사고로 추락한 비행선 같다고 생각했다. 밤에 잠을 제대로 못 잔 아후자는 꼭 시차에 적응 못 한 것처럼 무척 피곤했다. 그래서 젊은 의원들이 쏟아내는 아첨을 받아줄 기분이 아니었다.

한 의원이 말했다. "제가 라케시 장관님께 알리지 않았던 건 두 가지 이유 때문이었습니다. 첫째, 장관님도 결국 집단 사직에 관해 듣게 될 거라고 생각했습니다. 그리고 둘째, 이건 제가 장관님께 드리는 최고의 찬사입니다만, 장관님은 정치에 초연한 분이라고 생각했습니다. 그래서 전화를 드리지 않았던 겁니다."

"옳은 말씀입니다." 아이옌거가 끼어들며 말했다. "요즘 저는 장관님을 의회에서보다 〈스타 뉴스〉에서 더 자주 봅니다. 그런 어처구니없는 이유로 저희가 사직한다는 말씀을 드렸다가는 장관님한테 비웃음만 살 거라고 생각했습니다."

"장관님은 이제 정말 대단한 CEO가 되셨더군요. 기술관료 같으십니다." 다른 의원이 거들고 나섰다.

"저희는 장관님의 노고에 큰 감명을 받고 있습니다."

라케시는 짜증이 났다. 그에게 '정치에 초연하다'는 말은 훌륭한 정치인이 아니라는 말과 동일했다. 정말 어처구니없었다. 그는 유능한 일꾼이라는 이유로 징계를 당하고 있었다. 인맥 쌓기보다 국가의 기반시설 건설에 매진해 땀을 쏟았다는 이유로 징계를 당하다니 가당치도 않았다. 분노가 치밀어 몸이 부들부들 떨렸다. 그는 자리를 박차고 일어나 블라인드의 끈을 당기려고 손을 뻗었다. 그러자 탁자에 놓인 그의 서류들이 바람에 펄럭였고 한 여성 의원은 자신의 두파타를 홱 끌어당겨 어깨를 감쌌다. 그가 뒤돌아섰다. 그 바람에 그의 셔츠 소매가 휘날렸다. 의원들은 찻잔을 코끝까지 들어올리고 있었다. 찻잔이 놓여 있던 탁자에 남은 고리 모양의 물기가 오렌지색 불빛의 눈부심에 움찔거리는 듯했다. 나무 탁자의 상판을 내려다보고 있던 사람들의 눈이 일제히 그를 향했다. 그는 입안에 침이 고이는 것을 느꼈다. 그는 서류 위에 양손을 짚고 사람들을 향해 몸을 기울였다. 사람들을 공격할 때 적합한 자세였다. "저는 내각회의엔 참석하지 않았지만 지금 이 자리엔 있습니다. 그렇죠?" 라케시는 한쪽 손바닥을 들어 보이며 말했다. "여러분은 지금 말도 안 되는 얘기를 하고 있어요. 그나마 다행스러운 것은 저도 여러분 모두와 마찬가지로 어리석다는 겁니다. 여러분처럼 저도 사직서를 제출한 상태입니다."

그는 자신의 재치 있는 공격이 마음에 들었다. 승리감마저 느꼈다. 정치인답지 않다며 그를 비난한 의원들에게 역으로 한 방 제대로 먹인 것이다. 이제 그들은 라케시가 자신들의 대열에 동참했다고 생각할 것이다. 루파 발라 당수는 자신의 등뒤에서 라케시가 확실히 받쳐주고 있다고 생각하고 있었다. 하지만 그는 양다리를 걸치고 있었다.

"좋습니다. 이제 업무 이야기로 들어가죠." 라케시는 코를 쿵쿵거리며 말했다.

하지만 의제를 돌리자마자 비니트가 라케시에게 물었다. "아, 참. 그 멋진 셔츠는 어디에서 구입하셨습니까?"

"선물로 받은 겁니다." 라케시가 대답했다.

"넥타이는요?"

"이건 물려받은 거고요."

"재킷은요?"

"빌린 겁니다."

(다른 의원들은 재미있어하면서 두 사람의 대화를 지켜보고 있었다.)

"빌렸다고요? 누구한테요?" 요그라지는 아주 정중하게 물었다.

"방금 뭐라고 하셨죠? 아무튼, 이제 일을 시작하죠."

"제 질문에 아직 답변을 안 하셨습니다. 사직 얘기는 어떻게 들은 겁니까?" 비니트가 말했다.

"좀더 큰 소리로 말해주세요."

"어떻게 사직 얘기를 들었냐고요!"

"고함을 지를 필요까지는 없어요."

"지금 저를 놀리시는 겁니까? 사직 얘기는 어떻게 들으셨죠?"

"정보통이 있습니다."

"오늘 여사님을 찾아가셨었다고 들었습니다만?" 비니트가 말했다.

"사직을 하려고요. 그것 말고 다른 이유가 있겠습니까?"

그러자 비니트가 다른 의원들을 돌아보며 말했다. "저는 여러분에게 라케시 장관이 대단한 정신력을 가진 분이라고 말씀드린 적 있습니다. 장관님은 저번에 제가 드린 아마인亞麻仁을 드시고 있는 게 틀림없습니다. 우리 가운데 직접 여사님을 찾아뵙고 사직을 한 사람은 아무도 없으니까요."

"맞습니다. 여사님은 어떻던가요? 무슨 말씀을 하시던가요?" 의원들이 물었다.

"뭐라고요?"

"여사님은 어떠셨냐고요!"

"화나셨습니다." 라케시가 툭 내뱉었다. "여러분 대부분에게 정직 처분을 내리겠다고 하시더군요. 저는 그렇게 하시지 않도록 설득해야 했습니다. 저까지 사직을 하는 마당에 말입니다! 여사님은 저의 사직으로 결정타를 맞았다고 생각하시는 것 같았습니다. 얼마나 많은 사람에게 정직 처분을 내릴 수 있을까요? 여러분은 제가 마침 그 자리에 있었던 걸 다행으로 여겨야 합니다."

아후자, 멋지게 해냈군!

하지만 자신의 즉흥 연설에 고무된 감정도 그리 오래가지는 못했다. 관사로 돌아오는 차 안에서 차※로 입안을 개운하게 헹구는 동안에도 그는 아무도 자신한테 사직에 대해 알려주지 않았다는 사실에 다시 화가 났다. 의원들의 집무실에 도청 장치를 설치해두었어야 했는지도 모른다. 그리고 그런 우스꽝스러운 짓에 자신은 조금도 관여하고 싶지 않다고 분명히 밝혔어야 했다. 의원들이 칭찬은커녕 고가도로 건설에만 열을 올린다고 그를 조롱했을 때는 마땅히 분노를 터뜨렸어야 했다. 그랬더라면 당내에서 그의 인기는 더욱 추락했을 것이다. 당에서 인기를 잃고 루파 발라가 그의 지지 약속이 거짓이었다는 것을 알게 되면 어떻게 될까? 그럼 누가 그의 편이 되어줄까?

쉬운 문제가 아니었다. 관사까지 가는 동안 눈에 들어오는 모든 소가 그에게 인신공격을 하는 것처럼 보였다. 똥을 덕지덕지 묻힌

소들이 교통 흐름을 방해하고 있었다. 아침에는 그렇게도 깨끗했던 거리가 이 시간에는 난장판으로 어질러진 서재 같았다. 석양이 그날 하루의 사건들을 극명하게 해석해주고 있었다. 도로 양쪽에 늘어선 철제 광고판들에 반사된 햇빛은 불을 뿜는 화포처럼 강렬했다. 어떤 남자는 집단 자살이라도 하려는 듯 스쿠터 뒷자리에 아이를 다섯 명이나 태우고 질주했다. 구깃구깃한 청색 방수포 천막 아래서는 한 뚱뚱한 경찰관이 지저분하기 이를 데 없는 잔에 담긴 레몬주스를 홀짝거리고 있었는데, 마침 아후자가 스치고 지나가는 순간 콧수염을 닦았다.

좀더 가까운 데를 살피자면, 아후자의 손목시계—열과 빛을 내는 완벽한 구체—그림자가 자동차의 회색빛 천장에 포물선을 그리고 있었다. 곧은 기둥에서 가지처럼 조명이 뻗어나온 가로등이 거리를 환히 비추고 있었다. 마치 아이들이 크레용을 가지고 처음으로 그린 V자 모양 새들 같았다. 그는 절대 자식들에게 운전하는 것을 허락하지 않을 작정이었다. 그 문제에서만큼은 입장이 확고했다. 곧 아르준이 열여덟 살이 될 테지만 상관없었다. 아르준이 자신을 존경하든 말든 그런 것도 중요하지 않았다. 아르준이 날마다 델리 운수조합의 버스를 타고 등하교를 하더라도 상관없었다. 때마침 델리 운수조합의 버스 한 대가 그의 차를 앞질러 갔다. 힌두스탄 모터스가 생산한 최신형 앰배서더로, 번호판에 정부를 상징하는 사자 머리가 돋을새김되어 있고 가죽 시트가 장착된, 그 하얀색 관용차는 영화 〈스피드〉에서나 볼 수 있는 속도를 자랑했지만 지금은 아이를 다섯 명이나 태운 스쿠터 꽁무니를 졸졸 따라가고 있었다. 스쿠터가 갑자기 멈춰설 경우를 대비해 차는 아주 느리게 움직일 수밖에 없었다. 스쿠터에 탄 아이들 가운데 가장 어려 보이는 여자애가 아이스크림 막대를 길바닥에 버리고 나서 버스의 지저분한 라디에이터 그릴에 손가락을 닦으려고 몸을 돌렸다.

아후자는 운전사인 마투르에게 차 지붕에 사이렌을 붙이고 달리라고 지시했다.

"중요한 회의라도 있으십니까?" 차창 밖으로 몸을 내밀면서 마투르가 물었다.

"아니야. 자네 아들들을 생각해서 그러는 거야. 자네도 아들들이 자라서 어른이 되는 걸 보고 싶지 않은가? 교통 상황이 계속 이렇다면 자네가 집에 도착할 때쯤에 이 차는 시신을 담은 관이 돼 있을 거네."

"예, 알겠습니다. 하지만 그애들도 절 닮아서 키가 작을 겁니다. 자라봤자 저만큼이겠죠." 마투르가 대시보드에 손을 뻗으려고 깔고 앉은 쿠션을 조절하며 말했다.

차는 귀청을 찢을 것 같은 경적을 울리며 쏜살같이 달렸다. 라케시는 잠시 숨을 가다듬었다.

그는 동료들의 삐딱한 시선을 통해 자신을 보려고 애썼다. 결국 그는 자신이 그토록 증오했던 인간, 즉 매사에 불평불만만 늘어놓고 문제를 들춰내는 사람이 되어 있었다. 그는 교통 상황에 대해 불평을 터뜨리는 인도인들을 항상 경멸해왔다. 그런 사람들일수록 공공연히 권력을 과시하고 기회주의적 태도를 드러냈으며 국수주의적 자부심을 가지고 있었다. 하지만 라시미가 사고를 당한 이후로 라케시는 운전자들이 비좁은 틈으로 과감하게 차머리를 들이밀 때마다 가슴이 쿵쾅거렸다. 출고된 지 얼마 안 된 차들조차 움푹 찌그러진 자국이 여기저기 나 있었다. 보행자들은 도로를 건널 때마다 새로운 유언장을 작성해야 할 판이었다.

약 이십 년 전 그가 버몬트에서 첫 휴가를 받아 라시미와 함께 귀국했을 때, 인도의 교통 상황은 그전과 달라진 게 하나도 없었다. 달라진 것이 있다면 라시미였다. 그녀는 철두철미하게 원칙을 고수했다. 그녀는 신호등이 빨간색일 때는 절대 달려서는 안 된다고 운전사에게 말했다. 라케시는 미국에서 건너온 자기들은 작은 이모의 운전사에게 이래라저래라 지시할 수 없으며 빨간불이 들어왔을 때 달려가지 않으면 오른쪽에서 접근하는 성난 트럭들에 납작하게 깔려버릴 거라고 말했다. 라시미는 앞에 가는 가난한 인력거꾼을 치어 죽일까봐 운전사에게 조용히 간청하다시피 했다. 하지만 운전사는 들은 척도 하지 않았다. 우리 인도인들은 대체 왜 이 모양일까? 라시미가 말했다. 라케시는 발끈하면서 대꾸했다. 당신은 먼저 당신 자신부터 돌아봐야 해. 영국은 대체 왜 그 모양인데? 그들은 우리를 침략하고는 가난과 악법, 부패한 행정기관을 남겼어. 우린 그들이 만들어놓은 학교에서 사람들을 엔지니어와 저널리스트로 교육시켰지. 그런 사람들은 이 나라를 떠나 외국에서 살다가 한 해에 며칠씩 고국을 방문해 이런 식으로 말해. 샤워기는 왜 이딴 식이야? 물은 찔끔찔끔 나오고, 거기다 썩은 물 같잖아! 홀딱 벗고 있으면 파리가 수천 마리나 내 몸에 달라붙겠어. 사람들은 하나같이 거지같고.

당시 그는 부모님과 다투었기 때문에 기분이 좋지 않았다.

당신 또 시작이네, 그녀가 말했다.

미안, 그가 말했다.

182

미안하다는 말 한마디로 끝날 거라고 생각하면 오산이야.

정말 미안해.

운전사가 두 사람이 다투는 소리를 듣고 웃었다. 운전사의 웃음소리에 라케시는 두 배로 화가 났다. 내가 운전하겠소, 그가 말했다.

당신은 이곳 운전면허증이 없잖아, 라시미가 만류했다.

그렇게 해서 라시미와 라케시는 앞자리로 옮겨 앉았다. 라케시는 운전대 위에 엎어져 있다시피 했다.

우리 인도인들은 운명을 믿어. 미치광이처럼 운전하는 저 사람들 좀 봐. 운명을 믿는 사람들이라니까. 라시미가 말했다.

라케시가 말했다. 운명은 무슨……

당장 차에 치일 것 같은 저 소 좀 봐.

운명을 믿고 있는 건 저 소들이야.

그는 소를 들이받고 말았다.

라케시는 출고된 지 얼마 안 된 작은 이모의 콘테사(보닛이 소 모양으로 커다랗게 찌그러졌다)를 망가뜨리고 운전사에게 뇌물을 먹여야 했다.

저한테 돈을 주는 건 좋은데 제 일자리는 어떻게 되는 거죠? 운전사가 물었다.

당신 잘못이 아니었다고 우리가 말해줄 테니 걱정 마세요. 라시미가 부드러운 목소리로 말했다.

부부는 면목없어하며 작은 이모 앞에 앉아 있었다. 이미 그들의 관계는 틀어져 있었다. 라케시의 어머니와 작은 이모는 재산 분쟁에 휘말려 있었다. 라케시는 작은 이모의 차를 찌그러뜨렸다는 사실을 순순히 시인해야 했다.

제가 그랬어요. 라시미가 말했다.

무슨 말이야? 작은 이모가 물었다.

미국에서처럼 운전하다 그만……

라시미는 그렇게 말하고 나서 라케시를 힐끗 쏘아보았다. 그녀는 남편을 어떻게 다뤄야 하는지 알고 있었다. 갑자기 스스로를 희생해 남편을 누르는 것이었다. 그녀는 정말 대단했다. 자세를 꼿꼿이 하고 양손을 써가며 쉴 새 없이 조잘거렸다. 라케시의 호랑이 같은 이모도 설득당하지 않을 수 없었다. 라케시도 다시는 인도식 운전에 대해 라시미에게 아무 말 할 수 없었다. 그런 일이 있고 한참 후 버몬트에서 그는 미국 운전자가 실수할 때마다 약간은(한편으로는 죄책감을 동반한) 승리감을 느끼는 이유를 스스로에게 설명할 수 없었다. 이웃집에 사는 존이 후진하다 그들의 우편함을 들이받았을 때 라케시는 세 번이나 잔디를 깎았고, 고속도로에서 가벼운 연쇄 추돌 사고가 벌어졌다는 아침 뉴스를 봤을 때는 이상하게도 황홀한 기분이 들어서 마치 요리사라도 된 듯이 라즈마*를 요리했는데 자신이 왜 그러는지 잘 설명할 수 없었다. 또 라시미가 죽던 날 자신과 라시미가 한낱 사고의 구경꾼에 불과했다면, 만약 그날 라시미가 죽지 않았더라면 그는 폭포수처럼 흘러내리는 그녀

---

* 강낭콩, 카레와 각종 채소가 들어간 인도식 볶음밥.

의 머리카락 아래로 양손을 밀어넣고 그녀의 턱을 손가락으로 받치고는 자신이 왜 그토록 행복한지 말했을지도 몰랐다. 그날 라시미가 죽지 않았더라면 이 년 전에 델리에서 소를 치어 죽인 날 그녀가 펼쳤던 주장을 무너뜨릴 수 있었을 것이다. 그는 미국인들도 인도인처럼 거칠게 운전하는 경향이 있다는 사실을 입증할 수 있었을 것이다. 인도와 미국의 차이점이 하나 있다면 미국에는 규칙을 엄격하게 적용하는 경찰과 관리 들이 있는 데 반해 인도에는 자트족 지방장관, 복지부 소속의 부족복지계획 담당관, 광업 감독관, 차티스가르 주와 마디아프라데시 주 사이의 지역 징세관, 그리고 이런 직책들의 목적을 파악하는 일만 하는 언어 보존 담당관이 있다는 것뿐이었다.

하지만 그는 다시는 그 문제에 대해 말하지 못했다. 누군가가 오토바이에 치였고 차 한쪽 문이 날아갔다. 도대체 그런 말을 누구에게 할 수 있었겠는가? 이제는 논쟁을 벌일 사람이 없었다. 순식간에 묵사발 내줄 사람이 아무도 없었다.

사람들을 탓하는 수밖에 없었다.

그래서 인도로 돌아왔을 때 라케시는 다시 지독한 혼란에 빠지고 말았다. 그는 행정부, 경찰, 공무원, 그를 배척하여 미국으로 떠나게 했던 관료 밥통들을 모두 비난하고 나섰다. 그들은 라시미의 유해를 인도로 가져오는 데 자그마치 열 장이나 되는 서류를 작성하게 했다. 그리고 그들이 서류를 분실하는 바람에 그는 유골단지를 들여오는 데 만 루피를 세관에 물어야 했다. 공항에서는 세 번이나 뇌물을 먹여야 했다. 아내의 장례식에 맞춰 일을 진행해야 했기 때문에, 그가 부자였기 때문에, 그가 낼 수 있었기 때문에 줘야 했던 뇌물이었다. 그가 부자라는 것은 냄새로도 알 수 있었다. 미국 향수를 뿌렸으니까.

그는 뇌물을 받아먹는 부패한 관리들을 자신의 부를 이용해 한순간에 무너뜨릴 수도 있었다. 그는 자신을 골탕 먹인 두 세관원에게 본때를 보여주기로 작정했다. 모든 연줄을 동원해 그들의 옷을 벗길 생각이었다. 그래서 루파 발라를 찾아갔던 것이다. 라케시의 가족 모두와 잘 알고 지내는 루파는 SZP당의 총수였다. 그녀도 남편을 잃은 지 얼마 되지 않았을 때였다. 총리였던 그녀의 남편 아소크 발라는 편자브 지방의 봄 축제 때 테러리스트가 운전한 최신형 수확기에 깔려 들판에 파묻히고 말았다.

그녀는 라케시와 잠시 얘기를 나누는 동안 그의 정치적 소견과 지성 그리고 반미反美 성향에 깊은 감명을 받았다. 라케시가 부패한 세관원들에 관한 이야기를 하는 동안 그녀는 응접실 벽 한 면을 다 차지한 직사각형 그림 앞을 부산하게 오가며 감정을 주체하지 못했다. 시간이 지나면서 담배 연기와 습기로 얼룩진 그 그림은 이 혼란스러운 방문객의 눈에는 그저 사프란색 수평선으로 모호하게 보일 뿐이었다. 그림 속 인물들은 원래 인상파의 기법으로 그려진 듯했지만 보면 볼수록 사막에 심긴 말라비틀어진 꽃양배추들처럼 보였다. 구역질이 날 만큼 몸서리가 쳐지는 그림이었는데 그녀는 자기가 직접 그렸다고 말했다.

라케시가 그림을 들여다보는 동안 그녀는 그림 앞에 서 있었다. 루파 발라의 얼굴 양쪽에서 수백 개의 혹이 솟아나는 것 같았다. 그녀의 자화상들을 모아놓은 듯한 그 그림은 그녀의 본래 얼굴보다 아주 조금 더 섬뜩할 뿐 별반 다르지 않았다. 순간, 성적 매력이

나 아름다움을 잃어버린 마네킹이 자기 앞에 서 있다는 생각이 들었다. 그녀도 젊었을 때는 상당한 미인이었다. 라케시는 그녀가 남편과 함께 찍은 사진들을 본 적이 있었다. 사진 속 그녀는 쾌활하고 당당했으며 키스하고 싶을 만큼 매력적이었다. 하리아나 주가 아니라 델리나 봄베이에서 태어났더라면 더 일찍 담배를 피웠을 법한 여성이었다. 팔찌를 다소 과하게 짤랑거리고 드러낸 배꼽에선 코냑 향기를 풍기면서, 남자들이 가득한 의사당에 우아한 자태로 당당하게 걸어들어갔을 법한 여자. 물론 그림 실력은 형편없었지만. 그러나 그녀는 활력을 잃어버린 것을 교훈으로 받아들였다. 아직 젊었던 라케시는 그녀가 성적 매력을 잃어버리고 어쩔 수 없이 일종의 금욕주의나 자기수양의 생활을 할 수밖에 없게 되었다고 생각했다. 그녀는 이제 살아남아서 대중이 모두 보는 앞에서 죽음을 맞이하겠다는 의지만 남은 정치인이 되어 있었다. 지금까지 그렇게 살다 간 사람은 아무도 없었다. 라케시에게는 그런 생각이 아주 로맨틱하게 느껴졌다. 그 무렵 그는 재혼은 꿈도 꾸지 않고 있었다. 그는 정치인이 되고 싶었다. 아주 열렬히.

루파 발라는 자신의 그림이 형편없다는 걸 자기도 잘 안다고 말했다.

아, 아닙니다. 그렇지 않습니다.

라케시의 대꾸에 그녀는 웃음을 터뜨리며 괜찮다고 말했다.

라케시는 자기가 보기에는 괜찮은 그림이라고 말했다.

그러자 그녀가 말했다. 시험을 통과하셨네요. 이게 제 시험이에요. 제 앞에서 솔직하게 말하는 신입 당원들을 저는 그 자리에서 쫓아내버려요. 계속 아첨하는 사람들을 곁에 두죠.

그럼 저를 당원으로 받아들이시는 겁니까? 라케시가 물었다.

물론이죠. 루파가 말했다. 제가 도움을 드릴 수 있는 방법이 그것뿐이니까요.

그게 십사 년 전의 일이었다. 라케시는 과거를 회상하며 사무실에 도착했다. 십사 년 동안 권력의 중심부에 있은 적도 있었고 밖으로 밀려난 적도 있었다. 그는 그 두 세관원을 카스트제도 때문에 폭력이 난무하는 비하르 주로 내쫓아버렸다. 그래도 그의 야심은 꺾이지 않았다. 반미 연설을 하거나 다국적기업에 항의하고 있을 때가 아니라면 거대하고 부패한 행정조직의 수장이 되어 공무원들이 본래의 역할을 할 수 있도록 힘을 행사하는 것이 그의 바람이고 목표였다. 오래전 인디라 간디 공항에 도착했을 때 엑스레이 검색대를 통과하는 동안 토목공학 석사에서 대중의 마음을 읽는 전문가로 변이하기라도 한 것처럼.

그리고 이제 고속 고가도로의 모든 세부적인 일을 감독하면서 그토록 바라던 꿈을 이루었는데, 정치인의 자질이 충분하지 않다는 비난을 받고 있으니 이게 가당키나 한 일인가?

이상주의적인 면이 조금이라도 있는 사람은 자신밖에 없지 않은가 말이다. 자신보다 더 열심히 일하는 사람이 있는가? 그리고 뇌물을 가장 적게 받은 사람도 자신이다.

당원들의 견해에는 전혀 믿음이 가지 않았다. 그들의 머리는 똥으로 가득했다. 특히 소똥으로.

라케시는 사무실로 돌아오자마자 산칼프 말릭에게 전화를 걸었다. 임금체계에 관한 회의에서 줄곧 말없이 앉아 있었던 장관이었다.

"이보게, 산칼프. 진짜 난 회의에서 아무 말도 하지 않았어. 공연히 분란을 일으킬 필요가 없잖은가. 나는 감정을 억제하는 편이고 나서기 싫어하는 사람이야. 있는 듯 없는 듯한 사람이라고. 복병이랄까. 하지만 이것만은 밝혀두겠네. 나는 지지를 철회하고 여러 의원을 데리고 당을 떠날 생각이야. 계속 모욕을 당하고 있잖나. 동지를 이런 식으로 대하는 것은 옳지 않아."

"아후자 장관님. 그 심정은 충분히 이해합니다understand—"

"이런 식이면 어떻게 같이 손잡고hand-in-hand 일하겠나?" 아후자는 손목으로 탁자를 내리치며 말했다.

그래도 산칼프는 주눅들지 않고 말했다. "아니, 아닙니다. 아무래도 장관님이 오-해-하신 것 같습니다. 모든 각료에게 동시에 발송된 이메일에 장관님이 참조 수신인으로 되어 있지 않았던 건 분명히 잘못된 일이죠."

"비니트가 보냈겠지? 그렇지? 무슨 일이 벌어지고 있는지 나도 알고 있네. 안단 말일세. 개인적인 대립 때문에 업무에 방해를 받고 있네."

"저기, 장관님." 목청을 가다듬으며 산칼프가 말했다. "이런 말을 해도 될지 모르겠습니다만 제 생각에 이건 철저하게 계획된 끔찍한 일입니다. 하지만 메일을 보낸 사람은 비니트가 아닙니다. 수바시 짓이에요. 장관님이 메일 수신인으로 지정되지 않은 이유를 그 친구가 설명해주더군요. 제 생각에는 장관님이 당수님과 너무 친밀한 관계라는 인식이 팽배한 것 같습니다. 장관님께 무슨 말을 했다가는 당수님 귀에 곧바로 들어간다는……"

"그래, 맞아. 나는 당수님의 사랑을 독차지하고 있지. 그 사실을 까먹고 있었군." 라케시가 말했다.

"아닙니다. 저도 수바시를 꾸짖었어요. 장관님을 위해서 말입니다."

"그 여자는 내 아이들을 낳아준 사람이고 말이지."

"장관님, 그건 제가 아니라 다른 사람들의 인식입니다."

"지금 시인처럼 말장난을 하고 있는 건가?" 라케시가 말했다. 그는 '다른 사람들의 인식perception of others'을 '어머니들의 임신 conception of mothers'으로 들었다.

"네?" 산칼프가 물었다.

"관두게. 어쨌든 고맙네."

젠장. 그는 화가 나서 전화기를 내려놓았다. 이제 의심의 여지가 없었다. 루파에게 정신 나간 사직서를 보내는 끔찍한 실수를 저지른 것이다. 그것도 폭동주식 거래 법안까지 첨부한 채로! 게다가 모한 베디 사태와 관련해서 그녀에 대한 지지를 약속하고는 그녀를 배신하고 말았다. 그녀는 지금쯤 아마 모욕적인 사직서를 갈가리 찢어버리고 있을 것이다. 라케시는 오랜 세월 동안 외워온 주문을 기억해냈다. 계속 아첨하는 사람들을 곁에 두죠. 그렇다. 그것이 열쇠다. 당수에게 아첨할 방법을 찾아내야 한다. 그가 입은 피해를 모두 회복해야 했다. 다시 당수의 동정심을 얻어내야 했다. 하지만 어떻게?

태어날 아기의 이름을 당수의 이름을 따서 지어야 하나? 그것도 당수를 무척 기쁘게 하는 아부 방법이었다. 그의 아내는 반기지 않을 것이다. 이해할 수 없지만 그녀는 아기에게 친투라는 이름을 붙이고 싶어했다. 분만할 때마다 그녀는 '친투'라고 울부짖었다. 그녀는 다음을 기약해야 할 것이다. 그러라지 뭐. 라케시는 앞으로 다가올 그녀와의 금욕생활이 달갑지 않았다. 앞으로 육 개월 동안 그는 산기타의 몸이 마치 아후자가 예배를 드리는 사원처럼 둥그렇게 부풀어오르는 모습을 지켜봐야만 할 것이다. 그녀의 젖가슴은 사원에 들어서면서 치는 쌍둥이 종 모양으로 변해갈 것이다. 하지만 그는 문간에서 아르준에게 제지당하고 말 것이다. 그는 침대에 걸터앉아 그냥 껴안아만 달라고 사정하게 될 것이다. 산기타는 냉랭한 표정을 지으며 돌아설 것이고 아이들은 숙제를 하다가 자기들끼리 아버지의 욕정에 대해 수군거릴 것이다. 그는 복부에서 죽은 근육이 당기는 느낌을 받았다.

"장관님!" 수닐 쿠마르가 불렀다.

"응? 무슨 일인가? 무슨 일이라도 생겼나? 무슨 일이 생긴 거야?"

"저기 있는 말벌집을 불태우고 있다고 말씀드렸습니다."

그가 정신이 번쩍 든 것은 바로 그 냄새 때문이었다. 몇 분 전에 수닐 쿠마르는 창밖에서 손짓을 해가며 그 사실을 알렸다. 아후자는 그가 창문에 들러붙어 있는 비둘기 똥을 닦아내는 거라고 착각했다. 아후자는 늘 창문을 활짝 열어두는 것으로 비둘기 똥 문제를 간단히 해결해왔다. 그러자 수닐은 비둘기들이 갈긴 똥이 아후자의 책상 한복판에 떨어지려면 어떤 각도가 되어야 하는지 파악하기 위해 열심히 연구해야 했다.

갑자기 세찬 오렌지색 바람이 창문으로 들어왔다. 말벌들이 구불구불 올라가는 연기 주변에서 사납게 윙윙거리고 있었다. 아후자는 기겁을 하면서 손으로 머리를 감싸고는 소리쳤다. "얼른 창문을 닫아!" 수닐 쿠마르가 복사기의 뚜껑을 확 열어젖혀 천장으로 불빛을 비추었다. 바람에 저항하듯 항상 소용돌이 모양으로 움직이는 말벌들이 복사기의 환한 불빛 위로 다급하게 내려앉았다. 그 순간 수닐 쿠마르가 복사기의 하얀 덮개를 쾅 하고 닫아 말벌들을 짓뭉개버렸다. 몇 초 뒤 짓뭉개진 벌의 외골격이 점점이 박힌 하얀 색 종이 한 장이 윙 소리를 내면서 기계에서 나왔다. 수닐 쿠마르는 증거를 손에 쥐고 문으로 가서 아후자에게 내밀었다. 두 사람은 서둘러 복도로 나갔다. 둘 다 무사했다.

"수닐! 지금 그러고 있을 때가 아니야. 내가 늦었다는 거 잘 알잖나. 그런 일을 오늘 꼭 해야 되겠어?"

"죄송합니다, 장관님. 하지만 말벌들이 여길 본부로 삼을 속셈인가봅니다. 하루빨리 놈들을 처치해버려야겠다고 생각했습니다. 장관님이 사직했을 때, 저는 사다리를 타고 올라가 놈들을 불태워버렸죠. 시간이 꽤 걸리더군요. 어땠는지 아십니까? 자기네 집이 활활 타고 있는데도 그 속에 들어앉아 나오질 않는 겁니다."

아후자는 수닐의 얘기를 듣고 있지 않았다. 귀에 들어올 리가 없었다. 그는 말벌들이 윙윙거리는 소리보다 훨씬 더 작은 소리가 들리는 것을 알아차렸다. 그는 청사 앞 도로를 건너다보았다.

이백 명 가까이 되는 중년 여성들이 저마다 은 숟가락과 접시를 손에 든 채 구호를 외치면서 거대한 콘크리트 건물인 프라임타임 부部를 향해 천천히 걸어가는 모습이 눈에 들어왔다. 라케시는 아치형 퇴창 밖으로 몸을 내밀었다. 무역풍에 실려온 코코넛 머릿기름 냄새가 훅 끼쳐왔다. 그는 어지럼증을 느꼈다. 네 층 아래에서 걸어가는 어떤 여자는 걸음을 내딛을 때마다 나무의 뿌리가 뽑히듯이 좌우로 뒤뚱거리는 모양새가 산기타와 비슷했다. 그녀는 환경에 관한 얘기에 귀를 기울이다가 다시금 성큼성큼 걸었다. 아후자는 양 손바닥을 차가운 벽돌에 대고 손가락으로 벽돌 사이의 거친 틈을 더듬었다. 군중이 도시의 기반시설을 조금씩 부식시키고 좀먹는 광경, 멀리서 보기에도 쓸데없는 대의를 위해 엄청난 땀을 쏟고 있다는 느낌, 확성기에서 원뿔형으로 퍼져나오는 많은 이야기들, 이런 것들이 아후자에게는 삶의 핵심처럼 보였다. 그는 항상 군중 행동과 가까이 있고 싶었다. 이런 비협력운동에 참여하고 싶어했다. 그는 자신이 새로운 모한 베디가 되겠노라고 여자들에게 말해주고 싶은 충동에 잠시 사로잡혔다. 자신이 내각과 교섭하고 아줌마들의 모임에 가입한 첫 남자가 되겠다고, 군중을 위해 그렇게 하는 것이라고 말하고 싶었다. 어쩌면 이래서 그가 텔레비전을 싫어하는지도 몰랐다. 그의 텔레비전 인터뷰는 그것을 지켜보는 사람들에게는 나라 전체의 지붕에 불법적으로 설치된 안테나에서 일으키는 추상적인 차원의 돌발사고였고 스파크였을 뿐이다. 아후자는 그 사람들을 느낄 수 없었다. 그래서 그는 지금 짧게 자른 머리들과 축 늘어진 깃발들에 시선을 고정시켰다. 바로 그 순간, 무리 속에서 어떤 얼굴이 그를 쳐다보았다. 산기타였다. 산기타를 본 것 같았다. 그녀가 저기 있었다. 그는 창문 밖으로 몸을 좀더 기울였다. 말벌 한 마리가 그의 목에 침을 쏘았다. 산기타는 사내아이를 목말 태우고 가는 여자와 휴대전화로 통화를 하는 여자 사이에 끼어 있었다. 통화를 하는 여자는 다른 여자들이 소리 높여 프라임타임부에 욕설을 퍼붓는 동안에도 손가락으로 두파타 자락만 돌돌 감고 있었다. 어떻게 산기타는 이 무더운 열기와 군중 속으로 아이를 데려올 생각을 했을까? 어떻게 그녀는 팔꿈치를 맞대고 걷는 현장 속으로 자신의 거대한 덩치를 던질 생각을 했을까?

잇새에 낀 망고 조각이 혀를 간질였다. 피부가 벽돌에 눌리면서 손가락에 자국이 생겼다. 그는 그 답이 '불가능'이라는 것을 알고 있었다. 산기타는 채소 시장에조차 한 번도 가본 적이 없었다. 그럼에도 그는 왼다리에 큰 통증을 느끼고 밤에 자다 일어나 앉았을 때처럼 불편한 기분이 들었다. 그리고 산기타가 언제든 자신을 배반하고 아르준에게 비밀을 털어놓을 수 있다는 사실을 기억했다. 그 순간 생각들이 서로 뒤엉켜버렸다. 그는 반쯤 입을 벌린 채 그녀를 바라보았다. 산기타의 어깨에 박혀 있는 소아마비 예방주사 자국을 바라보면서 새삼 그는 자신이 그녀에게 베푼 은혜에 대해 생각했다. 지난 십수 년 동안 그가 진짜 가혹하게 굴지 않았던 것, 산기타의 추한 모습을 보고도 그녀를 달하우지로 떠나보내거나 그녀의 부모에게 따지지 않았던 것, 그리고 자신의 인생을 망친 결혼식 몇 달 전 한껏 기대에 부풀었던 그 아름다운 날에 만난 그 여자를 찾아나서지 않았던 것도.

16
뇌물

    병원에서 아르준은 라비가 자기 아버지를 불러 숨을 헐떡이며 무슨 일이 있었는지 설명하는 모습을 지켜보았다. 아르준은 자신이 운전을 하지 않아 천만다행이라고 생각했다. 그는 아버지가 이 일에 말려드는 걸 바라지 않았다. 아버지들은 성격에 따라 상황을 양극단으로 몰아가는 경향이 있다. 자제심의 끈을 놓아버리거나 아무런 적극적인 대처도 하지 않거나. 라비의 아버지는 전자였다. 그는 절제라고는 조금도 모르는 사람이었다. 그가 도착하고 오 분 만에 그때까지 상당히 안정되었던 상황이 엉망진창이 되어버렸다. 그는 모든 사람을 향해 고래고래 고함을 질렀다. 그가 쓴 안경은 상어 지느러미처럼 생긴 코로 미끄러져 내려와 있었다. 그는 라비를 비좁은 대기실 의자에 앉힌 뒤 눈물이 쏙 빠지게 호통을 쳤다. 그는 라비에게 운전할 때 왜 앞을 똑똑히 보지 않았는지 물었다. 그는 성격이 불같은 사람이었고 한판 붙을 생각으로 왔는데 싸움 상대가 없어서 분한 것 같았다. 그는 모든 사람이 아이들을 지극히 자상하게 대했다는 사실을 감당하지 못했다.

그들이 도착했을 때 병동은 모한 베디와 연대하는 뜻에서 자신들의 손목을 칼로 그은 젊은 여자들로 가득차 있었다. 하지만 간호사는 아르준의 히스테리를 보고 소녀를 위해 추가로 공간을 내주었다. 간호사는 소녀를 커튼이 하늘거리는 하얀 방으로 안내했다. 소녀도 마음의 안정을 되찾았다. 소녀는 들것에 실려오는 동안 진통제를 달라고 빌었다. 소녀는 신음을 내뱉으면서 자기 탓이라고 쉴 새 없이 지껄였다. 남자아이들이 매우 친절하게 대해주었고 자신의 휴대전화가 멀쩡하니 그것으로 충분한 증거가 되지 않느냐고 물었다. 의사들은 편평한 해머를 들고 소녀의 뼈를 유심히 살펴보았지만 아무런 이상도 발견하지 못했다. 세포조직이 손상되고 질식으로 미토콘드리아가 해를 입었지만 뼈는 멀쩡했다. 검사 결과가 나왔고 그때 소녀의 부모가 도착했다. 그들은 둥글다는 것의 표본인 사람들로, 당뇨와 관절염 때문에 느릿느릿 움직였다. 서서히 죽어가는 것에 익숙한 사람들이었다. 티 하나 없이 하얀 벽으로 둘러싸인 응급실과 어울려 보이지 않았다. 그들은 오자마자 아무 말도 없이 가족과 친구들에게 문자 메시지를 보냈다. 무엇을 어떻게 해야 할지 잘 모르는 것 같았다. 여자의 살와르가 바닥에 쓸렸다. 소녀의 아버지는 턱을 쓰다듬으며 들고 온 서류가방에 몸을 기댔다. 그는 라비에게 아무것도 염려할 것 없다고 말했다. 그는 소송 따위에는 전혀 관심이 없었다. 소녀는 무사했고 그것으로 충분했다. 소녀의 부모는 점잖은 사람들이었다.

현명한 아버지라면 이처럼 좋은 상황을 쓱 훑어보고는 아이들을 모아 곧장 밖으로 나가버렸을 것이다. 현명한 아버지라면 소녀의 부모에게 눈이 번쩍 뜨이는 약속을 하면서 무릎을 꿇고 가짜 연락처라도 건넸을 것이다. 그리고 사건을 접수한 경찰관과의 불가피한 면담을 어떻게든 피하려고 했을 것이다. 만약 그러지 못하면 경찰관을 한쪽으로 불러내 천 루피짜리 지폐를 그의 지저분한 손에 찔러주었을 것이다. 현명한 아버지라면 당국과 쓸데없는 논쟁을 하지 않을 것이다.

아르준은 자기에게 현명한 아버지가 있다는 것을 알고 있었다. 그는 유전적 충동으로 부득이 개입하지 않을 수 없었다. "저기, 아저씨. 접수원이 조금 있으면 경찰이 올 거라고 했어요. 경찰이 도착하기 전에 여길 떠나는 게 좋을 것 같아요. 라비는 운전면허증이 없거든요."

메타 씨가 라비에게 호통을 치다 잠시 멈추었다. 그는 금테 안경을 밀어올리며 말했다. "차에 치인 사람이 스스로 괜찮다고 하는데 뭐가 문제야?"

"아빠, 경찰한테 뇌물을 좀 주세요." 라비가 간청했다.

"어림도 없는 소리." 격노한 메타 씨가 양 손바닥을 하늘을 향해 들어 보이며 말했다. "차에 치인 사람이 고소할 생각이 전혀 없다는데 내가 왜 경찰한테 뇌물을 먹여야 하지? 난 평생을 이 나라에서 살았어." 그는 흘러내리는 안경을 잡느라 잠시 말을 멈췄다. "그리고 지금까지 한 번도 뇌물을 먹여본 적이 없다." (거짓말이었다.) "라비, 모든 일을 그런 식으로 얼렁뚱땅 넘기려는 태도는 정말 좋지 않은 거야."

맙소사 얼렁뚱땅 넘기려는 태도라니. 아르준은 라비가 좀더 설득력 있게 말하기를 바랐다. 하지만 아빠, 전 운전면허증이 없어요. 감방에 들어가야 한단 말이에요. 그러면 외국 유학이고 뭐고 다 물거품이 된다구요. 하버드나 다른 일류 대학에 들어가려면 이번 일을 제대로 처리해야 해요. 설사 제가 SAT에서 1500점을 맞더라도 전과가 있으면 입학을 시켜주지 않을 거예요. 그러니까 제발 경찰한테 뇌물을 먹여주세요.

하지만 라비는 자기 아버지 앞에서 잔뜩 주눅이 들어 있었다. "죄송해요, 아버지. 그래도 어떻게 안 될까요?"

"네가 성장 과정에서 겪어야 할 일이야." 메타 씨는 라비에게 집게손가락을 까닥거리며 말했다. "내가 열 살 때, 네 할아버지는 나한테 온갖 심부름을 다 시켰다. 심지어 정육점에 가서 고기 사오는 일도 했지. 정육점이 얼마나 지저분한 곳인지 아니? 난 혼자서 가르히까지 갔다 오곤 했어. 정말 역겨운 곳이었어. 파리가 들끓었지. 그때도 사람들은 파리가 앉지 않은 고기를 사려면 뇌물을 줘야 한다고 했어. 난 그들에게 웃기지 말라고 했어. 차라리 파리를 먹고 말겠다고. 그때 나는 고작 열 살이었다. 하지만 그때도 나는 알고 있었지. 사람들에게 돈을 먹이는 것보다 차라리 파리를 먹는 편이 낫다는 걸 말이야. 내가 이슬람 계율에 따라 도축된 고기를 갖고 집에 돌아왔을 때 너희 할아버지가 어쨌는지 아니? 다짜고짜 내 뺨을 한 대 올려붙이더구나. 요즘엔 누구나 자식들을 감상적으로 키우려고 하지. 하지만 있잖아, 뺨을 때리는 게 효과는 최고야. 그 뒤로는 두 번 다시 그 망할 놈의 이슬람식으로 도축한 고기를 먹지 않았거든……"

"하지만 전 아빠가 원해서 운전을 시작했잖아요. 아빠가 저한테 심부름을 시키고 싶어하셔서요." 라비가 말했다.

"그게 무슨 상관이냐?"

"죄송해요, 아빠."

그것으로 이야기는 끝났다.

아버지와 언쟁을 벌이고 말대꾸를 하며 자란 아르준은 라비가 떨리는 두 손으로 머리를 감싸쥐는 것을 보고 패배했다는 것을 알았다. 그는 그 장면을 보고 가슴이 찔렸다. 아버지한테 못되게 군 것 같아 마음이 좋지 않았다. 그러한 자책이 오히려 자극이 되었다. 청렴한 체하는 메타 씨가 일을 더 곤란하게 만들기 전에 아버지를 끌어들일 필요가 있었다. 그는 전화를 좀 해야겠다면서 양해를 구했다. 전화를 하는 동안 그는 메타 씨와 경찰이 나누는 대화 내용을 듣지 못했다. 두 사람의 대화를 들었더라면 가슴이 벌렁거렸을 것이다.

경찰은 무릎 위에 놓인 사건 기록을 한결같은 속도로 톡톡 두드렸다. 그는 라비의 운전면허증을 요구했다.

"없어요." 라비가 말했다. "떨어뜨렸어요."

"몇 살이지?" 경찰이 물었다.

라비가 미처 거짓말을 하기도 전에 메타가 끼어들었다. "열여섯 살입니다."

"열여섯 살이라고요? 열여섯 살이 운전을 했다고요?" 경찰관이 색색거리며 말했다.

"그 나이면 모두 하죠." 메타가 말했다.

"예, 그렇죠. 넌 아무래도 경찰서에 출두해야 할 것 같구나. 미성년자인데다 불법으로 운전했고 사람까지 치었으니 말이다. 하마터면 귀한 생명을 해칠 뻔했잖아. 자, 그럼 이제 경찰서로 갈까?"

"돈을 원하는 겁니까?" 메타가 투덜거렸다.

"뇌물을 그런 식으로 주면 안 되죠!" 라비가 말했다.

경찰관이 대기실을 서성거렸다. 번쩍이는 벨벳 주머니 같은 머리카락이 그의 양쪽 귀를 덮고 있었다. 그는 손수건으로 이마의 땀을 닦아냈다. 짙은 눈썹은 흘러내리는 땀방울을 거둬들이려는 듯 위로 치솟아 있었다. 이제 그는 진중한 분위기를 풍겼다. "내가 돈을 원하든 원치 않든 전혀 상관없습니다. 네, 저도 물론 돈 좋아합니다. 돈 싫어하는 사람 있습니까? 그러나 저는 딸 둘을 다 시집보냈습니다. 사고로 생기는 게 아닌 한 더이상 아이를 가질 계획도 없고요. 그래서 지금은 돈이 필요 없습니다. 돈보다는 명예를 원합니다. 범인을 체포하는 건 명예를 드높이는 일이죠. 그리고 네가 경찰서까지 동행하는 걸 거부하고 나선다면 난 더욱 명예로운 일을 하는 셈이 되겠지. 그러니 두말 말고 조용히 따라와라. 넌 잘못을 저질렀고 난 법을 집행해야 할 책임이 있어."

계속 휴대전화로 통화를 하고 있었던 아르준은 경찰관의 마지막 말을 엿듣고 겁에 질려 돌아서서 말했다. "잠깐만요. 조금만 기다려주시면 안 될까요? 목격자가 오고 있어요. 제발 조금만 더 기다려주세요. 제발요."

17
연줄

아후자는 자신의 차에 타고 있었다. 당수에게 어떻게 아부를 해야 할지 생각하고 있는데 전화벨이 울렸다.

아후자는 버럭 소리를 질렀다. "빌어먹을. 왜 라비가 운전을 하고 있었지?"

"죄송해요, 아버지. 지금 무척 난처해요."

"그건 내가 알 바 아니야. 운전사가 모는 차에만 타야 한다고 내가 몇 번이나 일렀니?"

메타와 달리 아후자의 호통은 철저히 계산된 것이었다. 후두가 수축되면서 흘러나오는 그의 목소리에는 간밤에 아르준이 아기방에 느닷없이 나타난 바람에 훼손된 권위를 다시금 일으켜세우려는 확고한 의지가 담겨 있었다.

"죄송해요, 아버지. 제발 좀 와주세요."

아르준은 복잡한 사정을 설명했다. 책임감이 투철한 경찰관과

완고한 라비의 아버지에 대해서도.

"알았다. 지금 가마." 아후자가 말했다.

병원에 도착한 아후자는 대기실 탁자에 웅크리고 있는 아이 넷을 발견했다. 그는 아르준이 서툴지만 재빨리 사태를 수습하려 애쓰는 모습을 보고 마음이 놓였다. "너희가 바로 그 유명한 밴드구나." 그가 환하게 미소를 지으며 말했다.

아르준을 포함해 아이들이 자리에서 벌떡 일어나며 아후자를 향해 인사했다. "안녕하세요. 아저씨."

라비의 아버지는 약간 당황한 표정을 지었다. 그의 두 뺨이 일그러졌다.

"경찰은 어디 있지? 내가 얘기를 해보마." 아후자가 말했다.

이야기를 나누고 자시고 할 것도 없었다. 응급실 밖에서 다른 죄 없는 사람들을 괴롭히고 있던 경찰관은 아후자에게 거수경례를 하고 나서 창백한 얼굴로 그를 뒤따라갔다. 아후자는 네온 불빛이 켜진 복도를 따라 최대한 근엄한 표정으로, 정장 주머니에 양손을 찔러넣고 턱을 목으로 한껏 끌어당긴 채 구부정한 어깨를 하고 걸어갔다. 권력을 가진 사람이 무뚝뚝하고 침울한 표정을 짓자 온 세상이 거기에 짓눌렸다. 아후자에게서는 유력 인사의 분위기가 풍겼다. 더군다나 그는 경호원을 두 명이나 데려왔다. 바로 세탁 일을 하던 발완트 싱과 람 랄이었다. 그들은 기관총을 들고 아후자를 뒤따르고 있었다. 접수원은 그를 맞이하려고 대기실의 자동문 앞으로 나갔다. 그는 손바닥을 장미처럼 비틀고 있었는데, 경찰에 전화한 사람이 그였기 때문에 무척 송구스러워하고 있었다. 그것은 단순한 절차였지만 이제 그는 미안해하고 있었다. 장관의 심기를 건드렸기 때문에 그는 미안해서 어쩔 줄 몰라하고 있었다.

라비는 자리에서 일어나 몇 번이나 고맙다고 말했다.

경찰관과 얘기를 나누고 난 아후자가 말했다. "자, 이 사건을 법원 밖에서 해결하고 싶으면 합의서를 작성해야 해. 누가 차를 운전했지?"

"라비가 운전했다니까요. 전화로 말씀드렸잖아요." 아르준이 약간 짜증스러운 목소리로 말했다.

"조용히 해라. 라비는 운전을 하지 않았어." 아후자가 사무적인 어투로 말했다. "그렇죠, 메타 씨?"

"예, 그렇다마다요."

"그렇지만 합의서에 운전한 사람의 이름을 적어넣어야 해." 아후자는 잠시 뜸을 들이다가 말했다. "너희 이름은 안 돼. 다른 사람이 운전했다고 말해야 해."

"경호원 중 한 명의 이름을 적으면 어떨까요?" 메타가 발완트와 람을 곁눈질하면서 말했다.

"신분은 뭘로 하고요?" 아후자가 물었다.

"경호원이라고 하죠." 메타가 대꾸했다.

"아, 그건 곤란합니다." 아후자가 손사래를 치며 말했다. "경호원들은 알고 보면 불쌍한 친구들입니다. 가난한 사람들이 가장 싫어하는 게 자기들 이름이 법률 서류에 올라가는 겁니다."

"제 운전사는……" 메타가 말했다.

"아, 그것도 곤란하겠는데요. 메타 씨의 이름을 적는 게 어떻겠습니까?" 아후자가 물었다. 그것은 질문이 아니라 명령에 가까웠다. 아후자는 메타의 눈을 빤히 쳐다보았다. 꼿꼿이 세운 그의 머리에서는 권위가 풍겼다.

메타가 망설였다. "글쎄요. 한 가지 문제가 있습니다. 전 사실……"

"그럼 관두십시오." 아후자는 메타가 비겁한 사람이라는 것을 알아차리고 말했다. "제 이름을 적도록 하죠. 장관이라고 해서 뭐 얼마나 문제가 되겠습니까? 소녀를 차로 친 건 저라고 하겠습니다. 제가 책임을 지죠. 제 잘못으로 하겠습니다."

어느 누가 제지하기도 전에 그는 힌디어로 진술서를 작성하고 서명했다. 이제 운전자는 공식적으로 아후자가 되었다. 아후자가 소녀를 차로 친 것이다. 아르준은 아버지의 희생정신에 큰 감명을 받았다. 그의 친구들은 죽을 때까지 아후자에게 고마워할 것 같은 표정을 짓고 있었다. 아르준은 친구들의 심정을 이해할 수 있었다. 이 기회에 아르준은 밴드를 완전히 장악할 수 있었다. 이제 그는 친구들을 집으로 불러들여 연습하지 않아도 되었다.

18
잡담

결국 아후자는 메타에게 복수했다. 그는 병실로 걸어들어가 소녀의 부모와 악수를 나누고 나서 소녀의 머리를 쓰다듬어주며 메타를 손으로 가리켰다. "정말 훌륭한 분이란다. 저분이 의료비 일체를 부담하기로 하셨단다."

메타는 얼굴을 찌푸리면서 동의했다.

"선생님의 존함은 어떻게 되시는지요?" 소녀의 아버지가 물었다.

"아후자 장관입니다."

그들은 합의서에 서명했다. 그런 다음 합의 사항을 확실히 하기 위해 아후자는 마지막 선물로 소녀의 부모에게 자신의 전화번호를 주었다. 그는 '도움'이 필요하거든 언제든지 전화해도 좋다고 말했다. 그렇다. 델리에서 도움을 받으려면 과거에 알았거나 현재 알고 있는 사람이 누구인지가 중요했다. 소녀의 부모는 죽을 때까지 장관 한 명을 알게 된 것이다. 연락을 취하자면 아후자의 수하 여러

명을 거쳐야 하고 여러 차례 전화를 돌려야겠지만 그것은 별개의 문제였다. 그들이 법률 서류에 서명함으로써 사건은 종결되었다. 아후자의 승리였다. 그는 숨을 깊이 들이마셨다. 병원 특유의 냄새를 맡을 수 있었다. 갓 태어난 아기한테서 나는 냄새 같기도 했고 아기들의 등을 손바닥으로 두드려 먹은 것을 토하게 할 때 맡을 수 있는 냄새 같기도 했다.

그는 아르준과 함께 차로 걸어갔다. 주차장은 불빛으로 환했다. 바닥에는 자그마한 콘크리트 조각들이 보기 흉하게 깔려 있었다.

"고마워요, 아버지."

"고맙긴." 아후자는 그렇게 말하고 나서 덧붙였다. "어젯밤 일로 너무 당황하지 않았으면 좋겠구나."

"전 괜찮아요."

"무척 혼란스러웠을 거야. 아쉽게도 거기에 대해 얘기 나눌 기회가 없었구나."

"아버지, 당황스럽지 않았냐고 계속 그렇게 말하시면 제가 정말 당황스러워져요."

"차에서 얘기하자. 부자지간에 허심탄회하게 얘기를 나누고 싶구나."

두 사람은 차들 사이에 무릎을 어색하게 구부린 채 서 있었다. 아후자는 한쪽 다리를 차 밖으로 내민 채 담배를 피우고 있는 운전기사에게 버스를 타고 집으로 돌아가라고 지시했다.

"내가 운전하겠네." 아후자가 그렇게 말하자 운전기사는 그에게 열쇠를 건네주고 그 자리를 떠났다.

아후자는 운전석의 열린 문을 손으로 가리켰다. "차에 앉아서 부자지간에 얘기 좀 나누자."

"지금 부자지간의 대화를 하고 있잖아요." 아르준이 말했다.

"흠, 그렇지. 하지만 내가 하려는 얘기는 아주 심각한 거야. 타거라."

"아버지, 저도 섹스에 대해 어느 정도는 알아요. 열여섯 살이잖아요."

"물론 그렇겠지. 요즘같이 개방된 세상에 어느 누가 그렇지 않겠니? 하지만 난 이 기회에 네가 몇 년 전에 한 질문에 대해 얘기해주고 싶구나."

"제가 무슨 질문을 했는데요?"

"흠. 그때 넌 네 고추가 다른 애들하고 다르게 생긴 것 같다고 말했지. 기억나니?"

"예? 제가 그런 소리를 했다고요? 설마요."

"아냐. 분명히 물었어. 그때 난 다른 애들은 고추에 포피가 있는데 너한테는 없어서 그렇다고 대답해줬지. 기억나지?"

"아뇨."

이 껄끄러운 대화에는 한 가지 의도가 숨어 있었다. 아후자는 아르준이 미국에서 강제로 받은 포경수술을 실마리 삼아 대화를 이어나가고 싶었다. 꽃이 몇 초 만에 꽃봉오리로 오므라드는 것을 보여주는 사진 기술 같은 것을 대화에 적용하는 셈이었다. 일생을 압축해서, 포경수술을 받은 성기에서 미국으로, 그리고 라시미로 이어지는 이야기. 나중에 아후자는 이것이 아르준에 대한 무의식적인 복수였는지 궁금해했다. 성적 비밀로 반격을 한 것이.

"잠시만 내 말을 들어보거라. 다 듣고 나면 알게 될 거야. 이건 널 괴롭히려고 하는 얘기가 아니야. 네 또래의 아이들은 포피가 있는데 넌 없는 이유가 있단다. 그 부분을 제대로 설명해주고 싶구나."

"아버지는 제 성기가 어떤 모습인지 어떻게 아시죠?"

"아버지라는 사람이 그것도 모르겠니? 거기 말고도 네 몸 구석구석이 어떻게 생겼는지 훤히 알고 있지! 내가 낳았으니까."

"정확히 말하면 어머니가 낳았죠. 아버지는 지켜보기만 하셨잖아요." 아르준이 말했다.

"그렇긴 하지만 나도 이따금 네 몸을 씻겨줬다." 라케시가 말했다.

"이런 얘기는 하고 싶지 않아요."

"그래. 유쾌한 화제는 아니지. 그렇지만 한 번은 할 필요가 있는 얘기야. 그리고 네 고추가 지극히 정상이라는 것을 알려주고 싶을 뿐이다. 고추가 남들과 조금 다르게 생긴 이유는……"

"아버지, 그 얘기는 그만하세요. 사람들이 모두 우리 얘기를 듣겠어요!"

"아냐, 아무도 우리 얘기를 들을 수 없어. 우리는 주차장에 있잖니."

"아뇨. 못 듣는 사람은 아버지밖에 없다고요."

"그래, 알겠다." 아후자가 말했다. 그는 한발 물러서기로 마음먹었다. "난 네가 포경수술을 받았다고 해서 이슬람교도나 뭐 그런 거라고 생각하지 않았으면 좋겠구나. 요즘 영화를 보면 그걸 잘라낸 사람들이 이슬람교도라고 오해를 받고 심지어 폭동중에 살해당하거나 테러리스트로 체포되기도 하더구나. 난 네가 진실을 알았으면 좋겠다."

"뭘 잘라냈다는 거죠?"

"너도 알잖니. 네 고추."

"아버지가 정말 싫어요." 아르준이 말했다.

"뭐라고?"

"아버지가 싫다고요." 아르준은 눈물이 그렁그렁해서 말했다. "아들이 아버지한테 그런 얘기까지 들어야 해요? 고추가 크다느니 작다느니 하는 얘기를요? 아들아, 네 고추는 크지도 않고 보통도 못 되지만 그래도 포경수술은 했지 않니?"

"아르준! 내 앞에서 그렇게 언성을 높이지 마라!"

아르준은 병원 출입구 쪽으로 걸어갔다.

라케시는 아들의 등에다 대고 소리쳤다. "포경수술을 했다는 것은 음경의 포피가 없다는 뜻이야! 너한테 피부가 없다는 뜻이라고!"

그러자 아르준이 어깨 너머로 아버지를 쏘아보며 대꾸했다. "아버지한텐 심장이 없어요!"

아르준의 재치 있는 응답은 테니스 라켓에 엄청난 힘으로 와닿는 테니스공처럼 라케시에게 충격을 안겨주었다. 라케시는 충격으로 온몸이 부들부들 떨렸다. 척추까지 파르르 떨릴 정도였다. 그는 아들한테 도대체 무슨 문제가 있는지 궁금했다. 그는 간신히 하려던 말을 삼켰고 그에게 죄책감을 주는 비밀을 숨길 수 있었다. 아들과의 대화는 늘 치명적인 상처만 남겼다.

아들은 라케시를 등진 채 팔짱을 끼고 병원 입구 근처에 서 있었다. 땀에 젖어 머리는 엉망이었다. 아후자는 화가 났다. 어젯밤엔 아기방에 느닷없이 들이닥치더니 이젠 공공장소에서 고함을 지르기까지 하다니. 그는 아들이 계속 무례하게 구는 것을 그대로 둘

수가 없었다. 비밀을 털어놓아 아르준에게 충격을 줘서 굴복시키고 싶었다. 이렇게 되리라고는 상상도 못했다. 이것은 그의 선거구민에게 앞으로 다섯 달 동안 식수를 제공할 수 없는 이유를 미리 준비된 사죄의 말로 설명하는 것과 달랐다. 이것은 대화가 아니었다. 산기타의 실수로 우연히 드러나는 것과도 달랐다. 이것은 외침이나 마찬가지였다. "됐다, 아르준. 그만하면 충분해. 그만해. 두 번 다시 나한테 그런 식으로 말하지 말거라. 알겠니? 어디 감히 나한테 그렇게 언성을 높일 수 있지? 난 네 아빠야. 한 번만 더 나한테 그런 식으로 말했다가는 가만두지 않겠다. 나한테 도움받을 기대도 하지 말고 사랑받을 생각은 아예 접어야 할 거야. 아무것도 기대하지 말거라." 아르준이 가까이 오자 그는 목소리를 낮췄다. "아무리 사람들에게 사랑을 베풀어도 돌아오는 건 실망뿐이지. 난 너의 버릇없는 짓을 참지 않을 거다. 알겠니?"

"죄송해요, 아버지."

"그래. 그만 가자. 차에 타거라. 너한테 해줄 아주 중요한 얘기가 있다. 너희 엄마에 관한 이야기란다."

그렇지만 아후자가 운전석에 올라 운전을 하자마자 아르준은 다시 버릇없이 굴기 시작했다. 그래서 아후자가 "난 너희 엄마와 결혼하고 싶지 않았다"라고 말했을 때 아르준은 "아, 그래요?" 하고 대꾸했다.

아후자는 믿을 수가 없었다. 아들에겐 공감 능력이 전혀 없었다. 그는 인정 없고 교만한 아들을 키운 것이다. 아들이 인상을 쓰고 있는 동안 아후자가 델리의 도로 사정에 대해 느끼는 압박감은 커져만 갔다. 차의 뜨거운 페달은 뻑뻑한 느낌이 들었다. 주변 차

210

들에서 나오는 불빛은 눈이 부실 정도로 번쩍거렸고, 모기떼가 차들에 새까맣게 달라붙어 있었다. 아침에 커피와 바나나를 먹고 났을 때처럼 그는 입안이 텁텁했다. 그의 아들은 고집불통 말썽꾸러기처럼 굴고 있었다. 그때 그는 아르준의 눈에 비친 자신의 모습을 보았다. 자기만족을 위해 뻔뻔하게도 일부러 아기들을 울려서 신음 소리를 감추려 했던 한 남자의 모습을. 하지만 말도 안 되었다. 그런 분석까지 할 수 있을 리 없었다. 그렇게까지 꿰뚫어볼 수 있는 눈이 없었다. 그의 아들은 고개를 돌려버렸으니까. 아후자는 끝없이 아들의 마음을 읽었다. 아르준은 유리창에 붙은 모기를 짓눌러 뭉개면서 따분해하는 표정을 지었다. 아후자는 어쩌면 자기가 아들의 입장을 충분히 이해하려는 노력을 기울이지 않았을지도 모른다고 생각했다. '난 너희 엄마와 결혼하고 싶지 않았다'라는 말은 '난 그녀를 사랑하지 않는다'는 말과 같았다. 아르준도 그 정도는 알고 있을 것이다. ('너희 엄마'라는 말도 가시 돋친 역설이었다. 그는 산기타의 이름을 부를 만큼 그녀를 사랑하지는 않았다. 그래서 그녀를 '너희 엄마'라고 부름으로써 그녀와 거리를 두었다.) 아르준은 아마도 텔레비전을 충분히 보았을 것이다. 그래서 중매결혼에 대해서 잘 알 것이다. 별자리 궁합이 더할 나위 없이 잘 맞다고 해서 만난 부부도 비극적인 결혼생활을 할 수 있다는 것도 알고 있을 것이다. 날마다 식탁에 차려지는 음식에 부부가 무관심해지는 것도 알 것이다. 그는 매일 자기 부모가 서로를 어떻게 대하는지 보았다. 아후자는 자명한 사실을 언급했고 아르준은 아후자에게 연민을 느끼기보다는 모욕당했다는 느낌을 받았을 것이다. 아후자가 바란 것은 아들의 동정심뿐이었다. 그는 산기타와 섹스를 한 것에 대해 동정심을 얻어내고 싶었다. 그는 자신도 피해자라는 걸 증명해 보이고 싶었다. 그는 자기가 의도했던 대로 살지 못하고 있다는 걸 아들이 알아주고 이해해주길 원했다. 그는 자신을 주체할 수 없었다.

"너희 엄마가 내게 무슨 짓을 했는지 넌 모를 거다." 아후자가 말했다. "이해하기 힘들겠지만 결혼하기 전에 난 다른 여자를 소개받았어. 그런데 결혼식 날 천막 안에 있던 사람은 너희 엄마였다. 난 어떻게 된 영문인지 확신할 수 없어서 그냥 두고 보았다. 소란을 피우고 싶지 않았지. 그리고 곧 상황을 파악할 수 있었단다."

아후자는 곧바로 자신의 고백을 후회했다. 자기연민에 빠져 라시미에 대한 기억을 더럽히고 말았다. 그리고 아르준 외의 다른 자식들에게 불리한 정보를 털어놓고 말았다. 그는 냉철한 겉모습과 달리 결혼과 인생에서 손쉽게 농락당할 수 있는 아주 약한 인물이라는 것을 스스로 드러내고 말았다. 그는 괴물과 싸움을 벌이고 있는 괴물이었다.

"아버지?" 아르준이 말했다. "왜 제게 그런 얘기를 들려주시는 거죠?"

"사실이니까." 그가 말했다.

"그렇지만 말도 안 돼요. 어머니를 보셨을 거 아니에요. 못 믿겠어요. 어떻게 그런 일이 가능한 거죠?"

"그건 너희 엄마의 계획이었어. 결혼식 날 밤에는 원래 무척 정신이 없단다. 내가 이혼을 하지 않은 이유는……"

"정신이 없다구요?" 아르준이 비아냥거리는 투로 말했다.

"흠……"

"아버지, 설사 그런 일이 있었다 해도 어머니는 어쨌든 제 어머니예요."

"아니야." 아후자가 말했다. 그 말이 무릎반사처럼 튀어나와 다행스러웠다. "네 엄마가 아니야."

"뭐라고요?" 아르준이 말했다. 하지만 그의 머릿속에 제일 먼저 떠오른 말은, 난 지금껏 속아왔고 배신당한 거야, 가 아니라, 아버지랑 이렇게 얘기를 나누는 게 거의 일 년 만이라니, 였다.

"제 어머니가 분명해요! 아버지가 어머니를 사랑하지 않는다는 이유만으로……" 아르준이 소리쳤다.

"그만하거라! 내 얘기를 들어. 내가 아까 뭐라고 주의를 줬지?"

"죄송해요, 아버지."

"아르준, 내가 너한테 해주고 싶은 얘기는 이거야. 너희 엄마 산기타는 네 친엄마가 아니다. 네 진짜 엄마는 다른 사람이야. 내 첫번째 아내란다. 일찍 말해주지 못해서 미안하구나. 네가 세 살 때 네 엄마가 죽었기 때문에 그때는 말해줄 수가 없었다. 엄마를 기억조차 못하는데 말해준들 무슨 소용이 있었겠니? 그리고 네가 우울해할까봐, 전과 다르게 생각할까봐 말해주고 싶지도 않았다. 진실을 알게 된다고 해서 달라지는 건 없어. 그건 너도 알 거야. 산기타도 너를 예전과 똑같이 대해주고 있지. 지금까지 산기타는 엄마 노릇을 훌륭하게 해냈다. 이런 식으로밖에 네게 말할 수 없어서 미안하구나. 네가 포경수술을 받은 건 바로 그런 이유 때문이야. 넌 미국에서 태어났거든. 그곳 아이들은 대부분 포경수술을 받아. 네가 태어났을 때, 나는 공학을 공부하고 있었다. 네 엄마가 죽었기 때문에 우리는 인도로 돌아왔지."

"어쩌다 돌아가셨죠?"

"자동차 사고였어."

"미국에서요?"

"그래."

"연애결혼이었어요?"

그 질문에는 무언가가 숨어 있었다. 그때부터 아르준이 던지는 모든 질문―엄마는 뭘 좋아하셨어요? 엄마는 뭘 드셨어요? 엄마가 가장 즐겨한 농담은 뭐였어요?―은 감상적이었다. 심지어 연애결혼이었어요?, 라는 질문도 감상적이었다. 하지만 모두 틀에 박힌 표현 뒤에 몸을 숨기고 있었다.

"그래, 연애결혼이었다." 아후자가 말했다.

아르준은 이를 부드득 갈면서 의심하는 표정을 지어 보이려고 애썼지만 실패하고 말았다.

이제 아후자는 계속 운전만 했다. 그들은 물찬드 고가도로 아래에서 유턴해 도로변의 당장 허물어질 것 같은 담과 무성한 덤불을 지나쳤다. 또 오래된 장푸라 고가도로에 다가가기 전에 디펜스 콜로니를 지나쳤다. 아후자는 몇 년 동안 직접 차를 몰지 않았다. 그의 몸은 퀼리스의 운전대 앞에서 바짝 긴장하고 있었다. 오래된 고통이 다시 나타났다. 등이 쑤시고 양쪽 어깨가 결리고 엉덩이와 머리도 아팠다. 그는 기사가 딸린 차의 뒷좌석에 편안하게 앉아 차창 밖의 도시를 느긋하게 바라보는 데 익숙해져 있었다. 하지만 지금 그는 단지 살기 위해 창밖을 보고 있었다. 풍경은 개뿔. 아후자는 차선을 지그재그로 변경하는 운전자들을 향해 주먹을 흔들어 보였다. 또 빨간불인데도 쏜살같이 통과하는 정장 차림의 젊은이를 따라잡기 위해 가속페달을 힘껏 밟았다. 도로 한복판에서 고장이 나 주저앉은 트럭을 향해서는 미친듯이 경적을 울려댔다. 그 트럭의 뒤쪽 범퍼에는 자그마한 녹색식물들이 그려져 있었는데 그 장식은 식물들이 생산되는 주를 보여주었다. 어느새 그는 장푸라 고가도로를 달리고 있었다. 폭이 넓은 이 콘크리트 허파는 나무우듬지와 비둘기떼와 같은 높이로 차를 부드럽게 불어올렸다. 한때 그는 고가도로를 달리다보면 상당한 심미적 영감을 받곤 했지만 지금은 단순히 고가도로의 꼭대기로 기어올라가고 있다는 사실만, 그것도 힘들게 기어올라가고 있다는 사실만 느낄 수 있었다. 고가도로는 아름다움과 비극성을 동시에 지니고 있었다. 고가도로를 이용하면 신호에 걸리는 것을 피할 수 있지만 너무 빠른 속도로 교통량이 증가하여 길이 막히기는 마찬가지였다. 위안이 되는 게 하나 있다면 높은 곳에서 델리를 관찰할 수 있다는 것이었다.

라케시는 델리를 위로하는 위대한 사람이었다. 그는 콘크리트로 도시를 친친 감을 수 있었다. 하지만 증가하는 차량이나 사람들 그리고 그의 멋진 차 아래로 내려다보이는 빈민가에 대해서는 아무런 해답도 줄 수 없었다.

이제 그는 장푸라 고가도로에서 내려와 그가 조금도 변화시키지 못한 델리의 한쪽으로 막 진입하고 있었다. 그곳은 무척 푸르고 아름다웠다. 그리고 변화시키기에는 너무나 오랜 역사가 있는 곳이었다. 야무나 운하의 메마른 녹지대가 도로와 직각을 이루고 있었다. 텅스텐처럼 빛나는 나무들 사이로 후마윤 무덤의 둥근 지붕이 보였다. 오래된 오베로이 호텔과 식민지 시대의 부유했던 델리가 눈에 들어왔다. 그는 이곳에서 라시미와 나눈 로맨스에 대해 아르준에게 말해주고 싶었다. 하지만 어떻게?

그들은 차에서 서로의 얼굴을 제대로 쳐다보지도 못했다. 그는 무척 목이 말랐다. 침대에 드러누우면 뒤따라 갈증이 찾아올 때처럼. 우리 몸은 항상 엔트로피가 증가하는 방향, 즉 엄청난 무질서를 향해 가고 있으니까. 그래서 한밤중에 피로를 느끼며 일어나 물컵을 집어들고 물 한 모금을 들이켜지만 갈증은 해소되지 않고 편안히 잠을 이루지도 못한다. 그저 침대에 가지고 들어온 불안의 찌꺼기가 없어지는 정도다.

그는 이것이 긴 잠의 시작처럼 느껴졌다. 이 이야기가, 이 여정이. 부성父性의 동면. 이렇게 불편해지기 전에 그가 아들한테 원한 것은 격려의 몸짓이나 말 한마디였다. 아버지는 제게 비밀을 말씀해주셨어요. 그토록 오랫동안 비밀을 지켜오셨는데 제가 아버지를 용서해드려야죠. 하지만 그런 일은 일어나지 않았다. 그는 비밀을 지켜오면서 언젠가는 대가를 치러야 하리라는 것을 알고 있었다. 비밀을 내뱉는 것은 어렵지 않았다. 그래서 더 문제였다. 그랬다. 쉬워서 탈이 난 것이다.

골프링크스 콜로니의 거대한 저택들을 지날 때 아르준이 물었다. "아버지, 혹시 엄마 사진 갖고 계세요?"

아르준에게 꼭 필요한 것은 이미지였다. 그는 아르티에게 자신의 비극적인 배경을 어떻게 극적으로 털어놓을지 생각하다가 스스로의 기회주의적인 태도에 깜짝 놀랐다. 그는 어떤 사진이든 사진을 볼 수만 있다면 마음의 상처가 치유될 거라는 걸 알았다. 상황

216

의 심각성을 알아차리고 아버지와 함께 죽은 엄마를 애도하게 되리라고 생각했다.

"없다. 너한테 보여줄 게 아무것도 없구나." 아후자가 말했다.

그는 크리켓 선수가 그려진 넥타이에 대해서는 까맣게 잊고 있었다. 그의 목에 헐겁게 걸려 있는 그 넥타이는 그가 무척 아끼는 것으로 라시미가 그에게 준 선물이었는데도 말이다. 아르준이 품었던 착한 마음이 다시금 꺾여버렸다.

라케시는 꼼꼼한 사람이었다. 그는 자기 주변에 남아 있는 라시미의 흔적들을 모조리 없애버렸다. 죽은 아내의 초상화를 화환으로 장식하는 불쌍한 홀아비가 되기는 싫었다. 초상화를 들여다보며 그의 삶에 일어난 일들, 그녀와 함께할 날을 기다리고 있다는 얘기, 그리고 요즘 치솟고 있는 감자값 같은 걸 주절거리는 게 싫었다. 그러한 흔적 지우기가 비밀을 간직하기 위해서가 아니라 자신의 슬픔을 막기 위한 노력이었다고 어떻게 아르준에게 설명할 수 있겠는가? 그로서는 선택의 여지가 없었다. 그는 서랍들을 뒤져 라시미가 적어놓은 '해야 할 일' 목록을 찾아냈다. 그리고 미처 이루지 못한 것들 때문에 눈물을 흘렸다. 그는 맨해튼으로 여행을 갔을 때 라시미의 사진을 모두 이스트 강에 던져버렸다. 사진을 강물에 던지는 모습이 경찰에 발각돼 벌금을 이백 달러나 물어야 했지만. 쓰레기를 버렸다고? 이 나라는 왜 이 모양이지? 미국이라는 나라는 개인의 슬픔조차 허용하지 않는 걸까? 바람이 강해서 사진 몇 장이 강물에 떨어졌는데 이백 달러나 벌금을 물리는 나라가 어디 있는가?

만약 그때 자신이 겪고 있는 슬픔을 경찰관에게 구구절절 설명했더라면 경찰관은 벌금을 깎아주었을까? 아르준은 이해되기만 한다면 그를 용서해줄까?

슬픔은 아무것도 면제해주지 않은 것 같았다. 슬픔은 진부한 감정일 뿐이었다. 지난 수 세기 동안 아내를 잃은 남편, 남편을 잃은 아내, 자식을 잃은 부모, 부모를 잃은 자식 들이 있었다. 하지만 지금은 누군가를 잃는다는 사실을 못 견뎌한다.

옷가지는 모두 기부했다. 그는 푼돈조차 아끼는 사람이라 그것들을 쓰레기통에 버리지 않았다. 그는 라시미의 사리와 살와르가 자선단체를 통해 서구의 무지한 오리엔탈리스트들의 몸에 걸쳐졌을지 궁금했다. 그는 라시미가 그런 여성들의 생활 속에서 진기한 물건으로 살아 있어준다면 좋겠다고 생각했다. 보석들은 팔아버렸다. 보석을 판 돈은 라시미의 부모님께 드렸다. 그는 돈이라도 드리면 장인 장모의 슬픔을 가라앉힐 수 있을 거라고 생각했다. 하지만 그것은 착각이었다. 라시미의 부모는 죽은 딸의 물건을 자신들에게 넘겨주지 않은 그를 결코 용서하지 않았다.

라케시가 아르준에게 라시미에 대해 무슨 말을 할 수 있을까?

그는 어처구니없는 일들만 기억해냈다. 그는 아르준이 태어나기 전의 그녀를 기억하고 있었다. 뉴욕에 살던 시절, 송곳 같은 고드름이 맺혔던, 그 지독히 추웠던 날이 기억났다. 미국에 도착한 지한 달이 채 되지 않았을 때였는데 그날 두 사람은 충동적으로 코니아일랜드로 가는 F선 전차를 탔다. 전차가 흔들리면서 그들을 햇살 아래로 뱉어냈을 때 눈앞에 장관이 펼쳐졌다. 거대한 쓰레기 섬 위에 대관람차가 얹혀 있었다. 불안하게 흔들리는 둥근 방들은 당장에라도 끊어져 그 아래 있는 사람들을 덮칠 것 같았다. 저 멀리 반짝이는 모래가 물살과 만나는 모습이 보였다. 그들이 아쿠아리움 역에서 내렸을 때 전차는 거의 비어 있었다. 지금 라케시가 기억하는 거라곤 전차에서 내리면서 라시미를 살며시 끌어당겼을 때 그의 손에 들어왔던 그녀의 가냘픈 손목뿐이었다. 당시 그녀는 멍한 표정을 짓고 있었다. 그녀는 한 번도 제때 내릴 준비를 못했다. 자리에 앉아 관찰하는 걸 좋아했으니까. 맞은편에 앉은 낯선 사람들과 시선을 맞추는 것도 두려워하지 않았는데 아마 사람들 너머의 풍경을 뚫어져라 보고 있어서 그랬을 것이다. 이따금 그녀는 인도공과대학을 졸업한 라케시조차 제대로 보지 못한 것들을 예리하게 알아차리곤 했다. 이를테면 이런 것이었다. 그곳의 대관람차에는 인도의 것과 달리 두 종류의 차량이 달려 있었다. 고정되어 있는 차량과 그네처럼 흔들리는 차량.

난 대관람차가 무서워. 라시미가 말했다.

굳이 탈 필요 없어. 라케시가 말했다.

아니, 타보자.

왜?

그들은 대관람차를 타러 갔다. 대관람차의 꼭대기까지 올라갔을 때에야 그녀는 그의 질문에 대답하면서 이야기를 들려주었다. 그녀는 대관람차에 대해 단순히 무서워하는 정도가 아니라 극도의 공포에 시달렸다. 라시미가 네 살이었을 때, 그녀의 부모님은 델리의 디왈리 축제에 갔다가 삐걱거리는 대관람차에 그녀와 당시 여섯 살이던 그녀의 사촌 아미트를 같이 태웠다. 당시의 대관람차는 수동으로 조작했다. 몸이 삐쩍 마른 근육질의 두 남자가 도티* 차림으로 대관람차의 쇠막대기를 부지런히 오르내리면서 기계를 계속 돌렸다. 차량이 남자들 옆을 지나칠 때마다 그들의 뜨거운 숨결을 느낄 수 있었다. 사내들은 원숭이처럼 발로 쇠붙이를 꽉 움켜쥐고 있었다. 그 아슬아슬한 묘기를 지켜보면서 그녀는 가슴을 졸여야 했다. 저 남자들 떨어져 죽으면 어쩌지? 만약 떨어지면 어떡하지? 하지만 쓸데없는 걱정이었다. 사람들은 정확히 그것 때문에 돈을 지불하지 않았던가? 대관람차 이용객들이 지상 15미터 높이에 떠서 생명에 약간의 위협을 느끼기 위해 불쌍한 사내들더러 목숨을 내놓으라고.

네 살밖에 안 된 라시미는 삐걱거리는 요람에서 사촌을 부둥켜안고 있었다. 그녀는 다른 아이들이 환호성을 지르는 소리를 들었다. 그리고 쇠로 만든 안전 바를 붙잡고 있는 자신의 두 손이 하얘진 것을 보았다. 폭풍이 치는 날 나뭇가지에 앉아 있는 새가 이런 기분일까싶었다. 그녀가 할 수 있는 일은 하나뿐이었다. 비명을 지르는 것. 라시미의 비명은 대관람차에 탄 사람들이 그때까지 들어본 것 중에서 가장 긴 비명이었다. 시작과 끝이 있는 대부분의 비명과 달리 라시미의 비명은 풍선을 불려고 애쓰는 것처럼 점점 더 커졌다. 거기에는 오직 두려움만 어려 있었다. 그렇게 몇 분이 흘렀다. 그리고 대관람차를 조작하던 두 사내 가운데 한 명이 잘못해 추락할 뻔했을 때 아미트는 네 살짜리 사촌동생이 너무 부끄러워 차량에서 뛰어내리고 싶었다. 결국 노련한 조작자가 두 아이가 타고 있던 차량까지 기어올라와서 라시미를 안고 땅바닥까지 내려갔다.

---

* 인도와 파키스탄의 힌두교도 남성들이 허리에 두르는 면포.

회전하는 쇠막대 계단을 밟고 내려왔다. 구역질나게 돌고 있는 대관람차에서 바닥으로, 중력의 힘을 빌리기도 하고 거스르기도 하면서.

그때만큼 겁을 집어먹은 적은 한 번도 없었어, 하고 라시미는 말했다. 사람들은 높은 곳으로 기어올라갈 때 더 겁날 거라고 생각하겠지만 그렇지 않아. 처음 보는 사람이 한 팔로 나를 안고 다른 팔로 필사적으로 매달려서 철제 막대기를 밟고 내려가는 게 훨씬 더 무서워. 난 비명을 멈추고 숨도 참고 있었어. 간신히 바닥에 내려섰을 때 어떤 느낌이었는지 알아? 아주 깊은 수영장에서 다이빙을 해 십 분 동안 숨을 못 쉬고 있다가 물 밖으로 막 나온 것 같은 느낌이었어.

그렇게 놀랐다면서 왜 지금 이걸 타고 있지? 라케시가 물었다.

왜 탔냐고? 그녀가 말했다.

응. 왜?

간단해. 그때 내가 왜 비명을 질렀는지 기억해내고 싶었어.

그 비명은 겹겹이 쌓인 시간의 층을 뚫고 그에게 전해졌다. 라시미를 잃은 슬픔은 그녀가 아직 그에게 들려주지 못한 모든 이야기가 망각된 것에 대한 슬픔이었다. 아르준에게 라시미의 이야기를 해주는 고통은 그녀가 두 번 다시 실재로서 설명될 수 없다는 고통일 터였다.

"이 비밀을 아는 사람이 또 있어요?" 아르준이 물었다.

그는 아버지가 모두에게 비밀을 털어놓았는지 알고 싶었다. 그는 왜 아버지가 운전하는 동안 그런 비밀을 털어놓았는지 이해했다. 달리는 차에서는 뛰어내릴 수 없으니까.

"너희 엄마, 그러니까 산기타도 알고 있지."

지평선은 계기반이었다. 그의 마음은 속도계의 수학적 힘으로 그 시간들을 파고들어갔다. 어머니만 알고 있다면 아버지의 폭로는 십삼분의 일밖에 이뤄지지 않았다. 아니 십사분의 이, 아니 칠분의 일. 그는 짜증이 났다. 뇌는 속도계처럼 결코 작동을 멈추지 않았다. 0.1을 향해 끊임없이 떨렸다.

"그럼 바룬, 리시, 리타는……"

"응. 오늘 내가 말해줬다. 지금까지와 다르게 널 대해서는 절대 안 된다고 단단히 일러뒀다. 그랬다간 가만 안 두겠다고 으름장까지 놓았지."

"와우. 그럼 동생들이 앞으로 저를 더 사랑해줄까요? 피를 나눈 형도 아닌데요?" 아르준이 물었다.

"아니, 너희는 엄마만 다를 뿐이야. 배다른 형제들이지."

"전 더이상 여기에서 살고 싶지 않아요." 그는 연극을 하듯 말했다. "미국으로 가고 싶어요."

"아르준……"

"아뇨. 미국으로 갈래요." 아르준이 말했다.

"미국에 한 번도 가본 적 없잖아. 넌 미국이 어떤 곳인지 전혀 몰라. 어린애처럼 떼쓰지 마라. 미국 생활은 아주 힘들어. 하인도 없고, 가족도 없고, 사람들하고 어울리기도 힘들어. 넌 항상 이방인이야. 그래도 가고 싶니?"

"아버지……"

"그리고 넌 항상 미국은 대체품 같은 나라가 될 거라고 말했잖니. 그래놓고 왜 지금은 가고 싶어하는 거지? 거기서 태어났기 때문에? 우선 넌 더이상 미국 시민이 아니야. 비자도 없잖니. 비자를 얻기란 정말 어렵단다." 라케시는 라시미의 존재를 숨기기 위해 아르준의 미국 시민권을 거절했다. "그리고 설사 미국으로 돌아간다 해도 어떤 기분이 들 것 같니? 당시의 상황을 전혀 기억 못하는데 뭘 얻을 수 있겠니? 네가 기억할 수 있는 게 뭐지? 네 엄마가……"

"아버지……"

"네 엄마가 거기서 죽었다는 거?" 아후자가 말했다. "이제 내 말을 듣도록 해라. 이곳에서 찾을 수 없는 건 미국에 가서도 찾을 수 없어. 네가 사랑하는 모든 사람을 남겨두고 어디 다른 곳으로 가버리면 그만이라는 생각은 절대 하지 마라. 너 자신을 스스로 돌볼 수 있는 나이가 되면 어디로든 갈 수 있어. 하지만 아직은 아니야."

"저도 이제 다 컸어요. 남들처럼 혼자서 돌아다닐 수 있는 나이라구요."

"아르준, 그 얘기가 아니야! 내 말뜻을 이해 못하는구나. 날 봐라. 난 돌아왔잖니. 나는 미국도 보고 인도도 봤어. 그리고 고국에 돌아와서 사람들을 돕기로 마음먹었단다. 그런데 내 자식들이 이 나라를 떠난다면 얼마나 슬픈 일이겠니? 똑똑한 사람들이 모두 이 나라를 떠나버리면 이 나라를 더 나은 곳으로 만들려고 애써본들 무슨 소용이 있겠니?"

"그렇지만 아버지는 인도를 위해 돌아온 게 아니잖아요. 엄마가 돌아가셔서 돌아온 거라고 하셨잖아요."

19
결정

집에 도착하자 아르준은 조수석 문을 쾅 소리가 나도록 거칠게 닫고 집을 향해 걸어갔다. 아후자는 아들을 그냥 두었다. 차가 편안했다. 전조등이 금이 간 진입로를 비추고 있었다. 개미떼가 이끼로 뒤덮인 흙더미를 줄지어 기어오르고 있었다. 아후자의 피로한 눈은 식민지 시대에 지어진 나지막한 크림색 집에 고정되어 있었다. 그는 급변하는 열대성 날씨에 젖은 옷깃을 바로잡았다. 완전히 일을 그르치고 말았다. 아르준에게 비밀을 털어놓기 위해 그처럼 오래 기다린 것은 어리석은 짓이었다. 아들이 충분히 감당할 수 있을 나이까지 기다려왔는데 덕분에 아들에게 당하고 말았다. 아들이 독립할 나이가 되면 아들을 떠나보내면서 비밀을 털어놓을 계획이었다.

하지만 그는 자신을 객관적으로 바라볼 수 있어야 했다. 그는 엄청난 고통을 겪었었다. 아들에게 어떤 식으로 말했어야 할까? 그는 해마다 기억력이 쇠퇴하면 라시미를 좀더 쉽게 잊을 수 있을 거라고 생각했다. 그러면 비밀을 털어놓는 일도 쉬워질 거라고. 하지만 그는 라시미를 조금도 잊지 못했다. 어떻게 그럴 수 있겠는가? 산기타 같은 여자와 결혼했는데 어떻게?

인정하기는 싫었지만 그는 산기타와 함께 있는 모습을 남들에게 보이는 게 부끄러웠다. 그녀와의 결혼은 자선 행위나 다름없었다. 그는 누구보다 폼을 신봉하는 사람이었다. 누군가와 함께 고가도로에서 내려올 때면 새로 태어난 듯한 감격으로 몸을 바르르 떠는 그였다. 골프장에서 무릎을 꿇고 십 분 동안이나 잔디를 고르는 골퍼였고, 해마다 공화국 기념일 퍼레이드를 보면서 군인들의 절도 있는 행진에 감탄을 연발하는 구경꾼이었다. 그에게 폼은 종교와도 같았다. 그런 그가 우아함과는 거리가 멀어도 한참 먼 여자에게 붙들린 것이다. 그는 꾹 참았다. 그의 몸과 뇌는 협력해서 볼품없는 그녀를 무시했다. 그러는 동안에도 라시미를 잊을 수 없었다. 섹스를 하지 않을 때 산기타는 그의 인생과 재혼생활에서 배신의 표지였다. 그들은 끊임없이 전등의 퓨즈가 나가는 거대한 집에서 함께 살았다. 적막 속에서 한 손을 전등 스위치에 얹고 서 있으면 머리 위에서 전구가 달무리 같은 빛을 발하며 터졌고, 빛은 이내 사라졌다. 그녀는 그의 인생을 암울하게 만드는 한 요소였다. 그녀는 그에게 내려진 신의 복수였다. 한 아내는 죽었고, 한 아내는 바꿔치기를 당했다. 그리고 이제 아르준의 방해를 받고는 섹스의 가능성조차 사라져버렸다.

깊은 사색에서 깨어난 아후자는 운전대를 꼭 붙잡고 죽은 동물에서 채취한 머스크 향을 들이마시면서 정신을 가다듬었다. 산기타의 얼굴은 지워지고 코의 감각만 남았다. 그는 앞으로 섹스를 하고 싶으면 집 밖에서 해결하는 수밖에 없다는 것을 깨달았다. 섹스가 문제가 아니라 저 집이 문제였다.

아후자는 진입로에 차를 주차했다. 그는 언제든지 빠져나갈 수 있었다. 머리 위의 송전선을 따라 불빛이 깜빡이는 다른 집을 찾아갈 수도 있었다. 그는 애인을 만들 것이다. 헤아릴 수 없이 많이 만들 것이다. 아후자는 델리에서 막강한 힘을 자랑하는 남자들 가운데 하나였다. 그런데 임신한 여자들에게만 끌린다면? 그는 변할 수 있었고 자신의 환상에서도 벗어날 수 있었다. 설사 변하지 않더라도 타협점을 찾을 수는 있었다. 임신을 해서 사랑받지 못하고 있다고 느끼는 여성들, 몸매가 형편없이 변해버린 여성들이 있으니까. 그런 여성들에게는 위험할 것 없다는 생각만 심어주면 되었다. 이미 임신했기 때문에 임신할 가능성도 없다는 사실도 상기시켜주고.

그렇지만 자신의 자식을 임신한 여자에게만 끌린다면? 그때는 어떻게 하지? 산기타와 이혼해야 할까? 또 재혼해야 할까? 나이 어린 여자를 찾아야 할까? 그런 짓을 반복해야 하나? 자식을 쉰다섯 명이나 둔 아버지가 되면? 이 나라의 아버지가 되어버린다면?

라케시 아후자! 이 바보 같은 놈!

거기에서 그는 생각을 멈췄다. 그는 변속레버를 잡고 있던 손을 풀고 좀더 현실적인 문제들을 고민했다.

아르준이 동생들에게 산기타가 바꿔치기된 신부였다는 이야기를 하면 아이들은 어떤 반응을 보일까? 아이들이 아르준을 따돌리지 않고 아후자의 지시를 끝까지 따라줄까? 그리고 산기타는? 그녀는 어떻게 생각할까? 그는 자식들이 아르준에게 일어나는 변화를 목격하지 않기를 바랐다. 사실 그는 아이들이 애초에 태어나지 않았더라면 좋았을 거라고 생각했다. 이제 그의 생각은 9월에 태어날 아기에게 맞춰졌다. 그는 그 아기에게 모든 희망을 걸었다. 그 아이만큼은 제대로 키울 생각이었다. 아기는 아직 산기타의 뱃속에 들어 있지만 결국 세상의 빛을 보게 될 것이다. 아기가 자궁에서 벗어나려고 발버둥치는 모습을 보면서 라케시는 자신의 힘을 느낄 것이다. 그의 욕망, 그의 남성다움, 삶에 대한 그의 집착을 느낄 것이다. 하지만 아기가 자라서 세상사에 눈뜨고 성년이 될 즈음이면 아후자는 인생의 황혼기에 접어들 것이다.

지금 아기에게 얘기를 들려줄 수 있다면 얼마나 좋을까. 아기에게 그의 꿈과 두려움 그리고 야망에 대해 말해줄 수 있다면. 아내의 부드러운 배에 머리를 얹고 속삭여줄 수 있다면……

숨겨둔 애인도 없고 들키지 않게 둘러댈 말도 없는 아후자는 핸드브레이크를 풀고는 진입로에서 차를 후진시킨 다음 당수의 관저를 향해 출발했다.

20
안녕, 아르티

   물론 아르준은 미국에 가고 싶지 않았다. 라시미가 그렇듯 미국
도 그에게 아무것도 아니었다. 그는 단지 다시 특별한 존재가 되고
싶을 뿐이었다. 그가 잘 알지도 못하는 과거의 어느 시점에 내던져
진 번지점프 밧줄에 매달려 이리저리 휘둘리기보다는 그의 개성들
로 엮은 직물을 통해서 아버지의 사랑과 인정을 받고 싶었다. 그는
당장 익숙한 일상으로 돌아가고 싶었다. 아기의 기저귀를 갈고 어
머니의 뜨개질 솜씨에 감탄하고 동생들을 마음대로 휘어잡고 싶었
다. 그는 그것이 동생들을 괴롭히는 거라고는 생각하지 않았다. 하
지만 사힐에게 계집애 같다고 놀린다든가 겁에 질린 다섯 살짜리
에게 팔씨름을 하자고 조르는 게 괴롭히는 게 아니고 무엇이겠는
가. 동생들을 못살게 구는 것은 마른땅에 이따금 쏟아지는 빗줄기
처럼 신성한 행동이었다. 자신이 항상 혼란과 주체할 수 없는 힘
의 그림자 속에서 살고 있다는 메시지였다. 이를테면 세 살짜리 꼬

마가 갓 태어난 아기에게 질투심을 느낀 나머지 아기에게 재떨이를 집어던졌다고 치자. 그 꼬마는 일 년 내내 처벌을 받을 것이다. 식탁에서도 자리를 빼앗기고, 놀이터에 나가서도 커다란 진흙 웅덩이에 절을 해야 할 것이고 자동차 여행을 가도 창문이 모두 닫힌 차에 갇혀 있어야 할 것이다. 더운 차 안에서는 개들만 목숨을 잃지 인간은 아니니까. 괴롭힘은 그 꼬마에게 자기가 인간이라는 사실을 상기시켜줄 것이다. 그리고 혼자가 아니라는 사실을 일깨워줄 것이다.

하지만 오늘 그는 정반대의 목적을 품고 있었다. 그는 동생들을 자극해서 이런 말을 듣고 싶었다. 왜 이래, 넌 우리의 배다른 형일 뿐이야. 집어치워. 우리는 너한테 전혀 거리낄 거 없어. 우리가 보기에 넌 천민일 뿐이야.

아니면 그와 비슷한 극적인 말들을.

하지만 안타깝게도 실험 대상자를 발견할 수 없었다. 리타와 타냐의 방은 비어 있었다. 둘은 아마도 뜰에 있는 늘어진 빨랫줄에서 어머니를 도와 빨래를 걷고 있을 것이다. 리시가 로비 의자에 앉아 부스럭대며 〈타임스 오브 인디아〉로 종이비행기를 접고 있었다. 아르준은 손쉬운 제물을 괴롭히고 싶은 욕구에 시달렸다. 동시에 리시의 전매특허인 '쏘리 소동'이 그 아이의 스펀지 같은 정신에 미칠 악영향도 두려웠다.

괴롭힐 상대를 발견하지 못한 아르준은 결국 자신을 괴롭히기로 마음먹었다. 그는 욕실에 들어가 자위를 했다. 처음에는 부드럽게 시작했다. 그는 포경수술을 한 자신의 성기를 찬찬히 내려다보았다. 인터넷에서 보았던 비슷한 성기들의 모습을 떠올리고 싶었지만 뜻대로 되지 않았다. 그래서 아르티의 모습을 떠올리며 자위를 하려고 애썼다. 그 시도도 실패로 끝났다. 성기가 쓰라렸다. 그는 자신이 아르티를 정말 좋아하고 있다는 것을 깨달았다. 전부터 여자애를 정말 좋아하게 되면 그 여자애를 건드리거나 껴안거나 범한다는 생각은 아예 할 수도 없었다. 단지 그 여자애와 결혼해야겠다는 생각밖에 없었다. 게다가 그는 어머니를 닮아 신문의 광고란을 즐겨 읽었다. 그는 〈타임스 오브 인디아〉의 결혼란을 훑었다. 남성 구혼자, 신랑, 지참금 없는 여성 그리고 섹시한 여학생들.

결혼. 그래. 그는 결혼식이 거행되는 천막 안에서 아르티와 섹스하는 모습을 상상해보았다. 두 사람의 다리는 휘감겨 있고 정원에는 특수효과처럼 야한 분위기의 안개가 자욱하다. 사람들이 코를 후비고 있는데 그들의 말소리가 들리지 않는다. 집이 기이하고 모욕적으로 느껴질 정도로 고요했다. 변기 옆에 있는 수도꼭지에서 청색 플라스틱 컵 속으로 물방울이 똑똑 떨어지고 있었다. 리시가 문을 두드리며 말했다. "스쿠버다이빙이라도 하는 거야?"

아르준은 컵을 쓰러뜨리며 멋쩍게 밖으로 나와 리시에게 말했다. "너 주려고 변기에 물고기 남겨놨어."

그는 나중에 다시 자위를 해야겠다고 생각했다. 지금은 아무리 시도해봤자 되지 않을 것 같았다.

마음의 결정을 하기 위해 독한 위스키 한 잔이 필요했다. 그는 식당으로 들어가 술 보관장 앞에 낭만적인 포즈로 섰다. 아버지는 술을 입에도 대지 않았다. 록 스타인 그도 마셔본 적이 없었다. 장은 잠겨 있었다. 손잡이를 잡아당겼는데 선반이 큰 소리를 내며 덜

컹거려 신경이 쓰였다. 그는 포기했다. 그러고는 쭉 진열된 갈색 술병들에 비친 자신의 일그러진 얼굴을 빤히 바라보았다. 술병의 라벨들은 민주적인 음주를 위해 모두 떼어져 있었다. 거대한 굴절의 공간이었다. 한 번도 보지 못한 사물이나 사람을 닮는 일은 폄하되고 규격화되고 예단을 당하는 것이었다. 그는 친엄마가 어떻게 생겼는지 궁금했다. 내 얼굴에서 아버지의 모습을 모두 빼버리면 엄마 얼굴이 되지 않을까? 단정하지 못한 눈썹을 빼버리고 매부리코도 들어내면 어떨까. 조금씩 자라기 시작한 수염도 말끔하게 밀어버리고. 이제 엄마의 모습이 보이나? 어떻지? 배梨 같은 얼굴. 눈이 달린, 썩어서 악취가 풍기는 인간 배. 꼭 추한 현대미술 작품 같았다. 아무 의미도 없어 보이는 추상화나 다름없었다. 그녀야말로 진짜 계모, 그가 태어난 지 거의 이십 년 만에 그의 인생으로 들어온 베일에 싸인 폭군이었다.

아기방에 갔더니 산기타가 의자에 주저앉으려 하고 있었다. 그녀가 마음먹은 대로 초속 9.8미터로 자유낙하를 하며 앉는다면, 의자 위에 있는 검은색 플라스틱 안경은 그대로 박살날 운명이었다.

"어머니, 조심하세요." 아르준이 말했다.

지난번에 유행성 결막염이 휩쓸고 지나간 뒤로 집 안 곳곳에 검은색 안경이 널려 있었다. 닷새 동안 아이들은 모두 안경을 쓰고 장례식에서처럼 엄숙한 표정으로 집 안을 돌아다녔다. 아버지의 낡은 서류 가방들이 어디선가 갑자기 나타났다. 그때 여섯 살이었던 사힐은 서류 묶음 위로 맥없이 걸어다니곤 했다. 하지만 머지않아 결막염 소동은 그야말로 소동에 지나지 않았다는 것이 입증되었다.

산기타는 결국 안경 위에 앉고 말았다.

아르준은 하얀색 플라스틱 의자의 팔걸이를 잡고 몸을 움츠리면서 한숨을 내쉬었다. 그것은 그가 즐겨하는 습관적인 몸짓이었다. "어머니, 조심 좀 하시죠. 제가 말씀드렸는데……"

"네가 멈추라고 똑똑히 말했더라면 나도 무슨 일인지 이해했을 거야. 그런데 왜 애들을 보지 않고 있니? 아이들이 지금 용변을 보고 있는데……"

아직도 그녀는 산산조각이 나버린 플라스틱 안경을 치우려 하지 않고 있었다.

"어머니……"

"내 정신 좀 봐. 그 사람은 어디 있지? 빨리 이리로 오라고 해라. 그리고……"

아르준은 산기타가 말하는 '그 사람'이 누구인지 97.6퍼센트 확신했다. 바로……

"산카르! 산카르 아저씨!" 그가 소리쳤다.

산카르는 못쓰게 된 일회용 반창고라도 되는 것처럼 자신의 히틀러식 콧수염을 잡아당기며 들어왔다. 그는 빈 쟁반을 들고 있었다.

"빗자루 좀 가져와요." 산기타가 명령했다. "그리고 의자 두 개를 포개고 올라가서 천장에 붙은 모기 좀 잡아요. 우선 선풍기 전원을 끄고요. 안 그럼 선풍기 날개에 머리카락이 잘려버릴 거예요. 알겠죠? 그리고 양동이도 가져와야겠어요. 물을 가득 채워가지고요. 베란다에 부어요. 알겠어요? 알겠냐고요? 너무 더럽지 않아요? 정말 시궁창이 따로 없네."

232

산카르는 천천히 하와이식 고무 샌들 한 짝을 벗고 무릎을 꿇고 앉아 벌레라도 짓이기는 것처럼 무언가를 집어들었다. 물론 거기 벌레 같은 것은 없었다. 산기타가 부서진 안경 조각들을 바닥에 버리고 있을 뿐이었다.

"지금 뭐 하고 있어요? 이거 받아요." 그녀가 안경을 발로 차며 말했다. "가져가요. 가서 그 여자한테 줘요."

"어머니! 이름을 부르세요." 아르준이 말했다. "산티가 온 지 일 년이나 됐어요. 그리고 부서진 안경을 주면 어떡해요."

"난 자선을 베푼 건데 넌 무슨 말을 그런 식으로 하니. 그것도 하인 앞에서!" 그녀가 영어로 말했다.

"산카르는 영어를 알아들어요." 아르준은 산카르를 손으로 가리키며 쉿 소리를 냈다.

산카르는 일부러 말귀를 알아듣지 못하는 척했다. 산기타도 마찬가지였다. 아기들이 젖을 달라고 보챘다.

"자!" 산기타가 소리쳤다. 그녀가 늘 하는 말이었다. "자란 말이야!"

아르준은 차례차례 비크람과 기타 그리고 소날리에게로 옮겨가며 아기들의 자그마한 팔다리를 꼬아놓았다. 그렇게 해놓으니 꼭 요가를 하고 있는 것처럼 보였다. 그는 아기들에게 제 나름대로 운동을 시키는 것을 좋아했다. 아기들도 좋아하는 것처럼 보였다. 아기들이 옹알이를 하면서 침을 흘렸다. "어머니, 로한 트리베디에게 무슨 일이 있었던 거예요?" 아르준이 물었다.

산카르는 방을 나갔는지 보이지 않았다. 바닥에 그의 슬리퍼가 있었다. 산기타가 슬리퍼를 발로 걷어차며 말했다. "로한 트리베디? 그 사람이 누군데?"

"텔레비전에 나오는 사람요. 그 사람이 죽었다고 저한테 말씀하셨잖아요. 오늘 길에 나온 여자들을 봤어요. 온갖 구호를 외치더라고요. 덕분에 마투라 로드가 완전히 막혀버렸어요. 그래서 늦은 거예요."

"어디서 그런 잘못된 정보를 들었는지 모르겠다만 그 사람 이름은 모한 베디야."

아르준은 어리벙벙한 표정을 지었다. "저도 아버지를 닮아가는 것 같아요."

"그 사람은 죽었을 뿐이야." 산기타가 엄숙하게 선언하듯 말했다.

"돌아오지 않는 거예요?"

"어떻게 돌아온다는 거니? 죽었다니까. 욕조에 휴대전화가 떨어졌다고."

아르준은 생각에 잠겼다. "어머니도 항의를 하셨어야죠. 그 사람이 죽었잖아요. 이제 그 사람 아내는 어떡해요? 그 여자에 대해서 생각이라도 해보셨어요?"

"그 여자한테는 남자친구가 있어. 남자친구가 남편이 되겠지."

아르준에게는 충격적인 사실이었다. 인도 텔레비전에 나오는 여자들은 남자친구들이 있었다.

"어머니는 남자친구를 사귄 적 있어요?" 그가 놀리듯이 물었다.

"남자친구? 난 결혼했잖니. 그래서 자식들도 이렇게 많고."

"젊었을 때 말이에요. 아버지랑 결혼하기 전에. 그 당시 여자들도 남자친구를 사귀었잖아요."

"당연하지. 내가 하려던 말이 그 말이야. 나도 남자친구가 한 명

있었어."

"정말요? 이름이 뭐였는데요?"

그녀가 침을 꿀꺽 삼켰다. "친투."

"친투요? 건달 이름 같네요! 어떻게 사귀었는데요?"

"그건 기억이 잘 안 나는구나. 하도 오래돼서 말이야. 임신해서 그런지도 모르고. 어떻게 그런 것까지 기억할 수 있겠니?"

아르준은 웃음을 터뜨렸다. "왜 그 사람하고 결혼하지 않았어요?"

"난 부유한 집안에서 자랐지만 그 사람은 무척 가난했어. 정원사의 아들이었지. 어렸을 때 난 결혼이 오누이 사이에 일어나는 일이라고 생각했단다. 왜냐고? 엄마가 아버지를 '오빠'라고 불렀거든.

당연히 다른 결혼한 사람들은 한 명도 알지 못했고. 어느 날 엄마한테 결혼이 대체 뭐냐고 물었지. 엄마는 '널 갖기 위해 너희 아빠와 내가 치른 의식이야' 하더구나. 너도 알겠지만 그런 답변은 아무 도움도 안 됐어.

그러던 어느 날, 친투가 다가와서 말했어. 자기랑 결혼해주지 않겠느냐고. 나는 그러겠다고 했지.

물론 나중에는 기분이 쓸쓸하더구나. 우리는 오누이 사이가 아니라 결혼할 수 없다는 말을 차마 어떻게 그 사람한테 할 수 있었겠니? 그래서 난 엄마한테 친투를 입양해달라고 떼를 썼지. 엄마는 안 된다고 했고. 그게 다야."

"전형적이네요. 딱 전형적인 이야기예요." 아르준이 웃으며 말했다. "그런데 아버지랑은 어떻게 결혼하셨어요?"

"잊어먹었니? 중매결혼이잖아."

아르준은 물론 기억하고 있었다. 아르준과 그의 동생들이 들은 이야기는 이러했다. 어머니, 그러니까 산기타는 한때 무척 예뻤는데 아버지가 그녀를 보고 홀딱 반해버렸다고. 아이들은 멍청하게도 뭐든 곧이곧대로 믿었다.

"그건 알아요. 하지만 두 분이 어떻게 결혼하게 됐는지는 모르겠어요."

"너희 아버지가 자기랑 결혼해줄 거냐고 묻기에 그러겠다고 했지."

"그래요? 전 그렇게 듣지 않았는데요. 아버지는 어머니가 속임수를 썼다고 하시던데!"

그는 농담처럼 가볍게 말하려고 나름대로 애를 썼다. 그는 자기 말투가 산기타에게 중요한 메시지를 전달해주기를 바랐다. 모든 비밀을 알고 있지만 여전히 그녀를 사랑하고 있다는 것을. 그리고 자신은 아버지의 말도 안 되는 이야기를 무시할 생각이라는 것을.

"뭐라고?"

"어머니가 아버지를 속였다고요! 다른 여자랑 선을 봤는데 결혼식 때는 어머니가 신부로 나왔다고요!"

산기타의 표정이 굳어졌다. 그녀는 입술을 오므리고 애써 미소를 지으며 주워든 털실 꾸러미를 바라보았다. 그래도 아무 소용 없었다. 그녀는 지치고 상처받은 듯 보였다. 그녀는 의자에 풀썩 기대어 부어오른 두 발을 찬찬히 살폈다. 아르준의 미소에도 화답하지 않았다.

"그래. 그랬지." 그녀가 중얼거렸다. "너희 아버지가 속았어. 하지만 속은 건 나도 마찬가지야."

"어머니, 그냥 해본 소리예요!"

하지만 그녀의 표정은 풀리지 않았다.

"죄송해요, 어머니. 농담이었다니까요. 아버지가 저한테 농담하신 거라고요. 전 어머니를 사랑해요."

"지금 뭐 하는 거니? 넌 내가 농담도 못하는 줄 아니? 나도 농담한 거야." 산기타는 곧바로 말을 이었다. "모한 베디는 참 좋은 남자였는데. 그런 남자가 죽다니." 그러고는 다시 말을 이었다. "아기들이 울고 있구나. 리타와 타냐 좀 오라고 해라. 아기들한테 우유를 먹여야겠다."

리타와 타냐 좀 오라고 해라. 그 순간 아르준에게 그보다 큰 상처를 주는 말은 없었다. 자기가 충분히 아기들을 돌봐줄 수 있는데 산기타는 동생들을 불러오라고 했다. 이제 아르준은 자신을 비난할 수밖에 없었다. 그는 의붓아들이었다. 산기타한테 아무리 사랑을 받았어도 이제 그 사랑을 영영 잃을 것이다. 그는 알고 있었다. 어머니, 아버지 그리고 친엄마 라시미. 모두 그의 곁을 떠났다. 아버지는 아르준이 잔인하게도 엄마가 돌아가셔서 돌아온 거잖아요, 라고 내뱉고 차문을 쾅 닫아버렸을 때 잃었다. 말뜻도 잘 모르면서 '천한 의붓형'이라고 부르면서 그를 집단으로 공격하는 동생들. 하극상. 콘서트에서 야유를 받는 그. 그의 곁에는 아무도 없었다.

사람들을 믿고 의지한 것이 실수였다. 사람들은 언제든 그에게 등을 돌릴 수 있었다.

밴드도 그렇다. 라비의 아버지가 드럼을 압수하면 어쩌지? 라비가 자기 아버지한테 실컷 두드려맞고 밴드를 탈퇴해버리면 어쩌지? 어리석게도 그는 병원에서 아후자가 보여준 권위가 라비네 집에서도 라비의 아버지를 압도할 수 있을 거라고 생각했었다. 라비

는 지금 이 순간 자기가 일으킨 사고 때문에 심한 꾸지람을 듣고
있을 것이다.

그건 아르준이 앞으로 혼자 힘으로 아르티의 마음을 얻어야 한
다는 뜻이었다.

그는 복도에 있는 컴퓨터를 켜고 핫메일에 접속했다.

보낸 사람: 아르준 아후자 〈badfan1991@hotmail.com〉

받는 사람: 아르티 굽타 〈aar2d2@yahoo.com〉

날짜: 4월 20일

제목: 이것저것

아르티.

안녕? 넘 늦게 메일 보내서 미안. 그냥 널 많이 좋아한다고 말하고
싶었어. 아주 많이. 넘 이상하게 생각 안 했음 좋겠당. 내 마음을 솔직하
게 말하는 거야. 그리고 널 위해 이걸 만들었어.

```
     **       **          **  **                    **                       **   **
    /**      /**         /** /**                   ****                      /** //
    /**      /** *****   /** /**  ******        **//**    ******    ****** ****** /**
 /**********  **///**  /** /** **////**      ** //** //////** /**%//**/ /**
 /**//////** **   /** /** /**   /**        **********   /////// /** / /** /**
 /**      /**//**/////  /** /**   /** **   /**//////** /**////** /**     /**
 /**      /**//******  *** *** /****** //* /**       /**/*********/***      //**/**
 //       // ////// /// /// ////// /  //        //  ///////// ///        // //
```

(사실 그가 '만든 게' 아니었다. 별표를 찍어 그녀의 이름을 만들
자면 몇 시간 동안 컴퓨터 앞에 죽치고 있어야 하는데 그는 그러지
않았다. 그런 글자들을 만들어내는 웹사이트에서 글자를 뽑아왔을
뿐이었다.)

그럼 잘 자!!
아르준.

   메일을 보내고 나자 그는 인생의 과업을 달성한 것 같은 기분이
들었다. 그는 자신의 마음을 솔직히 드러냈다. 굴욕을 각오하고 마
침내 용기를 낸 것이다. 잠시 후 그는 큰 타격을 받았다. 미친듯이
허기가 밀려왔다. 아르준은 저녁을 먹지 않았다는 것을 깨달았다.
점심과 마찬가지로 저녁식사도 늦어지고 있었다. 그리고 그는 실
수를 저지르고 말았다. 어리석게도 아르티에게 좋아한다고 말한
것이다. 바보 멍청이! 등이 욱신거렸다. 꼭 찢어진 날개를 움직이
는 것처럼. 친구들이 알면 끊임없이 그를 괴롭힐 것이다. 친구들의
놀림을 받지 않는다 하더라도 이제 아르티의 얼굴을 어떻게 본단
말인가? 그녀한테서 답장이 오지 않으면 어쩌지? 그보다 더 심하
게 그녀가 전교생에게 답장을 보내버리면 어떻게 하지? 이 메일에
대해 한마디도 언급하지 않는다면? 그녀가 날 좋아하긴 할까? 내
게 좋아할 만한 구석이 있나? 머리를 빗어서 어설프게 탄 중간 가
르마? 끝단이 발목을 간지럽히는 바지? 으스대며 걷는 모습? 그의
친구들은 술 취한 사람의 걸음걸이 같다고 말했다. 어떻게 보면 그
것은 찬사가 아닌가? 그 나이에 술에 취해 길바닥에 쓰러질 사람이
얼마나 되겠는가?
   왜 그는 남자 고등학교에 보내졌을까? 사람들은 남자 고등학교
가 대화가 아니라 섹스에만 관심을 갖는 학생들을 양산한다는 걸
모르는 걸까?

그는 아르티에게 다시 메일을 보냈다.

보낸 사람: 아르준 아후자 〈badfan1991@hotmail.com〉
받는 사람: 아르티 굽타 〈aar2d2@yahoo.com〉
날짜: 4월 20일
제목: 이것저것

아르티.
방금 보낸 메일은 미안. 내가 보낸 게 아냐. 친구들하고 같이 있는데
걔들이 나 몰래 장난친 거야. 미안.
아르준.

두번째 메일을 보내고 나서 정확히 오 초 뒤에 그는 또다른 실수
를 저질렀다는 것을 깨달았다. 아르티를 좋아한다는 얘기를 친구
들에게 하지 않았다면 왜 친구들이 아르티 문제로 그를 괴롭히겠
는가? 제기랄. 지금 그는 한 번도 아니고 두 번이나 자기 혐의를 스
스로 인정하는 메일을 보낸 것이다. 할 수 없지.
안녕, 아르티.

21
신임 총리

라케시는 이쪽에서 잘 알려져 있었다. 그는 제복을 입은 직원들과 격의 없이 얘기를 나누고 나서 곧장 당수의 응접실로 걸어들어 갔다. 하루 사이에 람람마그 7번지는 더이상 떠들썩한 아부의 어시 장이 아니었다. 날이면 날마다 열혈 지지자들이 당수를 알현하기 위해 정원에 임시 방수포 텐트를 치고 야영을 하곤 했었다. 그런데 루이 16세의 왕궁 같던 그곳이 환하게 불이 켜진 아시람*이 되어 있었다. 그곳은 이제 성소이자 명상실이었다. 맨발로 부드러운 카 펫 위를 조심스럽게 걸어야 하는 곳. 라케시는 발밑을 내려다보았 다. 그는 살금살금 걷고 있었다. 긴장감 때문에 그는 제정신이 아니 었다. 당수와의 유대를 다시 회복하기에는 이미 너무 늦어버린 것 은 아닌지 불안했다. 집안일에 지나치게 신경을 쓰느라 이 문제는

---

* 힌두교도들이 수행하며 거주하는 곳.

잠시 잊고 있었다.

응접실에서 대답이 그를 기다리고 있었다. 그곳에서 그는 그날 아침 자신이 당수와 했던 것과 똑같은 면담 장면을 발견했다. 당수가 자신의 전매특허나 다름없는 이야기로 한 젊은 친구를 즐겁게 해주고 있었고, 파자마를 입은 그 친구는 다리를 꼰 채 뻣뻣하지만 자신감 넘치는 자세로 앉아 있었다. 탁자 위에는 과자가 담긴 그릇 네 개가 놓여 있었다. 냅킨꽂이에 꽂힌 냅킨은 여전히 선풍기 바람에 한들거리고 있었다. 라케시는 그 사람이 누구인지, 무슨 일이 벌어지고 있는지 즉각 알아챘다. 유명 디자이너가 만든 새하얀 쿠르타를 입은 젊은이의 목에는 정교한 자수 목걸이가 걸려 있었다. 짙은 턱수염을 멋지게 기른 그 친구는 다름 아닌 모한 베디였다. 그여야만 했다. 그는 기껏해야 이십대 중반으로 보였다. 건달 같은 느낌이 없지 않았지만 그래도 분홍빛 입술을 가진 순진무구한 소년으로 보였다. 양볼은 극성스러운 아줌마들이 하도 잡아당겨서 그런지 살짝 처져 있었다. 아후자를 보자 모한으로 보이는 그 친구는 자세를 고쳐 앉았다. 두 다리를 쩍 벌리고 양손을 가슴 근처에서 굳게 맞잡아 좀더 남자다운 자세를 취했다. 상체는 의자 등받이에 적당히 기대어 여유 있게 보이려고 애썼다. 어쩌면 그는 당수의 주입식 이야기를 거부하고 있었는지도 몰랐다. 당수는 상대에게 최면을 걸듯 과자가 담긴 그릇들을 손가락으로 가리켰다. 오전에 사프란색 사리를 입었던 그녀는 이제 하얀색 미망인 차림이었다.

그녀는 모한 베디에게 당과 나라를 위해, 그리고 집념이 강한 사임자들의 마음을 누그러뜨리기 위해 텔레비전으로 돌아와달라고 간청하고 있는 듯했다.

라케시를 보자 루파는 힘겹게 자리에서 일어나더니 장난기 어린 미소를 활짝 지어 보였다. "오, 아후자 장관님. 타이밍이 기가 막히네요. 기분은 어때요?"

라케시는 허리를 굽혀 그녀의 발을 만지고 나서 벌떡 몸을 일으켜세웠다.

"좋습니다. 여사님은 어떠십니까? 여느 때처럼 좋아 보이시네요. 알현할 기회를 주셔서 감사합니다. 여사님의 축복만 있으면 전 아무것도 필요 없습니다."

"이렇게 찾아주셔서 제가 고맙죠."

그녀는 그렇게 대꾸하고 모한 베디를 향해 몸을 돌리더니 라케시를 곁눈질하며 말했다. "소개하죠. 신임 총리입니다."

청각에 문제가 좀 있고 당수의 몸짓이 서툴고 모호한데다 모한 베디가 자리에서 벌떡 일어나 그의 두 발을 만졌기 때문에 아후자는 자신이 신임 총리로 소개되었다고 생각했다. 당수의 선언이 설사 농담이라 하더라도 라케시는 자신이 상당히 화제인가보다고 생각했다.

결국 당수도 알게 된 것이다. 라케시가 말도 많고 탈도 많은 총리라는 직위를 마음에 품고 있다는 것을.

지난 십 년 동안 대부분의 정부는 허수아비 총리를 세웠다. 선출된 국가수반은 루파 발라 같은 막후 실력자에게 권한을 위임했다. KJSZP(H202)당은 허례허식을 일소했다. 역사상 처음으로 인도의 총리 자리가 비었다. 나라는 이상하게도 침착한 반응을 보였다. 주식시장은 뜨겁게 전자음을 울려댔고, 태양은 지구와 지구에 발을 붙이고 살아가는 사람들에게 여전히 그 성가신 빛을 뿌려댔으며 사람들이 투표권을 행사할 때 구타와 폭력의 위험을 무릅써야 하는 건 여전했으니까. 오직 당원들만 항의를 했다. 그들에겐 가장 중대한 문제였다. 그들은 총리 자리가 권력을 분산해주는 아주 중요한 직위라고 주장했다. 당수는 무슨 생각인 걸까? 그녀는 아무 생각도 하지 않았다. 아무 말도 하지 않았다. 그냥 권좌에 앉아서 위협적인 차가운 미소만 지었다. 담 위를 기어오를 수 없도록 꽂아놓은 유리 조각들처럼 날카로운 치아를 빛내며.

그래서 라케시를 포함한 당원들은 총리를 두면 오히려 그녀 뜻대로 권력 집중이 이루어질 거라는 생각을 그녀에게 심어주려 애썼다. 그녀는 자신의 최측근을 세상에 내세우고 가장 신임하고 있다고 선언한 다음 은밀하게 그 측근의 기를 눌러버림으로써 민주주의 국가에서 독재자 되기라는 영광스러운 임무를 계속 이어갈 수 있었다.

그녀는 당원들의 권고를 받아들이는 듯 보였다. 총리가 될 만한 사람을 신중하게 고르고 있으니 시간을 달라고 거듭 말했다. 라케시는 자신이 그 환상적인 직위에 어울리는 최종 후보자 가운데 한 사람이라는 것을 알고 있었다. 하지만 그는 스스로 그 가능성을 상당히 깎아내리고 말았다. 첫째, 그는 이슬람교도 문제에서 지지받지 못하는 입장을 견지하고 있었다. 게다가 경솔한 이메일을 보내고 말았다. 마지막으로 기회주의적인 술수까지 부렸다. 당수가 그의 솔직한 사임을 존중해주었거나, 사직서를 아예 읽지 않았거나, 임금체계 회의에서 그가 한 기막힌 거짓말을 듣지 못했다면? 그녀가 라케시의 흔들리지 않는 지지를 믿어주지 않는다면 그녀가 그에게 총리라는 직위를 제안할 이유가 어디 있겠는가.

모한 베디는 의자에서 내려와 존경의 표시로 아후자의 발을 만지고 있었다. 아후자는 개의 머리를 쓰다듬듯 자기 발 앞에 엎드린 청년의 머리를 쓰다듬어주었다. 모한 베디가 두 팔을 펼치며 몸을 일으켜세우자 그의 양쪽 겨드랑이에서 흘러나온 향수 냄새가 온 방 안에 퍼져나갔다. 아후자는 가슴이 뭉클했다. 드디어 행운의 여신이 그에게 미소를 보내온 것이다. 이제 사직서에 대해 사과할 필요가 없었다.

"총리라뇨?" 그는 기쁘면서도 무뚝뚝하게 물었다. "전혀 예상 못한 일입니다만."

"그렇습니다, 아저씨. 그래서 제가 아저씨의 축복을 바라는 겁니다." 모한 베디가 말했다.

아저씨. 그 단어는 종유석 같은 귀지를 뚫고 그의 귓속으로 곧장 파고들어오는 면봉 같았다. 그것은 그의 혼란스러운 뇌까지 파고들어와 온통 휘젓고 돌아다니며 회백질을 퍼내는 것 같았다. 아저씨. 나는 너의 아저씨고 너는 나의 총리. 이런! 끔찍한 농담 속으로 걸어들어간 기분이었다. 그의 앞에서 위엄에 눌린 아이처럼 말하는 텔레비전 스타가 총리라니. 코미디였다. 비현실적일 만큼 기괴한 코미디.

"성함이 어떻게 되시죠?" 아후자가 굳은 표정으로 물었다.

"프라카시 싱입니다."

"모한 베디 씨가 아니고요?"

"아니요, 아저씨. 모한 베디는 가명이죠, 아저씨. 본명은 프라카시입니다."

"아후자 장관님, 벼락이라도 맞은 얼굴이네요!" 루파가 손바닥으로 무릎을 치면서 말했다. "자, 남킨 라시를 주문하죠. 하루에 두 번씩 마시면 좋아요."

"아, 저는 괜찮습니다." 라케시가 말했다. 그는 자신의 표정으로 쏠린 시선을 돌리기 위해 손바닥으로 배를 두드렸다. 그의 얼굴 근육이 진지한 표정을 유지하기 위해 안간힘을 썼다.

당수가 다시 권했다. "저는 라시를 제안했다가 거절당하면 기분이 좋지 않아요. 그리고 당신처럼 막강한 사람은 올챙이배가 좀 나와도……"

"루파 여사님, 농담이시죠?" 라케시가 중간에 말을 자르며 물었다. "농담이죠?" 그가 모한을 돌아보며 말했다.

"아, 아닙니다. 아저씨." 청년이 더듬거리며 말했다.

루파는 한숨을 쉬었다. "그렇지만 당신이 왜 그렇게 느끼는지 알아요. 어떤 생각을 하고 있는지 잘 알아요. 이 젊은 친구가 무슨 경험이 있을까, 생각하시겠죠?" 그녀가 그의 등을 두드렸다. "중요한 건 경험이 아니라 과감함이에요. 용기! 힘! 여기 있는 이 똑똑한 젊은이는 프로그램을 떠나고 싶어했어요. 결국 자신의 의지로 떠났죠. 그것도 인기가 절정에 있을 때 말이에요. 얼마나 용기 있는 행동이에요? 당신도 알다시피 당원들은 모두 이 젊은이를 간절히 원했어요. 그렇죠, 모한? 그래서 저는 좋다, 그를 데려와서 지도자로 삼자 생각했죠!"

그녀가 낄낄거렸다. 라케시는 그제야 상황을 파악할 수 있었다. 그녀는 무더기로 사직서를 제출한 사람들에게 그들이 원하는 '뛰어난 인재'를 제공함으로써 복수한 것이다. 그리고 그녀는 라케시가 고가도로 건설로 명성을 얻었을 때 그가 마땅히 차지해야 할 자리를 내주지 않음으로써 그에게 복수한 것이다. 그녀는 승리를 거두었다. 그녀는 역시 달랐다. 괜히 그런 위치까지 오른 게 아니었다.

"하지만 이해할 수 없군요. 이 젊은 친구는 국회의원도 아니고……" 라케시가 말했다.

"알아요. 알아." 루파가 하품을 했다. "물론 나도 그 점을 고민했죠. 하지만 왜 걱정하는 거죠? 작고한 사티시 쿠마르의 자리가 비어 있잖아요. 일주일 뒤에 비하르에 있는 그의 선거구에서 보궐선거가 있을 거예요. 그곳에서 상원 의원으로 출마할 거예요."

모한이 의혹을 지워버리려는 듯 밝은 표정으로 덧붙였다. "아저씨, 저는 어릴 때부터 정치에 관심이 있었습니다. 돌아가신 제 아버지는 우타르프라데시 주에서 지방장관을 지내셨죠. 어머니는 마을 자치기구에서 아주 열성적으로 활동하셨습니다. 친척들도 모두 행정직 공무원들이고요. 저는 모든 부처의 사람들을 알고 있습니다. 국세청에도 아는 사람이 있고요. 광고 촬영을 많이 해서 산요, BPL, 비디오콘, 릴라이언스, 에어텔 등 거의 모든 기업의 대표들도 알고 있습니다. 모든 CEO가 제 친구들이죠. 그들 가운데 몇 명과는 골프도 같이 쳤습니다. 저는 이런 인맥을 적극 활용해서 어떤 목표든지 달성하고 싶습니다."

"아주 인상적이군요." 아후자는 비꼬는 투로 말하고 나서 루파를 향해 돌아섰다. "대신 저한테 모한 베디의 역할을 맡기시면 되겠네요."

하지만 루파는 어떠한 반응도 보이지 않았다. 그녀는 벽에 걸린 그림들을 멍하니 쳐다보면서 초조한 듯 오른손을 떨었다. 얘기를 귀담아듣고 있지 않는 듯했다. 라케시는 그녀가 이처럼 심각한 것을 한 번도 본 적이 없었다. 그 순간 라케시는 이해했다. 그의 판단이 옳았다. 아무리 인도 정치라고 하더라도 이것은 너무나 우스꽝스러웠다. 농담을 즐기는 당수도 그 사실을 알고 있었다.

이것은 코미디를 가장한 비극이었다. 간계라고는 전혀 모르는 텔레비전 스타를 총리로 임명하는 것은 궁지에 몰린 사람의 역설적 조치였다. 루파 발라는 당내에서 자신이 소외받고 있다는 것을 알아차리고는 사직하는 대신 우스꽝스럽게 자폭하기로 결정한 것이다. 라케시는 그 마음을 이해할 수 있었다. 자신이 산기타와 결혼한 것도 그러한 결정의 결과였기 때문이다. 차이점이 하나 있다면 루파 발라는 절대 후회하거나 미련을 두지 않는다는 점이었다. 그는 루파가 자신의 결정에 의구심을 보이는 모습을 한 번도 보지 못했다. 그녀는 모든 사람을 불러놓고 모한 베디를 자신의 대리자로 선정해 미안하다고 말하지 않을 것이다. 아후자는 감정이 폭발해 미안하다고 훌쩍거렸었지만. 그는 복수를 할 수 있는 인물이 아니었다. 그는 항상 중도에 포기했다.

그는 이메일에 대해 사과하기 위해 방문했다는 것을 기억해냈다. "제 메일은 어떻게 됐습니까? 어쩌실 생각이신가요? 요그라지를 제명하실 겁니까?"

"아, 그래요. 저한테 보낸 그 유명한 메일 말이군요. 어떻게 그걸 잊을 수 있겠어요? 당신이 떠난 뒤에 그걸 읽고 제일 먼저 무슨 생각이 들었는지 알아요? 내용을 조작해야겠다는 생각이 들었어요. 아후자 장관님, 당신은 항상 제 일에 훼방을 놓는군요. 당신이 이메일로 보냈으니 제가 어떻게 조작할 수 있겠어요? 그게 문제예요. 종이에 적었으면 조작이 가능하겠지만 이메일은 조작할 수가 없어요."

"그래서요?"

"저는 당신의 이메일을 사직한 당신의 동료들 모두에게 전달했어요. 참고하라고 말이에요. 기분 좋죠? 어때요?"

"고맙군요. 전 그만 가보겠습니다." 라케시가 말했다.

그는 그 자리를 벗어나는 게 나았다. 신경조직으로 감싸인 왼쪽 눈알이 바르르 떨리면서 시큰거렸다. 밖으로 걸어나가면서 그는 양손을 눈에 얹고 우묵한 곳을 어루만졌다. 마음이 짠했다. 곧 루파가 떠난다고 생각하니 슬픔이 밀려왔다. 아무리 사악할지라도 한때 최고의 위치에 있던 사람이 이제 곧 무너진다고 생각하자 자동적으로 슬퍼졌다. 이제 굴욕적인 생활이 그들을 기다리고 있었다. 결국 그는 루파의 후원을 잃었고 그가 어리석게도 제출한 사직서는 당의 고위 인사들에게 전달되었다. 그의 이메일, 즉 사직서에는 동료들에게 동력을 제공하는 힌두교 민족주의 엔진을 노골적으로 경멸하는 내용이 담겨 있었다.

그의 삶이나 다름없는 당 KJSZP(H202)에서 버틸 수 있는 날도 이제 얼마 남지 않았다.

아후자는 집으로 차를 몰았다. 노랗고 끝이 뾰족한 멀구슬나무 이파리로 뒤덮인 델리는 비눗물로 씻긴 듯 깨끗해 보였다. 하늘에 시커멓게 끼어 있던 스모그가 사라지고 길바닥에 검은 물이 흐르는 것으로 보아 그가 당수의 응접실에 있는 동안 비가 내린 게 분명했다. 공기가 무척 깨끗해서 일 분 넘게 눈을 깜박이지 않았는데도 눈이 따갑지 않았다. 차 안에서 내다보는 델리는 문진의 내부처

럼 입체적이고 초현실적으로 보였다. 세크리테리엇 고가도로 아래
에는 거지가 하나도 보이지 않았다. 그의 집 입구에서는 정원사가
호스 끝을 눌러 관목들 위로 물줄기를 뿜어대고 있었다. 정원사는
아무것도 들지 않은 다른 손으로 아후자에게 경례를 했다. 아후자
는 정원사도 센트럴 델리, 공들여 관리되고 있는 델리, 회전교차로
가 가득한 델리, 관료주의가 판치는 델리의 거품 속에서 살고 있다
는 생각이 들었다. 뻑뻑한 클러치를 그는 힘껏 밟았다. 허벅지 근
육이 젖산 속에서 헤엄치고 있었다. 피곤하고 지친 그의 몸은 땀으
로 젖어 있었다. 이제 집으로 돌아온 것이다.

  철과 대나무를 엮어 만든 정문은 구부러진 양철 조각들로 장식
되어 있었다. 양철 조각에는 그의 자식들이 형광 녹색과 선홍색으
로 정성들여 그린 무늬가 있었다. 경비가 대문을 열어젖히자 거기
붙어 있던 무시무시한 경고문이 시야에서 사라졌다.

무당출입시 고발 조치하게씀

경비 감시중

사우지임

이곳에서 어슬렁거리면 사슴처럼 총격당할 수 이씀

파퓰레이션 21번지, 아후자의 집

  주차를 하는 동안 그의 기분은 경고문 덕분에 한결 가벼워졌다.
철자가 틀린 곳이 몇 군데 있었지만 그는 고치지 않고 내버려두었
다. 나이 어린 자식들이 저지르는 실수처럼 대수롭지 않게 넘길 수
있는 것이었다.

그가 고치지 않는 것은 그뿐만이 아니었다. 집도 수리를 해야 했지만 내버려두었다. 그의 눈앞에는 식민지풍의 거대한 방갈로가 넓게 펼쳐진 잔디 위에서 반짝이고 있었다. 그는 그 모습 그대로가 좋았다. 분을 바른 듯한 새하얀 벽, 널찍한 방들, 대류가 일어나는 모습을 굽어보는 높은 천장, 그리고 벽을 따라 이리저리 뻗어 있는 전선들. 그는 현관문으로 들어서면서 그동안 아이들과 집에서 함께 보낸 시간이 너무 적었다는 생각에 갑자기 슬픔에 휩싸였다. 아이들이 냉큼 달려와 그를 둘러쌌다. 그는 아이들을 일일이 안아주고 키스해주고 싶었다. 키스를 해주자니 아이들의 몸에서 아교 냄새가 났다. 아이들의 팔다리는 병적으로 가늘었다. 계집애들은 산기타처럼 머리를 땋아 늘어뜨리고 있었다. 땋은 머리는 잡아당기면 쉽게 풀려 자주 싸움이 벌어지곤 했다. 사내아이들은 민소매 농구 셔츠를 입고 있었다. 셔츠의 중앙에는 우스꽝스러운 서체로 미국 상표가 적혀 있었다. 그가 솜털이 보송보송 돋아난 아이들의 뺨에 차례차례 키스하자 아이들은 치열 교정기를 드러내며 미소를 지었다.

아르준만 보이지 않았다. 그는 주방 식탁에 앉아서 의자의 한쪽 다리를 발로 차고 있었다. 나머지 아이들도 평소처럼 각자 제자리에 앉았다. 아후자가 식탁의 상석을 차지했고 산기타는 다른 쪽 끝에 앉았다. 아르준은 아버지 바로 곁에 앉아 있었다.

엄숙한 분위기의 식사였다. 아후자는 음식을 기계적으로 입에 떠 넣는 데만 집중했다. 국물이 자작한 달*을 접시 위에 붓고, 감자

---

* 렌즈콩을 주재료로 야채와 인도 향신료를 가미한 콩요리.

와 꽃양배추를 늘어놓은 다음 차파티로 떠서 입속에 밀어넣었다. 매운맛을 중화하기 위해 늘 그러듯 요구르트 덩어리를 먹어보았지만 효과는 없었다. 그는 음식을 가리지 않고 걸신들린 것처럼 먹어치웠다. 그러면서 옆자리에 앉은 아르준의 행동을 의식하고 있었다. 아르준은 부루퉁한 얼굴로 꼭두각시처럼 느리게 손을 놀렸다. 다른 아이들한테서는 변화를 알아차리기 힘들었다. 산기타도 평소와 다름없어 보였다. 겉으로는 아르준과 다른 가족들 사이에 아직은 아무런 마찰도 없는 것처럼 보였다. 특히 산기타는 여느 때와 다름없이 차분하고 만족스러운 표정이었다. 그녀는 엄청난 양의 달을 먹어치웠다. 아후자는 음식을 허겁지겁 입으로 쑤셔넣는 산기타를 바라보다 결혼 초기에 그녀를 체중 감량 프로그램에 보내려고 애쓰다가 결국 포기했던 일을 기억해냈다. 나중에 그는 상당히 에로틱한 순간에 그 문제를 거론했다. "그래, 아, 좋아. 차라리 당신을 임신시키고 싶어. 그럼 그렇게 많이 먹어도 최소한 명분이라도 생길 거 아냐!"

명분, 그렇다! 그녀는 명분을 갖기 위해 자그마치 열세 명의 아이를 가진 것이다!

"모두에게 알려줄 소식이 있다." 그가 말했다.

"뭔데요, 아빠?"

"아빠가 사직을 했어."

음식을 채 삼키지 못한 아이들의 입이 딱 벌어졌다. 뒤이어 덜덜 떨리는 무릎 위로 아이들의 손이 떨어졌다. 정확히 라케시가 원했던 결과였다. 타냐만 용기를 내 물었다. "왜요, 아빠?"

아후자는 의자 등받이에 몸을 기대고 머리 위에서 돌아가는 선풍기를 쳐다보았다. 본능적으로 그는 진지해야 할 때 즐겨하는 자세를 취했다. 양쪽 어깨는 뒤로 젖혀지고 두 다리는 쩍 벌어졌으며 두 팔은 축 늘어졌다. 무언가를 심각하게 고민하는 것처럼 머리와 목은 약간 앞으로 기울어 있었다. 그는 꺼칠한 턱수염을 긁으며 요그라지의 부패와 고가도로 건설 상황에 대해 설명했다. 말하는 동안 생기가 되살아났다. 그는 포크를 집어들고 휘두르기 시작했다. 사람들이 모두 몸을 앞으로 기울이는 바람에 식탁이 비좁아졌다. 아이들은 그가 이야기하는 내부 정보에 큰 관심을 보였다. 특종 기자회견을 기다리는 기자들처럼 군침을 흘렸다. 심지어 아르준조차도 귀를 바짝 세우고 앞으로 내민 손가락 사이에 끼운 버터나이프를 천천히 돌리고 있었다. 그는 아버지의 논리적인 설명을 듣고 무심결에 뿌듯한 감정을 느꼈다. 도덕적인 행동이라고 볼 수 있는 아버지의 사직 이야기를 아르티에게 전할 수 있게 되었다고 생각하니 오히려 기뻤다. 아르티가 큰 감명을 받을 게 틀림없었다. 그는 아르티에게 소식을 전할 때는 아버지처럼 무게감 있게 행동해야겠다고 생각했다. 무의식적으로 그리고 조용히 그는 최면에 걸린 사람처럼 아버지가 하는 말을 하나도 놓치지 않고 낮게 따라 하기 시작했다.

아버지가 불쑥 다음과 같은 말을 했을 때 그는 최면 상태에서 깨어났다. "그리고 너희가 행동하는 방식에 대해 그동안 곰곰이 생각해봤다. 모두 자기보다 나이 많은 사람에게 자주 말대꾸를 하거나 대들어. 그게 일상이야. 하지만 이제부터는 그러면 안 돼. 오늘부터 그런 일은 용납하지 않을 거야. 형이나 오빠한테 대들면 안 돼. 알았지? 내가 예전에 당부했지? 그렇게 해야 돼. 만약에 형이나 오빠가 너희한테 못된 짓을 하거든 직접 따지지 말고 나한테 글로 써서 보여줘. 그럼 내가 조치를 취하든지 할 테니까. 다시 한번 강조하는데, 윗사람한테는 절대 말대꾸를 하면 안 돼."

이런 비극적인 상황에서 명령은 절대적이었다. 아이들은 모두 고개를 푹 숙이고 입을 굳게 다문 채 소리 죽여 음식을 씹었다. 산기타만 평소와 다름없이 오이를 우적우적 씹어 먹었다. 아후자는 그런 그녀를 그냥 두었다. 아르준과의 일을 산기타에게 얘기해줄 필요가 있었다.

그는 먼저 서재로 가서 비니트 요그라지에게 전화를 걸었다.
"비니트 의원님?" 그가 말했다.
"아, 라케시 장관님." 요그라지의 목소리는 지친 것 같았지만 무언가 기대에 차 있었다. 그도 좋지 않은 소식을 들은 것 같았다.
아후자는 몸을 앞으로 기울이며 말했다. "저, 그 이메일 받으셨죠? 먼저 분명히 말씀드리고 싶은데 그건 절대 제가 쓴 메일이 아닙니다. 저는 그런 메일 안 썼습니다. 그건 루파 여사님의 짓입니다. 확실해요. 내분을 부추기려고 그런 메일을 쓴 게 틀림없어요. 알다시피 지금 여사님은 제정신이 아니니까요. 방금 여사님을 만나고 오는 길입니다. 판단력을 잃은 것 같더군요. 분명히 여사님이……"
아후자는 스스로 말을 끊었다. 할말이 마땅치 않아서가 아니라 전화기 저편의 요그라지가 너무나 차분한데다 한 번도 말을 자르지 않고 자신의 얘기에 귀를 기울이는 게 이상했기 때문이다.
"요그라지 의원님?"

"루파 여사님이 그런 짓을 했다고요?" 요그라지가 말했다. "왜 그러는 걸까요? 여사님한테 무슨 일이 있습니까? 대체 왜 그런 일을 꾸미는 거죠? 다른 할 일도 많을 텐데 말입니다. 제가 이럴 줄 알았습니다." 그는 전화기에서 잠시 입을 떼고 자기 아내를 향해 소리쳤다. "레카! 내가 말했지? 아후자 장관님은 그런 메일을 쓰지 않았대. 그럴 이유가 없잖아, 안 그래? 그렇죠. 맞아요. 저도 그렇게 생각했습니다. 라케시 장관님이 그런 메일을 쓸 이유가 없잖습니까?"

"그렇습니다." 라케시는 힘주어 대답했다.

그는 요그라지의 아내가 날카로운 목소리로 몇 마디 내뱉는 것을 들었지만 정확히 무슨 소리인지는 알아들을 수 없었다.

"죄송합니다." 요그라지가 말했다. "제 집사람이 하는 소리였습니다. 무시해도 됩니다. 많이 불안한가봅니다. 라케시 장관님 같은 기술관료가 그런 메일을 쓸 리 있겠습니까? 그런 메일을 써야 할 이유도 없고요. 목적도 없잖습니까."

"예, 그렇죠." 라케시가 주절거리듯이 대꾸했다.

그는 요그라지가 자신의 말을 믿어줄 거라고는 생각도 못했다. 일이 그렇게 쉽게 진행될 줄은 정말 몰랐다.

하지만 사실은 그게 아니었다. 산만한 대화를 어느 정도 나누고 났을 때 요그라지가 말했다. "라케시 장관님, 한 가지 부탁드리고 싶은 게 있습니다." 그는 부드러운 명령조로 말했다. 평소 질문을 할 때의 퉁명스럽고 건들거리는 목소리가 아니었다. "당원 모두에게 그 이메일을 쓴 사람이 루파 여사님이라고 이메일을 써주시겠습니까? 그렇게 해주셔야 제 명예에 흠집이 나지 않을 것 같습니다."

요그라지의 명예? 아후자는 요그라지가 자신과의 적대감보다는 당원들의 평가에 더욱 신경쓴다는 사실을 깨닫고 적잖이 놀랐다. 아후자의 이메일은 진실에 가까웠기 때문에 그에게 상처를 입혔다. 자식들에게 손찌검을 하고 나서 찾아오는 용서의 감정 같은 따뜻하고 우호적인 감정은 어느덧 권력의 느낌으로 대체되었다. 손찌검은 불가피한 일이었다. 그리고 그는 필요하다면 또다시 손찌검을 할 준비가 되어 있었다.

　아후자는 환하게 웃었다. "좋습니다. 원하시는 대로 해드리겠습니다."

　그는 전화를 끊고 서재에 있는 컴퓨터를 켰다. 아후자는 요그라지에게 편지를 써 자신의 명예에 지울 수 없는 흠집을 낼 수 있는 이야기를 구구절절 늘어놓았다.

22
술수

KJSZP(H202)당 내에서 아후자의 경력도 확실히 끝났다. 그에게는 동지라고 할 수 있는 사람이 없었다. 하지만 아기방으로 걸어가는 그의 기분은 한껏 고양되어 있었다. 고속 고가도로와 그 실패에서 벗어나게 되었으니까. 고가도로들이 약탈당한 도시의 성벽처럼 완전히 파괴된 것처럼 보이더라도 그는 신경쓰지 않을 것이다. 그는 먼 훗날 고고학자들이 델리의 폐허를 발굴하다가 불가사의한 다리들을 발견하는 광경을 상상해보았다. 그들은 몇 가지 가설을 말할 것이다. 사람들은 타르의 종교적 환상을 경험하기 위해 이곳을 기어올랐다…… 아라발리 산맥을 타고 점점 다가오는 이슬람 침략자들에게 대포를 발사했던 곳이라는 몇몇 증거가 있다…… 이곳은 그 사람들의 사원이었다. 엄격한 생활을 하던 곳이었다.

사람들이 흔히 말하는 대로 델리가 폐허와 유적의 도시라면 그가 남긴 폐허는 적어도 다른 것들보다 훨씬 높은 곳에 자리할 것이다.

"별일 없지?" 문을 열고 산기타의 방으로 들어가면서 아후자가 물었다. 아부라도 하는 듯 공손한 태도로 양손을 인도항공의 마스코트처럼 앞으로 활짝 펼쳐 보이기까지 했다.

산기타는 악취나는 기저귀를 방에 걸린 빨랫줄에 널면서 심드렁하게 대꾸했다. "아기들이 칭얼거리네요. 용변을 보느라고요."

결혼의 마법. 아후자는 지난 몇 달 동안 한 번도 기저귀를 갈아주지 않았지만 산기타가 최신 뉴스를 전하는 NDTV가 아니라 드라마를 보고 있어 무척 고마웠다. 그는 방을 가로질러 가 아기들을 엎어놓고 기저귀 안전핀을 뽑아냈다. 그는 자기만의 오래된 방식으로, 아기들의 귀 근처에서 손톱을 튕겨 아기들을 달랬다. 산기타는 남편의 행동을 흥미롭게 지켜보았다. 아후자는 마음이 편안했다. 그의 주머니에 들어 있는 휴대전화가 진동했다. 그 바람에 그의 성기가 부풀어올랐다. 하지만 그건 그의 욕구불만만 악화시킬 뿐이었다. 쌍둥이 중 하나를 무릎에 올려놓고 흔들어 재우는 아내의 모습이 사랑스러워 보였다. 아내가 항상 곁에 있을 거라는 사실에 그는 안도했다. 그가 이 세상에서 아무리 불행한 일을 겪더라도 그녀는 절대 그를 떠날 수 없을 것이다. 그가 정치를 그만두더라도 그녀는 그에게 순종할 것이다. 당수의 총애를 받지 못하고 무례한 이메일 때문에 지금 당장 당에서 제명된다 하더라도 산기타는 남편에게 질문을 받으면 두파타로 수줍게 얼굴을 가리면서 대답할 것이다. 그는 자신을 적대시하는 사람들에게 남자답게 맞설 것이다. 적대 세력에게 손쉽게 당하지는 않을 것이다. 만약 사람들이 해명을 요구하면 그는 의회의 특권 남용이라고 주장할 것이며 공산

당이 제3전선을 결성하면서 자신을 지지할 거라는 선동적인 발언도 불사할 것이다. 그는 언론에 모든 것을 설명할 준비가 되어 있었다. 영어를 사용하는 언론은 그의 유창한 영어 실력을 반길 것이다. 힌디어를 사용하는 언론은 그의 뛰어난 힌디어에 기뻐할 것이다. 그들은 이마에 붉은 점이 또렷하게 찍혀 있고 쿠르타를 산뜻하게 차려입은 그의 사진을 신문에 실을 것이다……

"왜 MTV를 보고 있어? 당신 나이가 몇인데 저런 걸 봐?" 그가 물었다.

"스타플러스는 안 보기로 했어요. 왜냐면……" 그녀가 말했다.

"모한 베디 때문에?"

"예."

"그렇다면 더이상 걱정하지 않아도 돼. 당신이 그렇게 좋아하는 모한 베디는 살아날 테니까."

산기타는 어느새 아기를 내려놓고 등받이 없는 의자에 앉아 있었다. 그녀의 무릎 위에는 온수병이 놓여 있었다. 그녀는 벽 쪽에 세워놓은 탁자 위에 한 손을 짚어 몸을 지탱했는데 휴식을 취하는 모습조차 힘겨워 보였다.

"하지만 죽었는데요." 그녀가 말했다.

"그렇지. 나도 알아. 하지만 내일이면 살아날 거야."

"어떻게 살아난다는 거죠? 그 사람은 욕조에서 죽었어요. 시체도 보였고 휴대전화도 보였다니까요."

"그래서? 뭐가 문제야? 그 사람은 쌍둥이인데 동생이 죽은 거야. 모한이 아니라 쌍둥이 동생이 욕조에 들어가 있었던 거지. 운명의 장난처럼."

"그 사람한테는 쌍둥이 동생이 없었어요."

"무슨 말이야? 어떻게 그 친구가 욕조에 들어왔겠느냐고? 당신은 한 욕조에 두 사람이 들어가는 걸 한 번도 못 봤단 말이야? 형제는 함께 목욕을 하는 경우가 많아. 모한이 비누를 가지러 밖으로 나가면서 욕조에 전화기를 놓아둔 거지."

"하지만 여보……"

"산기타, 결국 말했어."

산기타는 눈을 깜박이지 않으려고 애썼다. 어젯밤 아르준이 아버지한테 '속임수'를 쓴 게 맞느냐고 물었을 때 그녀는 아르준이 아직까지는 자신을 친엄마로 여기고 있구나, 생각하면서 자위했다. 이제 그런 자위도 소용없게 되었다. 그녀는 아르준이 자기를 싫어할 거라고 확신했다.

평소라면 울음을 터뜨렸을 테지만 그녀는 자신이 아후자에게 주눅들 필요는 없다고 생각했다. "누구한테 무슨 말을 했다는 거예요? 산카르한테 차를 끓이라고 했어요? 아니면 우편배달부한테 편지를 부치라고 했나요?"

"산기타! 아르준한테 친엄마에 대해 얘기해줬어." 아후자가 말했다. 그는 아내의 머리를 쓰다듬어주었다. "미안해."

"고마워요." 그녀는 그렇게 말하고는 다시 뜨개질을 시작했다.

아후자가 침을 튀기며 다급하게 말했다. "당신을 위해서 그랬어. 아이한테 당신은 정말 좋은 엄마였다고 말해줬어. 그리고 앞으로도 달라지는 건 아무것도 없을 거라고 했어. 이제 비밀을 털어놔야 할 것 같아 얘기해주는 거라고 하면서 과거는 과거일 뿐이라고 했어. 아무 문제 없을 거야. 미안해. 하지만 당신은 내가 아이한테 말해주길……"

산기타는 고개를 끄덕였다. "네, 고마워요." 그녀는 미소를 지었다. 그뿐이었다.

"아이가 무슨 말 안 했어?"

그녀는 고개를 가로저었다.

아후자는 문을 향해 걸어가면서 당연히 부끄러움을 느꼈다. 산기타가 너무 아무렇지 않게 받아들였기 때문에 아후자는 오히려 죄책감에 휩싸였다. 아르준에게 '신부 바꿔치기'에 대해 말해준 사실을 그녀에게 숨겼기 때문이다. 산기타를 속이는 주제에 그녀에게 무슨 호의라도 베푸는 것처럼 행동했던 것이다. 그는 마땅히 무릎을 꿇고 용서를 빌었어야 했다. 그녀에게 보상을 해줘야 하는데 어떻게 하느냐가 문제였다. 산기타를 아내로 맞아들여 십오 년 남짓 살았지만 그녀에 대해 아는 게 아무것도 없었다. 팔꿈치의 굳은 살, 툭 튀어나온 턱, 아르준을 제외하고 아이들 모두가 닮은 그녀의 주먹코, 텔레비전, 깨끗한 옷가지, T시리즈 카세트, 엄청난 식탐. 이게 그가 알고 있는 전부였다. 그는 머리를 쥐어짜보았지만 해결책을 찾을 수 없었다. 그의 마음은 꼭 정신없이 헤집어놓은 서랍 같았다. 그는 라시미가 항상 하던 말을 떠올렸다. 나는 사랑도 못해보고 죽을까봐 두려웠어. 내가 죽으면 누가 나의 존재를 알아줄까, 생각했지. 지금 와서 돌이켜보면 그것은 선견지명이 있는 말이었다. 어떤 사람이 자신의 앞날에 대해 한 말들은 그 사람이 세상을 뜨고 나서 정확히 맞아 들어가곤 한다. 산기타는 지금껏 누군가를 진정으로 사랑해본 적이 한 번도 없을 것이다. 지금까지 존재감 없이 살아온 것처럼 그녀의 죽음도 흐릿할 것이다. 한때 그녀가 이 땅에 존재했다는 사실을 어느 누구도 기억하지 못할 것이다. 산기타는 어둠의 상징이었다. 죽음과 함께 그녀의 모든 것은 깡그리 사라질 것이다. 라시미에 대한 기억이 그의 마음속에서 거의 지워져버렸듯 산기타도 그럴 것이다. 언젠가 두 여자에 대한 기억은 완전히 없어질 것이다. 아후자는 늙어서 아내도 잃고 자식들에게 둘러싸여 있는 자신의 모습을 그려보았다. 하지만 그것은 아주 먼 훗날의 일이었다. 지금 그는 아기방 문간에 서 있다.

결혼생활의 노예가 된 사람처럼 무릎을 꿇고 아이들에게 엄마가 정말 좋아하는 게 무엇인지 물어보아야 하는지도 몰랐다.

아후자는 산기타가 쌍둥이 안테나처럼 생긴 뜨개바늘 사이로 불만 가득한 한숨을 내쉴 때마다 몸을 떨었다. 결혼식 이튿날 아침 그가 호텔 방에서 깨었을 때 침대는 비어 있었다. 신부의 모습이 보이지 않았다. 자신이 상황을 완벽히 통제하고 있다는 환상은 그 순간 산산이 깨져버렸고, 여성혐오증이 폭발하고 말았다. 침대 시트는 온통 구겨져 있었다. 그는 비열하고 형편없는 이기주의자였다. 그는 생각했다. 난 그 여자보다 나은 게 하나도 없어. 밖에서 그녀를 발견하면 그녀와 결혼해야지. 결혼해서 잘해줄 거야.

여전히 그는 자기 생각만 하고 있었다.

"사랑해." 아후자는 익살맞게 말하고 나서 몸을 돌렸다. 그리고 당당하게 팔을 휘저으며 산기타 쪽으로 걸어갔다.

산기타는 정말로 충격받고 말았다. 그녀는 의자에 앉은 채로 허리를 굽혀 뜨개실 뭉치를 집어들더니 거기에 바늘을 꽂아넣었다. 그러고는 냅킨을 한 장 빼들고 큰 소리로 코를 풀었다.

아후자는 그녀의 의자 앞에 무릎을 꿇고 앉아 다시 말했다. "사랑해."

그녀는 잠옷 한쪽을 얼굴까지 끌어올려 눈물을 닦았다.

아후자는 콧구멍을 벌름거리며 그녀 쪽으로 몸을 기울였다. "여보, 사랑해. 그동안 우리는 아주 힘겨운 시련을 함께 헤쳐왔지. 당신은 정말 괜찮은 아내야. 오늘 우리 영화나 한 편 보러 갈까? 당신이 좋아하는 영화를 보자구. 당신이 원하는 건 뭐든 해줄게."

아후자는 지키지도 못할 약속을 최소 열 가지는 늘어놓았다. 그렇지만 효과는 있었다. 산기타는 자리에서 일어나 그의 두 팔에 안겼다. 그녀는 아후자가 원하는 대로 하도록 내버려두었다. 그녀는 아후자의 어깨에 머리를 기대고 자신의 불룩한 아랫배를 그가 쓰다듬도록 내버려두었다. 아후자의 성기가 빳빳해지면서 그녀의 아랫배를 자극했다. 그녀는 남편이 거짓말을 하고 있고 자신은 실망하게 될 것임을 알고 있었다. 그녀가 흘리는 눈물은 기쁨이 아니라 상실감의 눈물이었다. 그렇지만 남편으로부터 그 말을 듣기 위해 그토록 오랜 세월을 기다려왔다. 그녀는 남편이 그 자리에 서서 한 남자가 되도록 내버려두었다. 아후자는 그녀의 협조와 따스한 응대가 고마웠다. 그는 아내를 껴안은 팔에 점점 더 힘을 주었다. 감사하는 마음은 곧 만족감으로 변했다. 문을 박차고 나가지 않고 자신의 입장을 고수하고, 아르준에게 비밀도 털어놓고, 아기들의 울음소리에 둘러싸여 아내를 안고 있고, 그녀를 위해 거짓말을 한 자신이 자랑스럽게 느껴졌다. 아후자는 아르준이 지나는 길에 방에 불쑥 들어와 그러고 있는 자신을 목격해주길 바랐다. 그는 아내와 낯뜨거운 자세를 취하고 있었지만 적어도 그 자세에는 애정이 담긴 듯이 보였다.

23
엉뚱한 정류장

아후자 집안에서는 이른 아침에 아이들을 나이 순서대로 깨웠다. 먼저 라케시가 장남을 깨우면 장남은 자기 바로 밑의 동생을 깨우고 그 동생은 그다음 동생을 깨운다. 두 개의 욕실 앞에는 기다랗게 줄이 만들어졌다. 아이들은 다음 사람을 위해 양치질, 샤워, 용변을 최대한 빨리 해치워야 했다. 아침마다 한바탕 소동이 벌어졌다. 칫솔을 가지고 서로 자기 것이라고 우기다가 싸움이 벌어지고, 욕실에 들어간 사람이 빨리 나오지 않으면 밖에서 기다리는 아이들이 슬리퍼를 신은 발로 욕실문을 걸어찼다. 일인당 오 분이 주어졌다. 샤워는 이틀에 한 번씩 하는데 비누 대신 탤컴파우더*를 사용했다. 규칙을 어기려 하면 여기저기서 고함이 터져나오고 한바탕 난리가 벌어졌다. 규칙을 어긴 아이는 온종일 다른 아이들의 감

---

* 활석 가루에 붕산, 향료 따위를 섞은 화장용 분(粉). 주로 땀띠약으로 쓰임.

시를 받았다. 규칙 위반자는 아무리 똥이 마려워도 화장실을 이용할 수 없었다. 그럼 어떻게 할까? 거리로 달려나가 곧장 덤불 속으로 뛰어드는 수밖에 없었다.

이 조직에서 산기타는 우선적으로 화장실을 사용하고(임신부에 대한 특혜!) 일주일에 한 번씩 아이들의 차림새를 최종적으로 점검하는 사람이었다. 그녀는 문간에 서서 아이들의 넥타이를 검사하고 아이들의 어깨에 묻은 보푸라기를 떨어내주었다(사내아이들은 키가 커서 발끝으로 서야 했다). 그녀는 호일에 싼 따끈따끈한 파라타*를 아이들 손에 하나씩 들려주고 토실토실한 손으로 아이들과 라케시의 등을 떠밀어 한 명씩 집 밖으로 내보냈다. 비록 산기타가 먹이사슬 맨 아래쪽에 위치해 있는지는 몰라도 그녀의 허락이 떨어지기 전에는 어느 누구도 집을 벗어날 수 없었다. 아이들의 차림새에서 무언가 잘못된 것을 발견하면 그 순간 모든 일이 중단되었다. 아이들 가운데 하나가 하얀 교복에 콧물이라도 흘리고 있으면 산기타는 아이들을 모두 붙잡아놓고 커다란 손수건으로 아이들의 코를 일일이 닦아주었다.

하지만 오늘은 평소보다 훨씬 일찍 아침 의식이 중단되었다. 아후자가 잠자리에서 나오지도 않았던 것이다.

아르준은 학교에 가지 못하게 된 것을 오히려 행운이라고 생각했다. 버스를 놓치고 그래서 아르티를 만나지 않게 된 건 그의 탓이 아니었다. 아르티는 그의 유일한 위안이었다. 모스부호처럼 속

---

* 납작하게 구운 빵.

눈썹을 바르르 떨면서 다 괜찮을 거야, 라고 말하는 아르티의 눈. 그는 아르티를 만나, 자기가 평생 동안 섹스에 대해 염증을 느끼지 않을 것이며 여자를 유혹하려고 시도할 때마다 부모님이 자기 마음속에 (역설적이게도 건전한) 홀마크 카드처럼 소름끼치게 떠오르지 않으리란 걸 그녀에게 확신시켜주고 싶었다.

그는 메일을 확인했다. 아르티한테서는 답장이 오지 않았다.

아르준은 잠에서 깬 뒤 여섯 시간 동안 메탈리카의 앨범 'Master of Puppets'를 틀어놓고 있다가 집에서 기어나왔다. 그는 교복을 입고 세인트콜럼바 학교까지 차를 타고 가서 도로 건너편에 숨어 있었다. 오후 한시 사십오분, 종소리가 울려퍼졌다. 그는 주머니에 양손을 쑤셔넣고 휘파람을 불면서 21번 버스에 올라탔다.

그는 버스의 맨 뒤쪽에 가서 앉았다. 폭이 넓은 좌석의 중앙에서는 통로가 내려다보였다. 예수와마리아 여학교 그리고 세인트콜럼바 학교의 상급생들이 왁자지껄 떠들어대며 버스 뒤쪽으로 몰려왔지만 아르티의 모습은 보이지 않았다. 하급생들은 모두 앞쪽 자리에 모여 있었다. 그들은 이따금 뒤쪽을 힐끔거렸는데 운전사와 교사들로부터 멀리 떨어져 앉아 돈을 걸고 해리포터나 WWF 트럼프 카드놀이를 하면 어떤 기분일지 상상해보는 것 같았다. 아르준은 머리를 헝클어뜨리고는 자기 반 아이를 발견하고 손짓했다. "오늘 하루종일 땡땡이쳤지? 이야. 대단한데." 친구가 말했다. 그때 시동을 거는지 버스의 바닥이 부르르 떨리기 시작했다. 버스가 막 출발하려고 할 때 아르티가 급하게 버스에 올랐다. 길고 숱 많은 검은 머리칼이 바람에 날리면서 그녀의 목을 휘감았다. 책가방이 허리까지 낮게 늘어져 있었다. 가방을 멘 모습이 힘겨워 보였다. 땀에 젖은 그녀의 모습은 아름다움 그 자체였다. 아르준은 자신의 빈 가방을 움켜쥐면서 옆자리를 맡아두길 잘했다고 생각했다. 버스 뒤쪽에 남은 자리는 그곳밖에 없었다. 아르티가 자리를 찾는다면 그곳에 앉을 수밖에 없을 것이다.

하지만 그의 판단은 틀렸다.

아르티는 앞쪽 자리로 휙 돌아서더니 키가 자기 어깨높이밖에 안 오는 아이에게 몸을 기대고는 곧바로 잠들어버렸다.

버스에서 그녀는 정신없이 잤다. 앞에 앉은 차장이 욕설을 내뱉고, 버스가 배기가스를 뿜으며 털털거리고, 옆자리의 아이가 거침없이 코를 팽 풀어도 그녀는 한 번도 잠에서 깨지 않았다. 버스가 덜컹거릴 때마다 그녀의 몸이 이리저리 흔들렸다. 목을 축으로 머리가 인형처럼 간들거렸다. 그 모습을 지켜보면서 아르준은 그녀에게 다가가 머리를 고정시켜주고 머리카락을 쓰다듬어주고 싶다고 생각했다. 인형 같은 그녀의 주인이 되고 싶었다. 그렇지만 그런 남자다운 행동을 할 수 있는 가능성은 점점 더 줄어들고 있었다. 저 멀리 아르준이 내려야 할 정류장이 보였기 때문이었다. 도로는 뜨거운 햇살을 받아 하얗게 빛나고 있었다. 그는 낡은 플라스틱 의자 위에서 엉거주춤 일어서며 칸 시장에서 내릴 준비를 했다. 하지만 다시 자리에 털썩 주저앉았다. 아르티에게 말을 붙이려고 그렇게 힘들게 달려왔는데 그녀를 두고 그냥 내릴 수는 없었다. 그리고 잠에 빠진 그녀를 아무도 깨워주지 않으면 어떡하는가? 종점까지 갈 게 뻔했다. 그럼 판*을 질겅질겅 씹어대는 저 엉큼한 버스 운전사가 아르티의 봉긋한 왼쪽 가슴을 아무렇지도 않게 더듬으며 "이봐요 아가씨, 아직도 자요? 내려야죠" 하고 천연덕스럽게 그녀를 깨울지도 모르지 않는가?

아르준은 그런 일이 벌어지도록 내버려둘 수 없었다. 버스가 흔들리더니 정류장에 멈춰섰다. 승객들이 우르르 내렸다. 잠시 뒤 아르준은 자신이 내려야 할 정류장이 뒤로 멀어져가는 동안 한숨을 내쉬었다. 그는 자리에서 일어나 앞쪽으로 갔다. 몇 분 뒤 아르티의 옆자리에 앉아 있던 소년이 그녀가 마치 녹슨 정글짐이라도 되는 것처럼 조심스럽게 그녀를 타넘고 버스에서 내렸다.

이제 문제는 하나였다. 아르티가 어디에서 내리는지 아르준은 알지 못했다. 버스를 타고 이처럼 멀리 와본 적이 없었다. 몇 년 동안 버스를 타고 다녔지만 그가 아는 길은 노선의 극히 일부에 불과했다. 함께 버스를 타고 다닌 사람들이 어디서 타고 내리는지 아예 관심을 두지 않았다. 그저 정해진 시간에 정해진 장소에서 먼지를 풀풀 날리며 달려오는 버스에 올랐을 뿐이다. 아르준은 아르티에게 이것저것 물어보지 않은 것을 후회했다. 평소에 많이 물어봤더라면 언제 깨워야 할지 알기 위해 그녀가 구사하는 영어(그녀의 영어 실력은 그런대로 괜찮았다)와 그녀의 세련된 책가방(크고 불룩했으며 불건전한 야망을 암시하듯 추해 보였다) 같은 막연한 매개물을 이용하지 않아도 되었을 것이다. 그녀의 뒤로 다가갔을 때 그는 순전히 직관에 따라 행동하고 있었다. 그는 나무망치를 내리치는 판사처럼 로맨틱한 포즈로 그녀의 어깨를 톡톡 두드리며 말했다. "아르티, 여기서 내려야 하는 거 아니야?" 한창 잠에 빠져 있던

---

* 인도의 소화제.

아르티가 눈을 번쩍 떴다. 버스는 멈춰서서 부르릉거리며 그녀가 내리기를 초조하게 기다리고 있었다. 그녀는 허겁지겁 계단을 내려갔다. 가방이 그녀의 등뒤에서 이리저리 흔들렸다.

아르준은 양손을 주머니에 깊이 쑤셔넣고 그녀를 뒤따랐다. 그가 발을 내디딜 때마다 철판이 쿵쿵 소리를 냈다.

두 사람은 니자무딘의 먼지 쌓인 버스정류장에서 마주보고 섰다. 조금 떨어진 거리에 있는 로터리 한가운데에는 2층짜리 무덤이 있었다. 주변의 모든 것이 생기가 넘쳐흘렀다. 그곳은 델리의 열기와 성미를 보여주는 소우주였다. 하늘은 대지를 향해 질주하며 희미한 빛 속에서 증기 롤러처럼 골프클럽 고가도로의 부드러운 곡선을 다지고 있었다. 태양과 구름은 부드러운 파스텔 색조로 섞여들고 있었다. 꼭 빛의 산도가 pH7인 것처럼 은은했다. 산성도 아니었고 눈을 못 뜰 정도로 강렬하지도 않았다. 소음도 없고 신경을 자극하는 것도 없었다. 깜박이는 것은 아무것도 없었다. 하늘이 정전된 것 같았다. 그들 뒤에 있는 화원에서 뻗어나온 가지들은 타버린 전선들이었다. 마치 메마른 손이 시푸른 무덤을 눌러 불을 꺼버린 것 같았다.

그는 오줌이 무척 마려웠다. 아르티는 그것을 모르고 있었다. 혹시 눈치챘을까?

그렇지 않다면 왜 자기 옆에 서서 살짝 위로 들린 코를 감추기라도 하듯 고개를 숙이고 있겠는가? 아르티는 팔짱을 끼고 있었고 끌어내린 소매가 양손을 덮고 있었다. 앞가슴에 끈이 달린 셔츠가 그녀가 숨을 들이쉴 때마다 가볍게 부풀어올랐다.

아르티가 손목을 가볍게 돌렸다.

아르준은 오줌이 마려워 죽을 지경이었다.

"여긴 내가 내릴 곳이 아니야." 손으로 스커트를 반듯하게 고르며 그녀가 말했다.

아르준은 당황해서 어쩔 줄을 몰라했다. "앗! 정말 미안. 아무도 버스에서 내리지 않아서 난……"

그는 떠나가는 버스를 붙잡으려고 달려갔다.

"기다려!" 그녀가 눈두덩을 손으로 비비며 아르준의 뒤에서 소리쳤다.

하지만 지체할 시간이 없었다. 아르준은 로켓처럼 내달렸다. 가방이 그의 엉덩이에 부딪히며 통통 튀었다. 버스가 다음 신호등 앞에서 속도를 줄이다가 멈춰섰을 때 그는 인도에서 펄쩍 몸을 날렸다. 그 순간 아이스크림 포장지가 발에 걸리는 게 느껴졌다. 앞으로 튀어나가던 그의 몸이 배낭 속으로 말려들어갈 듯이 뒤로 홱 젖혀졌다. 아르티였다. 그녀는 부드럽고 침착한 표정으로 그의 가방끈을 붙잡고 있었다. 그는 자기 어깨에 닿는 그녀의 입김을 느낄 수 있었다. 아르티의 늘어진 셔츠 소매를 매듭으로 묶어주고 싶었다. 그녀는 같은 반 친구를 괴롭히다가 선생님이 다가오는 것을 발견한 아이처럼 그를 붙잡은 손을 놓아주었다.

"미안." 아르준이 돌아서서 마주 보았을 때 그녀가 낮은 소리로 말했다. "괜히 추태를 부리고 싶지 않아서." 아르준에게는 생소한 말이었다. 추태라니. 처음 들어보는 말이었다. 사실 그는 그런 말이 있는지도 몰랐다. 암 치유법이나 저조한 성적을 거둔 인도의 크리켓 팀을 위로하는 일이나 어느 누구도 성가시게 하지 않는 오줌이 존재하는 것처럼.

"나 때문이야. 정말 미안." 그가 말했다. 이제 너무 괴로운 나머지 양쪽 허벅지가 죄어들었다. "우리 차를 부를게. 우리 운전사가 집까지 태워다줄 거야."

"그럼 네가 내릴 곳도 여기가 아니란 얘기야?" 그녀가 하품을 하며 물었다.

"응."

"그랬구나……" 그녀는 머리카락을 귀 뒤로 쓸어넘기며 말했다. 그녀의 얼굴은 심오한 불멸성이 구현되는 사진을 무색케 할 정도로 아름다웠다. 미소나 예민하게 찡그린 이마도 영원할 것 같았다. 그녀도 자신의 얼굴이 아름답다는 것을 알고 있는 게 분명했다. 그녀의 두 손은 항상 자신의 입술 근처에서 유연하게 움직였다. 살짝 구부린 손가락들이 탐스러운 입술로 이어지는 듯 보였다.

"이 근처에서 할 일이 좀 있어." 그가 말했다.

"그럼 난 택시를 탈게. 네가 기분이 좋지 않으면 나도 기분이 좋지 않아. 그러니까 너무 걱정하지 마. 알았지?"

"그런데 왜?" 그가 물었다. 그때 문득 어떤 생각이 그의 뇌리를 스치고 지나갔다. "우리 차를 부르면 금방 올 거야. 화원 좀 다녀올게. 내 가방 좀 맡아줄래?"

그녀는 놀란 나머지 그가 말하는 대로 따랐다. 그는 그녀가 미처 대꾸도 하기 전에 그녀의 발 앞에 가방을 떨어뜨리고 녹색 문 안으로 사라졌다.

그는 RC 카타리아 화원으로 들어갔다.

몇 분 뒤 그는 여전히 방광을 비우지 못한 채 툴시* 화분을 들고 돌아왔다.

하지만 그것은 그가 계획한 것과 달랐다.

그가 세운 계획은 이파리의 그림자들로 뒤덮인 부서진 콘크리트 바닥을 걸으며 무성한 잎을 관찰하는 척하다가 철쭉 덤불 속에 오줌을 누고 나오는 것이었다. 하지만 품이 넉넉한 도티 차림으로 공책에 무언가 적고 있던 주인이 미심쩍은 눈초리로 아르준이 화원을 나설 때까지 줄곧 바라보고 있었기 때문에 오줌을 눌 수가 없었다. 아르준은 팬히 뒤가 켕겨서 화분을 하나 샀다. 그리고 아르티에게 사과의 뜻으로 그것을 내밀었다. 그의 손에 들린 빨간색 화분은 차가웠다. 화분에 담긴 진흙은 아르티의 눈동자처럼 검고 어두웠다.

"이게 뭐야?" 아르티가 발끝으로 서서 물었다. "혹시 너, 학교에서 녹색단**에 들어가 있니?" 그녀는 어젯밤의 메일에 대해서는 언급조차 하지 않았다.

"아, 내가 아까 할 일이 있다고 했잖아." 아르준은 그 말이 마치 오줌으로 가득한 호수를 가로막고 있는 댐이라도 되는 것처럼 아주 힘들게 대답했다. "과학 연구과제를 위해 식물을 사는 거였어. 광합성 그리고 형광성에 대한 연구야."

"아르준, 나는 아무래도 택시를 타야 할 것 같아. FIITJEE 수업

---

* 인도 사람들이 성스럽게 여기는 식물로 해독 작용을 함.
** 불량 청소년의 태도와 행동 개선을 위한 원예 프로그램.

에도 가야 하고. 방금 부모님한테 곧장 학원으로 가겠다고 말씀드렸어. 아무튼 고마워."

"이걸 주고 싶은데 받아줄래?" 그는 바보처럼 씩 웃으며 말했다.

"택시!" 그녀가 소리쳤다.

아르준은 눈앞에 벌어진 상황을 보고도 믿을 수 없었다. 정말 아르티는 떠나려는 걸까? 그렇다면 왜 버스를 잡으려고 달려가는 자신을 붙잡았을까? 아직도 오줌이 마려워 그는 짜증이 나고 불안했다. 오줌이 마려운 문제는 손쉽게 해결될 수 있었다. 아르티의 도움으로 발기하기만 한다면. 성기가 빳빳하게 발기하면 오줌이 마렵다는 생각도 사라지곤 했다. 항상 그랬다. 그는 아르티가 좀더 솔직해지고 지금까지 그랬던 것보다 성적 매력을 더 많이 풍기길 바랐다. 귀엽고 사랑스러운 그녀는 엉덩이를 뒤로 쭉 빼고 택시를 잡으려고 손을 내뻗고 있었다. 하지만 그것이 전부였다. 교복 때문에 몸매가 제대로 드러나지 않았다. 그 모습은 그저께 밤에 그의 부모님이 사랑을 나누던 기억을 지워주기에는 부족했다. 화원 안에서 그는 부모님이 대나무 숲에 들어가 있는 모습을 상상했다. 두 사람의 몸은 크고 싱싱한 두 개의 나무 이파리 같았다. 손으로 건드릴 때마다 피부는 생기를 잃고 시들었고 이파리에서 자그마한 땀방울이 흘러나올 뿐이었다.

그는 아르티의 벗은 몸을 보고 싶었다. 그녀의 손을 붙잡고 팔 아래쪽에서 혈관이 뛰는 것을 느껴보고 싶었다. 니자무딘 로터리 한복판에 화분을 집어던지고 싶었다. 그러면 화분 파편이 사방으로 흩어지면서 나선형으로 도는 차들이 주춤거릴 것이다. 그럼 그 기회를 틈타 골프클럽 고가도로 아래에 있는 무덤 안으로 아르티를 데리고 들어가 그녀에게 입을 맞출 수 있을 것이다. 그는 묘비 쪽으로 더듬더듬 나아가면서 그녀에게 말할 것이다. "폭동을 일으키고 싶지 않아?" 물론 그것은 포경수술을 해서 외견상 이슬람교도인 그와 힌두교도인 아르티의 섹스를 비유한 말이었다. 힌두교도와 이슬람교도 간의 긴장이 팽팽한 지역에서 두 사람이 섹스를 하면 두 집단 사이에 걷잡을 수 없는 폭동이 일어날지도 모른다. 그런 섹스는 틀림없이 폭동으로 이어질 것이다. 그러면 지위 고하를 막론하고 무수한 사람이 죽어나갈 것이며 도시 전체에 새로운 무덤들이 생겨날 것이다. 그것은 다시 남녀가 해괴한 짓거리를 할 공간을 늘리는 결과를 초래할 것이다.

"요즘은 택시를 탈 때도 정말 조심해야 돼. 운전사들 대부분이 아이거든." 그가 아르티에게 낮게 말했다.

"아이라니?" 그녀가 물었다.

"이슬람교도!" 그는 그렇게 말하고 나서 주변을 둘러보았다. 머리에 꽉 끼는 흰 모자와 회색 쿠르타를 입은 이슬람교도 꼬마들이 떼 지어 지나가고 있었다. 그는 아이들이 혹시 자기가 한 말을 듣지는 않았는지 신경이 쓰였다. 아이들은 이슬람교의 성소인 니자무딘 다르가 쪽에서 도로를 막 건너고 있었다.

아르티가 짜증스러운 표정을 지었다. "저기, 아르준. 지금 무슨 소릴 하는 거야? 여긴 델리 한복판이야. 세상에서 제일 지루하고 재미없는 곳이구. 그런 일은 생길 수가 없어. 델리에서 그런 일은 상상도 할 수 없다구. 내 생각엔 우리 힌두교도 운전사들이 가장 질이 나빠. 이슬람교도들은 적어도 여자를 존중한단 말이야."

"그건 그래." 아르준이 말했다. 그는 선생님이나 부모님에게 호

274

되게 혼난 듯한 기분이었다. "내 말은 그냥…… 좋아. 솔직히 말할게. 난 네가 가지 않았으면 좋겠어."

그녀는 잠시 생각에 잠겼다가 아랫입술을 깨물었다.

"가지 마. 네가 좋아." 아르준이 용기를 내 말했다.

이번에는 그가 적절하게 행동한 것 같았다. 아르티가 재빨리 대꾸했다. "나도 네가 좋아." 그리고 나서 덧붙였다. "혹시 여기 와본 적 있니? 델리에서 내가 제일 좋아하는 곳이야. 다른 곳은 너무 지겨워. 여기엔 적어도 문화가 있어."

두 남자가 커다란 가로수 아래 나란히 서서 바지 지퍼를 내리고 있었다. 아르준은 그들을 부러운 눈길로 바라보았다. 주변 사람들의 시선을 의식하지 않고 손으로 골반을 벅벅 긁어대고 있는 땅콩장수도 부러웠다. 그의 눈에는 사타구니 밑의 도시만 보일 뿐이었다. 그는 아르티와 자신의 관계가 시작되는 것을 기념하기 위해 툴시 화분을 땅바닥에 내려놓았다.

"산책이나 하자." 그녀가 말했다.

걷는 것은 좋았다. 빨리 걷는 것은 더 좋았다. 그러는 동안 그의 방광은 계속해서 춤을 추었다. 그는 아르티의 휴대전화로 집에 전화해서 발완트 싱에게 차를 가지고 니자무딘으로 와달라고 부탁했다. 그는 아무 일도 없으며 방금 화분을 하나 샀는데 집으로 곧 돌아갈 거라고 말했다.

아르준은 전화를 끊고 나서 아르티를 바라보며 밴드 이야기를 하기 시작했다. 고가도로 위에서 록 연주를 시도했던 일, 먼지와 습기로 엉망인 고가도로 꼭대기를 연습 장소로 선택함으로써 연주

수준을 끌어올린 일, 차들이 자갈을 튀기며 고가도로 아래를 지나가던 모습에 대해 이야기했다. 그녀는 아르준이 들려주는 이야기에 관심을 보였다. "주로 어디서 연습해?"

"고가도로 위에서." 아르준이 말했다.

그때 갑자기 괜찮은 밴드 이름이 그의 뇌리를 스치고 지나갔다. '고가도로의 친구들.' 이튿날 학교에서 그가 밴드 멤버들에게 그 이름을 제안했을 때 아이들은 박수를 치며 환호성을 질렀다. 네 아이들은 바로 신화 창조 계획에 돌입했다. 그들은 고드세 나가르 고가도로 위에서 대담하게 벌인 연주에 대해 반 아이들에게 떠벌리다가 오후의 햇살을 받아 반들거리는 칠판에 연주 장면을 그림까지 그려가며 설명했다. 하얀 교복을 입은 반 아이들은 눈빛을 반짝이며 밴드의 전설에 대한 일장 연설을 들었다. 밴드 멤버들은 수통에 담긴 끈적끈적한 초면炒麵*을 공짜로 받기까지 했다. 그들은 민간에 퍼진 전설처럼 그 안에 정말 휘발유가 담겨 있는지 알아보려고 불을 지폈다. 하지만 거기에는 지나치게 볶은 국수만 있을 뿐 그 어떤 생물학적 유해물질도 들어 있지 않았다.

"여기야." 아르티가 말했다.

그들은 좁은 골목의 진창길을 따라 안쪽으로 들어갔다. 길 양쪽에는 난과 로티스** 그리고 차를 파는 판잣집이 늘어서 있었다. 사람들은 원통형의 진흙 화덕 속으로 커다란 쇠꼬챙이를 쑤셔넣으며 두 사람을 힐끗 바라보았다. 염소 몇 마리가 밧줄에 묶여 있었다.

---

* 기름에 볶은 밀국수.
** 둘 다 인도의 전통 빵.

아르티는 그중 한 마리를 쓰다듬으려고 손을 내밀었다. 아르준은 그들을 둘러싼 가게들의 간판이 모두 우르두어*로 적혀 있어 낯설 었다. 서점과 조명 가게 그리고 와크프** 간판 모두 우르두어로 되어 있었다. 사람들은 남녀를 불문하고 오후의 햇살에 드러난 아르티의 무릎을 빤히 쳐다보았다. 하지만 그녀는 사람들의 시선 따위는 조금도 의식하지 않았다. 아르준은 양손을 바지 뒷주머니에 쑤셔넣은 채 아르티를 따라 걸었다.

그는 오줌을 참으려고 엉덩이를 움켜쥐었다. 이상하게도 효과가 있는 듯했다.

"여기가 델리의 중심이라는 게 뿌듯하지 않아?" 그녀가 말했다. "여자들은 모두 부르카***를 입고 있고 건물들은 낡아서 곧 허물어질 것처럼 보이지만 아름다워. 사람들은 성인의 묘에 들어가려고 줄을 서서 기다리지. 카왈리****를 부르는 사람도 있어. 정말 멋져. 이곳의 역사가 얼마나 되는지 알아?"

아르준에게는 그 모든 것이 한낱 가난한 풍경으로만 보였다. 그들은 건물들 사이의 네모난 공간으로 들어가 물이 가득찬 물탱크의 가장자리에 섰다. 아이들이 건물 외벽의 턱으로 위태롭게 기어오르고 있었다. 그리고 셔츠를 텔레비전 안테나에 걸어두고, 마치 그것이 이 세상에서 가장 자연스러운 행동이라도 되는 것처럼 물탱크 속으로 펄쩍 뛰어내렸다. 아이들은 고함을 지르면서 욕을 내

---

* 인도와 파키스탄의 이슬람교도가 쓰는 언어.

** 이슬람교재산관리위원회.

*** 이슬람교도 여성들이 입는 온몸을 감싸는 옷.

**** 신과의 합일 또는 사랑과 평화의 메시지를 전하는 음악.

뱉었다. 아르준은 너울거리는 물에 비친 아르티의 모습을 유심히 살폈다. 그녀의 모습은 첨벙하는 물소리와 함께 산산이 부서지곤 했다. 그럴 때마다 그들은 뒤로 얼른 물러섰다.

"이곳의 문화유산은 정말 풍부해. 힌두교도가 델리에 갖고 있는 건 뭘까? 힌두교도는 정말 따분해. 하누만 사원을 빼고는 모든 사원이 마치 이틀 전에 지은 것 같잖아. 우리한테는 엄격한 전통 같은 것도 없어. 자기가 원하는 건 무엇이든 할 수 있고 원하지 않는 건 안 해도 되잖아. 그래서 아빠가 사원에 갈 때면 난 지루해. 난 기도를 드리지 않아도 나쁜 일이 절대 생기지 않는다는 걸 알아." 아르티는 한숨을 쉬고는 다시 말을 이었다. "있잖아. 어떤 때 난 차라리 이슬람교도였으면 좋겠다는 생각을 해."

"그래도 그건……"

"왜? 내가 이상하니?" 그녀는 저항하듯 책가방을 홱 끌어올리며 말했다.

"아니, 그건 아니고. 네가 무척 지루해하고 있다고 생각했어."

"그만해." 그녀가 킥킥거리며 웃었다.

"비밀 하나 얘기해줄까?" 아르준이 말했다.

그들은 아치를 지나 무덤의 중앙 뜰로 들어갔다. 아르준에게는 그곳이 별로 대수롭지 않아 보였다. 그의 아버지가 선거구민과 지역 지도자들의 비위를 맞추기 위해 가끔 방문했던 델리의 건물들처럼 그저 낡고 지저분한 타일 건물의 내부로만 보였다. 안뜰의 한복판에 자그마한 무덤이 하나 있었다.

"비밀? 뭔데?" 아르티가 말했다.

"아무한테도 말 안 하겠다고 약속해줘."

"약속할게."

"사실 난 이슬람교도로 태어났어." 아르준이 불쑥 말했다.

그녀는 아르준의 말을 어떻게 받아들여야 할지 몰라했다. 건물 그림자 속에서 그녀의 얼굴은 부드러워 보였다. 아르준은 손을 뻗어 그녀의 얼굴을 만지면 그의 손가락 사이로 연기처럼 빠져나갈지도 모른다고 생각했다.

"정말이야. 나도 저애들처럼 이슬람교도야." 그는 건물 턱에서 뛰어내리는 아이들을 향해 턱짓을 했다. "고래를 잡았거든. 그러니까 포경수술을 받았다고. 미안. 이런 얘기를 해서 당황스럽지? 괜찮아? 그럼 다행이고. 이제 우리도 성인이니까 이런 얘기 해도 괜찮지? 하지만 난 힌두교 가정에 입양을 가게 됐어. 그래서 우리 가족에 대해 너한테 한 번도 얘기하지 않았던 거야. 사실 나는 입양아야. 친엄마는 내가 세 살 때 돌아가셨어."

그는 비밀이랍시고 얘기를 털어놓았지만 이상하게도 무덤덤했다. 그 자신은 라시미에 대해 그 어떤 애정도 느낄 수 없었다. 그저 막연히 친엄마를 상상할 수 있을 뿐이었다.

"정말 안됐다." 그녀가 말했다.

"괜찮아. 그러니까 난 의붓아들인 셈이야. 지금껏 항상 그런 취급을 받았어. 내게는 동생이 열두 명이나 있어. 이런저런 잡다한 집안일을 도맡아 해야 했고 동생들을 돌봐줘야 했어. 그래서 밴드를 시작할 수밖에 없었던 거야. 집안일에서 벗어나려고 말이야."

"동생이 열두 명이나 된다고?"

"응, 아무한테도 말하지 않았는데 왜 너한테 이런 얘기를 하고 있는지 나도 잘 모르겠어."

아르준의 계획이 틀어진 건 바로 그때부터였다. 그의 눈에 눈물이 고이면서 눈시울이 붉어지기 시작했다.

"아르준, 괜찮아?" 아르티가 말했다.

두 사람은 책가방을 서로 맞댄 채 사원 문턱에 나란히 서 있었다. 아르티와의 거리가 너무 가까워 아르준은 그녀의 책가방에 들어 있는 연필 냄새, 그리고 샴푸와 얼굴에 바른 크림 향기까지 맡을 수 있었다. 하지만 그녀는 몸을 돌려 그를 바라보지 않았다. 그녀의 양쪽 어깨는 뻣뻣하게 굳어 있었다. 그녀는 초조한 듯 양손으로 머리카락을 돌돌 감으면서 어쩔 줄 몰라하고 있었다. 그러다 이따금 고개를 돌려 좌우를 살피기도 했다.

"진짜 괜찮아?" 그녀가 말했다.

"응, 아무렇지도 않아." 그는 일부러 큰 소리로 말했다. "미안. 그만 가자. 차가 거의 다 왔을 거야."

두 사람은 빠른 걸음으로 그곳을 벗어나기 시작했다. 아르준은 왜 자기가 눈물을 흘리고 있는지 궁금했다. 오줌을 오래 참으면 눈물로 나올 수도 있는 걸까? 과학적으로 그게 가능한 일일까? 목구멍과 코 그리고 구멍이라는 구멍은 모두 유리 조각으로 꽉 막혀 있는 듯한 기분이 들었다. 두 사람은 온갖 소음으로 시끄러운 한길로 다시 나왔다. 아르준은 이제 눈물은 그쳤지만 코는 계속 훌쩍거리고 있었다. 아르티가 그를 향해 몸을 돌리며 말했다. "아르준, 그 사실을 안 지는 얼마나 됐어? 입양됐다는 거 말이야." 그녀는 자기 발을 내려다보고 있었다.

"미안, 그 얘기는 그만하고 싶어." 아르준이 말했다.

"알았어, 미안."

"아냐, 아냐, 네가 미안해할 거 없어."

이제 그들은 침묵을 지키며 버스정류장에서 발완트 싱을 기다렸다. 아르준은 땅콩이 흩어져 있는 인도에서 그녀의 그림자 속으로 들어섰다. 그는 몹시 짜증이 났다. 그는 자신의 행동을 이해할 수 없었다. 왜 아르티에게 이슬람교도로 태어났다느니, 여태껏 의붓아들 취급을 받으며 살아왔다느니, 터무니없고 멍청한 거짓말을 했을까? 이제 밴드도, 가족도 그리고 아르티도 예전처럼 대할 수 없을 것 같았다. 콘서트도 열 수 없을 것 같았다. 그의 생활은 돌이킬 수 없이 갈가리 찢겼다. 아무도 그가 진정 누구인지 알지 못할 것이다. 아르티한테만은 무엇이든 솔직하게 털어놓고 싶었는데.

이제 아르준으로서는 밝혀야 할 게 별로 없었다. 하지만 사람들은 그 사실도 모를 것이다.

그는 자기연민에 사로잡혀 다시 눈시울을 붉히기 시작했다. 그래서 때마침 차가 굉음을 내지르며 달려오는 모습을 보자마자 안도했다. 사이렌을 울리면서 달려오는 차의 후드에는 정부기관 차량임을 알리는 표시가 바람에 나부끼고 있었다. 유리창은 파파라치로부터 슈퍼모델을 보호하려는 것처럼 진하게 선팅되어 있었다. 아르준은 정부 차량의 화려함과 근엄함이 좋았다. 꼴사나운 디젤형 앰배서더였지만 사이렌을 부착하는 순간 그것은 최고의 권력을 상징하는 물건으로 변했다. 차가 길게 사이렌을 울리며 아르준을 향해 달려오자 길 가던 사람들이 깜짝 놀라며 일제히 차와 아르준을 번갈아 쳐다보았다. 사람들의 시선은 '저애의 아버지가 정부 고위관료란 말이야?'라고 묻고 있었다. 항상 그랬듯이 사람들은 권력의 상징물이 자기들 앞에 나타나기만 하면 금세 주눅이 들었다.

아르준은 이미 아르티에게 자기 아버지에 대해 알려주었다. 그래서 안타깝지만 더이상 그녀를 놀래줄 만한 것이 없었다.

그래서 차가 도착했을 때, 그는 일부러 차에 올라타지 않았다. 운전사인 발완트가 유리창을 내리면서 말했다. "오, 잘생긴 친구!" 아르준은 그 소리가 듣기 싫었다. 남들이 자기를 보고 '잘생긴 친구'나 '우리의 영웅'이라고 부르면 그렇게 듣기 싫을 수가 없었다.

"화분을 하나 더 사야겠어." 아르티가 뒷좌석에 올라타려 할 때 아르준이 말했다. "과학 연구과제에 필요해. 아까 왜 바보같이 화분을 땅바닥에 내려놓았을까."

"아직 여기 어딘가에 있지 않을까?"

"누가 가져가버렸는지 안 보여." 아르준은 씁쓸한 표정을 지으며 말했다.

아르티는 그의 말을 믿지 않았다. 화분을 새로 사야 한다는 말도 믿지 않았다. 그녀는 양손으로 자기 머리를 마구 흩뜨리고 나서 몸을 반쯤 돌리고 허리를 굽혀 한 손으로 스타킹을 바로 했다. 다른 손으로는 여전히 머리를 매만지고 있었다. 그녀의 손가락 사이로 윤기가 흐르는 머리카락이 흘러내렸다.

아르준은 운전사를 향해 돌아섰다. "발완트 아저씨, 이 친구를 디펜스 콜로니에 내려주세요."

그는 차문을 쾅 소리가 나도록 닫고는 속도를 올리며 달려가는 차를 멍하니 지켜보았다. 차는 눈보라 같은 먼지를 일으켰다. 혀가 매연으로 뒤덮이는 게 느껴졌다. 그는 델리의 낯선 공간에 고립되어 있었다. 어느 누구도 보고 싶어하지 않는 드라마의 한 장면처럼. 차와 소, 스쿠터 들이 그를 스치고 지나갔다. 차와 스쿠터 들은 경적조차 울리지 않았다. 그는 그곳에서 홀로 관객이 되어 있었다. 진이 빠지고 두려웠다. 그는 고무나무 앞에 자세를 잡고 서서 다리를 쩍 벌린 채 오줌을 누었다. 워낙 오래 참았던 터라 한참 동안 오줌 줄기가 사그라지지 않았다. 아르준은 몸이 기분 좋게 쭈그러드는 걸 느꼈다. 안도감으로 방광이 줄어드는 동안 오랜 세월 지녀온 그의 낙천성이 되살아났다. 오늘 있었던 일은 그만 알고 있어야 했다. 그가 산기타에 대해 무슨 얘기를 했는지 어머니는 절대 알지 못할 것이다. 아르준은 잘못을 만회하기 위해 집으로 돌아가서 어머니에게 증명해 보일 생각이었다. 어머니는 갈수록 더 영화 같아지는 자신의 인생에서 막간의 휴식 시간 그 이상이었다는 것을. 그는 착한 아들이 되어야겠다고 다짐했다. 산기타를 위해 무언가 특별한 일을 해주고 싶었다. 무료 마사지를 해줄 수도 있었고 VCD를 사줄 수도 있었다. 아니면 극장에 데려가 영화를 보여줄 수도 있었다.

산기타를 위한 계획을 세우느라 그는 집에서 자신을 기다리는 소식에 미처 대비할 수 없었다.

24
집에서는

집은 사람들로 포위되어 있었다. 수십 명의 남녀가 진입로를 점거하고 있었고 관용차들이 떼 지어 주차되어 있었다. 사람들은 뜨거운 햇살을 피하느라 머리 위로 신문지를 들고 있었다. 유권자들(장관에게 물 펌프를 설치해달라고 수차례 요청할 때처럼 성가셔하는 표정이었다) 아니면 투자가들(이들은 늘 성가셔하는 표정이다)이었다. 한편 정원은 스피커로 둘러싸여 있었다. 물컹물컹한 진흙에 박힌 나무 기둥에는 커다란 밤색 천막이 걸려 있었다. 결혼식에서 흔히 볼 수 있는 천막으로 아라비아풍 무늬가 있었다. 천막 아래에서는 아후자가 흰색 쿠르타 차림으로 의자에 앉아 머리를 자르고 있었다. 그는 그 일에 관해서만큼은 구식이었다. 이발사가 과장된 몸짓으로 머리카락을 뭉텅뭉텅 잘라내는 동안 아후자는 눈을 감은 채 혀로 입술을 적시고 있었다. 그의 머리카락은 들쭉날쭉한 것이 보기 흉했다. 하지만 그보다 더 볼썽사나운 것은 아후자가 새빨간 장미 한 송이를 엄지와 검지 사이에 쥐고 이발사가 가위질을 멈출 때마다 우아하게 들어 냄새를 맡는 모습이었다. 이발사는 아르준과 나이 차가 얼마 안 날 것처럼 보였다. 아르준이 다가가자 그는 공손히 비켜섰다.

아후자가 눈을 떴다. 두 눈이 위풍당당한 무굴인처럼 충혈되어 있었다.

"아버지, 지금 뭐 하시는 거예요?" 아르준이 물었다.

그렇게 물으면서도 그는 아버지가 콘서트를 열어 자신의 기분을 달래주려는 거라고 대충 짐작하고 있었다.

"너무 갑작스러운 일이라고 생각하겠지만 한 달 뒤에 이 집을 비워줘야 할 것 같구나. 그래서 최대한 일찍 파티를 열고 싶었단다. 내일 밤에."

"이사를 간다고요? 그게 무슨 말씀이세요?"

아후자는 허리를 곧게 펴고 앉았다. "너도 알다시피 나는 사임했잖니."

"하지만 아버지……"

"사직서를 제출했는데 이번에는 수리됐단다!" 아후자는 대수롭지 않은 일이라는 듯 껄껄 웃어넘기려 했다. "그래서 이사를 가야 해."

지금까지 그들은 정부에서 제공한 최고급 주택에서 살아왔다.

"하지만 아버지, 정부도 무너질 거라고 하셨잖아요? 정부가 무너지면 다음 선거까지 이 집을 쓸 수 있는 거 아니에요?"

"뭐라고?"

"정부도 무너질 거라고 하셨잖아요."

"누가 그런 소리를 해? 루파 발라와 인도공산당 사이에 제6전선이 형성되고 있어. 요그라지도 물러날 줄 알았지. 그럼 정부가 붕괴되었을 거야. 하지만 그런 일은 일어나지 않고 있어. 그리고 난 내 결정을 철회하지 않기로 했단다. 때때로 사람은 도덕적으로 옳은 일을 해야 해."

"그래도 의원직은 유지하시는 거죠? 내각에서 물러나더라도 아버지는 의원이에요. 그렇죠? 국회의원이시니까 이 집을 쓸 수 있는 거 아니에요?"

아후자는 아들의 질문에 감명을 받았다. "이제 보니 무척 똑똑해졌구나. 지금의 상황이 어떤지 솔직히 설명해주마. 우리가 살고 있는 이 집은 다른 의원들의 집보다 크기도 더 크고 시설도 더 좋아. 왜 그런지 아니? 그건 우리가 루파 아줌마에게 주어진 집에서 살고 있기 때문이란다. 다시 말해 난 지금 그녀의 집을 잠시 빌려 쓰고 있는 셈이지. 그런데 지금 그녀와 나 사이는 예전 같지 않아. 그래서 그녀는 이 집을 내놓으라고 할 거야. 그녀가 어떤 사람인지는 아주 잘 알지. 이제 우리한테는 선택의 여지가 없어. 이사를 가는 수밖에."

아르준은 양손을 주머니에 찔러넣었다. 집은 그에게 특별한 의미가 있었다. 동생들 가운데 절반 이상이 이 집에서 태어났고 정원에는 낡고 때묻은 기저귀들이 묻혀 있다. 그런데 루파 아줌마가 그런 집과 정원 그리고 경호원들까지 가져가버린다는데 마음이 편할 리가 없었다. 더군다나 이 집은 위치가 좋아서 버스를 타기도 수월했다. 다른 곳으로 이사를 가면 다른 버스를 타야 할 것이다. 매일 아침 아르티와 마주친다는 설렘으로 지금껏 살아왔는데 이사를 가면 그런 설렘도 없어질 것이다. 이제까지 그는 아르티를 만나면 무슨 얘기를 들려줄지 행복한 공상을 할 수 있었다. 오늘 기분이 울적해도 내일이면 아르티를 만나 브라이언 애덤스에 대해 이런저런 얘기를 들려줄 수 있다고 생각하면 마냥 행복해지곤 했는데 이사를 가면 그 내일이 없어지는 것이다. 행복했던 시절은 끝나고 마는 것이다. 그는 자기도 모르게 얼굴을 찌푸렸다. 아후자도 그것을 눈치챘다.

"너도 받아들이기 무척 힘들겠지. 나 역시 마찬가지야. 하지만 내 입장이 돼서 생각해줬으면 좋겠구나. 지금 당장은 고통스럽겠지만 우린 이겨낼 거야. 내일 열리는 파티에서 네가 중요한 역할을 맡아줘야 해. 사람들에게 널 소개할 생각이다. 네가 원한다면 사람들 앞에서 그동안 갈고닦은 밴드의 연주 실력을 뽐내도 돼. 파티를 콘서트장으로 바꿔버릴 수도 있겠지."

"아뇨. 저희 밴드는 아직 실력이 형편없어요."

"아니, 보나마나 훌륭할 거야."

"아버지는 어떤 게 훌륭한 음악good music인지 모르시잖아요."

"그건 신경쓰지 않아도 돼." 어깨에 떨어진 머리카락 몇 가닥을 털어내며 아후자가 말했다. "그건 내가 마련해보도록 하마."

"제가 연주를 하는데 어떻게 신경이 안 쓰이겠어요?"

"아르준, 왜 네가 내려고 하니? 음식과 술food and booze은 내가 마련한다니까."

"아, 아버지. 아버지는 어떤 게 훌륭한 음악인지 모르신다고 말한 거예요."

아후자가 껄껄 웃었다. "그래, 네 말이 옳다. 미안하구나."

"저도 죄송해요."

아르준은 아버지에게서 시선을 돌리고 뺨을 긁었다. 그는 자기 턱에 돋아난 수염을 만져보고 깜짝 놀랐다.

아후자는 집요했다. "아르준, 콘서트를 열도록 해라. 좋아하는 여자애를 초대해도 돼. 같은 버스를 타고 다니는 애를 좋아한다며?"

아르준은 아버지의 정보 수집 능력에 감탄하지 않을 수 없었다. 아버지는 어떻게 버스에서 만난 여자애까지 알고 있을까? 정보원을 곳곳에 심어놓지 않고는 그런 사소한 것까지 알 수 없었다. 그때 아르준의 뇌리를 스치고 지나가는 생각이 있었다. 동생들. 동생들이 배신한 것이다. 못된 것들. 동생들은 반드시 대가를 치르게 될 것이다.

"아버지, 버스를 타고 다니는 여자애가 어디 한둘이에요? 걔들 다 제 여자친구예요. 적당한 때가 되면 다 초대할게요. 어떤 애가 괜찮은지 아버지가 골라주세요."

"하지만 네 동생들 말로는……"

"걔들 얘기는 잊어버리세요. 모두 거짓말쟁이들이니까. 저에 대해 온갖 거짓말만 하고 다닌다니까요. 걔들은 배다른 동생들이고 제가 결혼하길 바라죠. 전 항상 이런 일에 시달리고 있어요. 어쩌면 저도 아버지처럼 이 자리에서 물러나야 할 것 같아요. 아버지는 제가 물러나겠다고 하면 받아주실 건가요? 물러나고 싶어요. 저도 사직하고 싶다고요."

아르준은 농담삼아 그렇게 말했지만 마지막 두 문장은 자기도 모르게 불쑥 튀어나왔다.

"아주 재밌구나. 생각 좀 해보마." 아후자는 어색하게 킥킥거렸다. 그는 평소에 그렇게 웃는 사람이 아니었다.

　아르준이 성큼성큼 걸어서 집 안으로 들어가고 나자 아후자는 천막 아래 의자에 앉아서 머리를 어루만졌다. 그는 이발사에게 손짓으로 오라고 한 다음 대형 선풍기를 자기 얼굴 쪽으로 돌려달라고 부탁했다. 엄청난 바람에 숨이 막힐 지경이었지만 효과는 있었다. 그의 얼굴과 어깨 그리고 코에 들러붙어 있던 자잘한 머리카락들이 바람에 날려 잔디밭에 흩어졌다. 워낙 피부가 예민해서 머리를 잘라낸 부위가 따끔거렸다. 그는 아르준이 아직 미숙하다고 생각했다. 아르준의 행동이 가족에게 반항하는 것처럼 보였다. 이미 아르준은 배다른 동생들에게 거리감을 느끼고 있었다. 학교에서도, 집에서도 그리고 밴드에서도 그는 잘 어울리지 못하고 있었다. 아르준은 이 공간에서 벗어날 필요가 있었다. 그러지 않으면 더 큰 문제가 생길 것이다. 그에게 적합한 공간은 하나밖에 없었다. 아후자는 한숨을 내쉬었다. 현실을 인정하지 않을 수 없었다. 그래서 그는 집 안으로 들어갔을 때 식탁에 앉아 공책을 멍하니 들여다보고 있는 아르준을 한쪽으로 불러냈다. "네 제안에 대해 곰곰이 생각해봤다."

　"죄송해요, 아버지. 그냥 농담으로 해본 소리예요."

　"아냐, 괜찮아. 사직 같은 건 안 해도 되는데 다음 선거운동 때 날 도와줘야 한다. 어떠냐? 정치 보좌관이 되는 거야. 오늘밤에 나하고 행사에 참석하자. 넌 이제부터 내 오른팔이 되는 거야. 어떠냐?"

　아르준의 얼굴에는 놀란 기색이 역력했다. 얼굴 근육이 파르르 떨리는 것을 보면 뜻밖의 제안에 그가 얼마나 놀라고 흥분했는지 알 수 있었다. 그는 어머니를 도와주려던 계획 따위는 모두 잊어버렸다. 비록 한순간이었지만 아르티와 동생들 그리고 숙제까지도 잊어버렸다. 그는 아기처럼 보였다. 아니, 그 순간 그는 아기였다. 아후자는 아르준이 처음부터 하나씩 배워나가야 한다고 생각했다. 그는 자신이 재앙을 불러들이고 있다는 것을 알고 있었다. 자신과 아들은 절대로 화합하기 힘들 거라는 사실을 알았지만 아무튼 기뻤다.

"진심으로 하시는 말씀이에요, 아버지?"

"네 생각은 어떠냐?"

"저는 좋아요. 해볼게요." 아르준이 숨을 헐떡이며 말했다.

그렇게 재앙은 시작되었다.

에필로그
재앙

그뒤로 몇 년 동안 이어진 재앙은 너무 많아서 이루 다 말할 수 없다. 시들시들 엔진이 꺼지는 소리나 임신부의 진통처럼 재앙은 그 지속 시간과 열기와 활력에서 제각기 차이가 났다. 주먹다짐, 재산 거래, 의절, 재결합, 험담, 중상모략이 있었고 많은 아기가 태어났다. 이따금 격렬한 폭동도 일어났다. 그런 일은 이십 년 뒤 아후자가 의회 다수당에서 불행하게도 패배하는 바람에 탈당하는 날까지 계속되었다. 그는 자신의 선거구와 그동안 축적한 영향력을 아르준에게 물려주고 싶어했다.

하지만 가장 오래 지속된 재앙은 첫번째 재앙이었다. 그것은 아후자 가족이 이사를 가고 나서 곧바로 찾아왔다. 독재자의 보통선거나 민법에 끼어들어간 무자비한 조항처럼 결코 재앙으로 보이지 않는 재앙이었다.

아후자가 약속한 대로 모디 에스테이트 로드의 저택에서 마지막

파티가 열렸다. 온갖 성향의 정치인들이 초대되었다. 4월의 열기 속에 사람들은 뒤뜰의 빛바랜 잔디 위에서 북적거렸다. 머리 위에서 꽃술나무들이 일렁거렸다. 중력은 무한한 금고 같은 나무들에서 평가절하된 금잎들을 끌어내렸다. 서늘한 구름 그림자가 잠시 땅바닥에 보이는가 싶더니 이내 사라졌다. 사람들은 차려놓은 음식 주변에 바글바글하게 모여 있다가 아르준의 동생들이 히드라처럼 다가가자 동작을 멈췄다. 아이들은 존경의 표시로 무릎을 꿇고 어른들의 발을 손으로 만지고 나서 인사말과 함께 혹시 필요한 게 없는지 물었다. 폭이 1.5미터나 되는 거대한 산업용 선풍기 다섯 대가 일으킨 바람 때문에 아이들의 머리카락은 솜사탕처럼 소용돌이쳤다. 초대형 선풍기가 돌아가는 뒤뜰은 마치 헬리콥터 이착륙장 같았다. 선풍기의 소음 때문에 사람들은 제대로 대화를 나눌 수 없었다. 그들은 인상을 쓰고 서로를 향해 고함을 질러야 했다. 머리가 벗어진 사람들은 몇 가닥 남지 않은 머리카락을 정리하느라 애를 먹었고, 몇 시간 동안 공들여 세련된 은회색으로 염색을 하고 나온 여자들도 애를 먹기는 마찬가지였다.

아후자는 한 손에 술잔을 들고 이리저리 부지런히 돌아다녔다. 그는 걸걸한 목소리로 시끄럽게 떠들어대면서 치킨 티카, 카티 롤, 버섯 따위를 허겁지겁 입으로 가져갔다. 자신이 파티의 주인이라는 사실을 망각한 것처럼 보였다. 그는 다시금 정치를 즐기고 있었다.

아르준도 정치를 즐기고 있었다. 그는 지나치게 술을 마셔댔고 육군 장성과 악수를 나누었다. 악수를 나눌 때 장군이 아르준의 오른손을 어찌나 꽉 붙잡았는지 그는 그뒤로 며칠 동안 자위행위는 커녕 수도꼭지조차 돌리지 못했다. 아르준은 자기 나이의 두 배는

292

되어 보이는 여자와 시시덕거리고 나서 뒤뜰에 핀 샐비어 무더기 위에다 결국 토하고 말았다.

하지만 그런 것들은 재앙 축에 속하지도 않았다. 아르티가 아침에 버스를 타고 가면서 점점 지루해하는 것도 재앙이라고는 할 수 없었다. 아르준이 이사를 가고 나서 그녀가 버스의 바둑판무늬 좌석에 앉아 있는 그를 더이상 볼 수 없는 것도, 아르준이 아르티를 자기가 한때 좋아했던 여자애가 아니라 점점 희미해지다 결국 사라지는 빛바랜 폴라로이드 사진처럼 생각하는 데 익숙해진 것도 재앙이라고는 할 수 없었다. 그는 낯선 곳에서 새로운 생활을 시작하면서 새로운 버스를 타고 다녔다. 그로서는 칠흑 같은 어둠의 시절이었다. 그의 밴드, 즉 고가도로의 친구들은 일주일에 두 번씩 강당에 모여 연습했다. 그러다 그들은 자신들의 음악이 결혼식에서 돈을 요구하는 고자들의 합창 같다는 결론을 내렸다. 이 결론 또한 재앙이라고는 할 수 없었다. 심지어 라비가 어느 날 아침 아르준에게 전화를 걸어 말한 이야기도 재앙은 아니었다. "무슨 일이 있었는지 알아? 도저히 믿기지 않는 일이 벌어졌어." "무슨 일인데 그래?" 아르준이 물었다. "우리 차에 치인 여자애 있잖아? 그애가 죽었어. 합병증으로." 아르준은 그 얘기를 듣고 잠시 아기처럼 흐느껴 울었다. 친구들 앞에서는 그렇게 마음놓고 울 수 있었다. 그것조차 안 된다면 어떻게 친구라고 할 수 있겠는가? 한참 뒤에 라비는 농담이라면서 같이 꽃을 사들고 그애한테 가보지 않겠느냐고 물었다.

"아버지가 그러래." 라비가 말했다.

아르준은 라비의 제의를 거절하면서 그의 못된 장난에 대해 강하게 비난했다. 나쁜 일은 일어나지 않았다. 라비는 그저 킬킬거리 며 그에게 다른 이야기를 들려주었다. 두 사람의 우정은 그렇게 유 지되었다. 밴드는 얼마간 학교에서 농담거리가 되었다. 아이들은 농구 코트 뒤편의 은밀하고 으슥한 공간에서 담배를 나눠 피우며 밴드를 화제 삼아 킬킬거렸다.

그런 것도 재앙이라고는 할 수 없었다.

그러다 어느새 장관의 주택 임대 기간이 만료되었다. 햇빛이 따 갑게 내리쬐는 7월의 어느 날 아침, 아후자 가족은 그레이터 카일 라시에 있는 라케시의 본가로 돌아갔다. 이삿짐은 예상외로 많았 다. 산기타의 스웨터는 무려 오십 벌이나 되었다. 집구석 여기저기 에서 카롬*의 플라스틱 토큰이 머릿니처럼 쏟아져나왔다. 본래 하 얀색이었던 벽에는 회색 물방울무늬가 여기저기 찍혀 있었다. 아 르준과 바룬이 집 안에서 크리켓 경기를 하다 공을 벽에 맞혀서 생긴 흔적이었다.

이때부터 일이 틀어지기 시작했다. 우선 대가족이 거주할 공간 이 부족했다. 4인 가족에 맞춰 지어진 집이었으니 어떻게 보면 당 연한 일이었다. 집은 마치 압력밥솥 같았다. 쌍둥이 자매인 기타와 소날리는 걸음마 세계에 입문했다. 그들은 창고에 있는 망고절임 에 병적인 집착을 보이기 시작했다. 코르크 마개로 봉한 유리병 입 구는 커다란 고무줄로 단단히 묶였다. 형제들은 망고절임을 호시 탐탐 노리는 쌍둥이를 항상 감시해야 했다. 한편 산기타는 2층 주 택의 아래층으로 유배되었다. 그곳에서 그녀는 자신이 싫어하는

---

* 구석에 네 개의 구멍이 있는 나무판 위에서 하는 게임.

하인들에게 둘러싸여 고독하게 살았다. 2층에는 욕실이 없었기 때문이었다. 임신 때문에 그녀는 시도 때도 없이 화장실을 들락거려야 했다.

이제 섹스는 어느 층에서도 불가능했다. 앞으로도 부부관계는 할 수 없을 것이다.

아르준과 아후자는 집에 없을 때가 많았다. 그들은 생산적이고 현실적인 업무는 거의 하지 않고 대부분의 시간을 허비하며 지냈다. 아후자는 자본가나 투자자 들과 술을 마시거나 새로운 강적들에게 격분에 가득찬 편지를 써서 보내는 데 시간을 보냈고, 아르준은 수학 시험에 보기 좋게 낙제했고 밴드 이야기로 여자애들에게 강한 인상을 심어주려 애썼다. 결국 실패로 돌아갔지만. 새로운 버스에 올라탈 때면 지금도 본능적으로 아르티를 찾는다.

아후자는 자신의 관용차에 새빨간 경광등을 붙이고 거리를 달리던 시절이 그리웠다. 그는 비상시가 아닐 때도 사이렌을 울리며 시민들로 가득한 도로를 신나게 누비고 다녔었다. 가뜩이나 좋지 않은 델리의 교통 사정은 지난 몇 달 동안 최악이 되었다. 1단계 고속 고가도로 건설은 이미 완료되었지만 아직 개통되지 않았다. 건설을 마친 고가도로에 페인트를 칠하고 가장자리에 나무까지 심어 치장을 했지만 개통은 되지 않고 있었다.

절차상의 문제가 남아 있었다. 장관이 측근들을 데려와 그중 한 명에게 타르를 칠한 고가도로 램프 위에 코코넛을 올려놓고 박살을 내게 해야 비로소 고가도로가 공식 개통되었다. 하지만 말처럼 쉽지 않았다. 그런 일을 할 수 있는 한가한 장관이 없었다. 모한 베디-루파 발라 정부 또는 제6전선은 비니트 요그라지가 모한 베디

총리에 대한 지지를 철회하기로 마음먹자마자 곧바로 붕괴되었다. 요그라지는 모한 베디 총리가 철이 없긴 해도 돈으로 쉽게 매수할 수도, 함부로 다룰 수도 없는 사람이라는 것을 깨달았다. 사실 모한 베디는 부자인데다 싹싹하지 못했다. 장관들은 한가하게 콘크리트에 코코넛이나 던지고 있을 시간이 없었다. 그들에게는 그보다 더 가치 있는 업무가 있었다.

몇 주 동안의 혼란 뒤에 선거와 관련한 약삭빠른 흥정이 있었다. 델리 시민들은 운전에 점차 넌더리가 났다. 기다리는 일도, 다른 차와 충돌하는 일도, 경적을 울리는 일도, 고함을 지르는 일도, 찌그러진 자동차의 열 오른 대시보드를 손가락으로 두드려대는 일도 점점 짜증이 났다. 그러던 어느 날, 행동파 텔레비전 방송의 도움을 받는 몇몇 자경단원이 고드세 나가르 고가도로에 가서 경찰이 설치한 노란색 장애물을 거리낌없이 제거했다. 그들은 스쿠터와 오토바이를 타고 고가도로를 오르내렸다.

그것은 자신들의 주장을 명확히 밝히기 위한 행동이었지만 그다지 시선을 끌지 못했다. 경찰은 장애물을 본래 있던 자리에 다시 설치했고 고가도로는 다시 지평선 위에서 잠을 잤다. 어느 누구도 그것을 재앙이라고 여기지 않았다.

아후자만은 예외였다. 그는 더이상 그러한 사태를 두고 볼 수 없었다. 그는 시간이 날 때마다 차에서 아르준에게 라시미에 대한 이야기를 들려주려고 애썼지만 모두 부질없는 짓이라는 것을 깨달았다. 그는 아들에게 넥타이를 선물했다. 비밀을 털어놓고 나니 라시미에 대한 기억이 점점 더 희미해져갔다. 단순히 잊힌 기억을 확인하기 위해 그녀를 다시 들먹일 필요가 있을까?

대신 그는 고가도로에 대해 끊임없이 불평을 늘어놓기 시작했다. 그는 고가도로의 개통 지연에 불쾌해할 권리가 있었다. "이런 어처구니없는 경우가 어디 있어!" 그는 분통을 터뜨렸다. 이제 아후자의 오른팔이 된 아르준도 수수방관하고 있을 수는 없었다. "그렇네요. 정말 어이가 없어요." 아르준이 말했다.

이 무렵 고가도로의 친구들은 다시 고가도로를 찾았다.

라비와 아르준 그리고 아누락과 디팍은 완성은 되었지만 아직 개통하지 않은 고가도로 아래에 모였다. 행동파 텔레비전 방송은 환호했다. 밴드는 브라이언 애덤스의 노래 가운데 몇 곡을 약간 수정해서 연주했다. 〈Summer of '69 Flyovers〉와 〈Everything I Do (I Do It for a Flyover)〉가 그들의 노래 가운데 가장 주목을 받았다. 아버지를 설득한 라비도 그 자리에 참석했다. 그는 아버지한테 장차 미국 대학에 입학하려면 밴드 활동이 대학 입학 에세이를 쓰는 데 도움이 될 거라고, 밴드 활동이 지역사회에 대한 봉사였다고 주장할 수도 있을 거라고 설명했다. 하지만 솔직히 밴드 활동은 지역사회에 대한 봉사가 아니었다. 고가도로의 친구들은 실력이 형편없었다. 그들의 연주를 들어본 사람들은 누구도 그들을 좋아하지 않았다. 그리고 대부분의 사람은 그들의 연주를 듣지도 못했다. 어떤 평론가는 그들의 음악을 "아직 모양도 잡히지 않은 동물 풍선을 시끄럽게 부는 듯한 소리"라고 묘사했다. 그것이 무엇을 의미하는지 그들은 조금도 신경쓰지 않았다. 그들은 모두 기운이 넘쳤고 한껏 들떠 있었다. 아르준은 마이크에 바짝 다가서서 차들이 지나갈 때마다 콘크리트 바닥 위에 플라스틱 컵과 휴지, 돌과 나무 부스러기 들이 뒹구는 것을 지켜보며 자기가 지금 MTV 뮤직비디오를 슬로모션으로 찍고 있다고 상상했다. 그의 뒤에서 라비는 소행성대처럼 생긴 드럼들을 쉴 새 없이 두들겨댔다. 디팍은 평소보다 두 배로 열심히 기타를 연주했다. 아누락은 키보드 위로 몸을 웅크리고 미리 프로그램에 입력해둔 곡과 최대한 동시에 소리를 내려고 애썼다. 그는 구부정한 자세로 앉은 아름다운 괴물처럼 보였다. 고전압의 오렌지색 투광조명이 날개 달린 곤충들과 군중(열 명을 군중이라고 불러도 되는지 모르겠지만)을 환하게 비추었다. 사람들은 약속이나 한 듯이 눈썹을 치켜세우며 당황스러운 표정을 지었다. 탄산음료 잔을 쥔 사람들의 손이 파랗게 변했다. 두어 사람은 휴대전화로 통화를 하고 있었다. 조금 있으면 경찰이 와서 사람들을 해산시킬 것이었다.

고가도로는 구시대의 유물이 되어버렸다. 이제 사람들이 고대하는 것은 델리의 지하철이었다. 델리의 중심 구역을 따라 하룻밤 사이에 거대한 구멍들이 생겨났다. 흙은 파헤쳐져 이용하지 않는 인도에 봉긋하게 쌓였다.

고가도로의 친구들은 이미지로만 존재했고 노래는 거의 부르지 않았다.

그래서, 어떤 의미에서는, 재앙이 일어났을 때 아르준에게 그것은 오히려 다행이었다.

재앙의 시작은 이랬다. 9월에 산기타가 진통을 느껴 병원으로 급히 실려갔다. 아르준은 그런 줄도 모르고 있었다. 산기타는 건강한 여자아이를 낳았다. 아후자에게는 열네번째 자식이었다. 당시 아르준은 한참 전화 연락이 되지 않았다. 아버지를 위해 중요한 정치적 업무를 하고 있었기 때문이다. 아르준은 지지자들을 위해 사탕

과자를 칠십 상자나 사고 있었고 낯선 전화번호가 뜨자 받지 않았다. 집으로 돌아왔을 때 그는 하인들과 동생 다섯 명밖에 없는 것을 알고 깜짝 놀랐다. 동생들은 돌아가면서 같은 말만 해댔다. "도대체 지금까지 어디 있었던 거야?"

그는 어머니가 해산할 때 항상 그녀 곁에 있어주었다. 그리고 이번에도 출산 순간을 놓치지 않으려고 했다. 하지만 이 실수는 용서될 수 있을 것이다. 출산은 고작 몇 시간이다. 출산하고 나서가 중요했다. 병원에서 들것에 누워 있는 어머니를 지켜보는 것 말고 아르준이 할 수 있는 게 없었다. 어머니에게 무슨 말을 해줘야 할지 몰랐다. 그는 어머니의 뺨에 키스를 하고 나서, 갓난아기를 낮은 소리로 얼렀다. 몸을 동그랗게 말고 눈부신 백열등 불빛 아래서 눈을 깜박이려고 애쓰는 여자 아기. 하지만 동생들과 어머니 앞에서 그는 자신이 예의바른 이방인처럼 느껴졌다. 너무도 예의바르고 소원한 이방인처럼 느껴져 동생들에게 쏘아붙이려던 처음의 유혹이 달아나버렸다. 동생들에게 왜 그렇게 능글맞게 웃는 거야? 난 할 일이 있어. 이복동생들이라지만 너희는 정말 형편없어. 아버지는 애초에 너희 엄마하고 결혼하고 싶어하지 않았다고. 너희 엄마가 결혼식 날 그냥 불쑥 나타난 거라니까, 하고 나서 치열한 후계 다툼을 벌이려던 유혹, 열두 명의 동생이 시계 숫자들처럼 그를 빙 둘러싸는 동안 그는 몸을 부르르 떨고 현대판 마하바라타* 같은 그들의 음모의 굴레 속에서 끊임없이 빙빙 돌려던 유혹도.

그는 중립지대였다. 그는 관심을 받지 못하는 실패작이었다. 산

---
* 고대 인도의 대서사시. 왕위 계승권을 둘러싼 다툼을 그렸다.

기타는 그 상황을 눈치챌 수 있었다. 그녀는 침대에 누워 아르준을 바라보며 병원에 처음 실려왔던 때를 떠올렸다. 그때 그녀는 바룬을 낳았다. 바룬을 끌어당겨 젖을 먹이면서 당시 네 살이던 아르준을 바라보았다. 아르준은 등받이가 없는 자그마한 회전의자에 앉아 그녀 쪽으로 몸을 기울이고 있었다. 그는 동생이 태어나는 걸 원하지 않았다. 그는 산기타를 향해 혀를 삐죽 내밀었다. 아르준의 뒤에 있던 철제 막대와 하얀 시트들은 산기타에게 새하얀 눈을 상기시켰다. 달하우지의 겨울이 떠올랐다. 언젠가 그녀는 길가의 가로등 기둥에 손을 얹었다가 너무 차가워서 온몸이 감전된 듯한 느낌을 받은 적이 있었다. 그럴 때에만 그녀는 자기 어머니의 장갑 낀 단단한 손안으로 숨었다.

라케시는 그녀에게 그런 위안을 전혀 주지 못했다. 몇 년이 지나 그녀에게 위안을 준 것은 아르준이었다.

아르준은 그녀를 향해 수줍게 미소를 지어 보였지만 산기타는 아무 말도 하지 않았다. 그녀의 헝클어진 머리 깊숙한 곳에는 지그재그 모양의 금속 머리핀이 꽂혀 있었다. 그녀의 옷을 벗기고 초록색 가운으로 갈아입힐 때 의사가 깜박 잊고 빼내지 않은 것이다. 그녀는 손을 들어 머리에 꽂힌 딱딱한 핀을 뽑아냈다. 머리핀이 바닥으로 떨어졌다. 그와 동시에 아르준이 허리를 굽히고 바닥에 무릎을 꿇더니 양손으로 침대 밑을 더듬었다. 산기타는 침대 난간에 몸을 기대고 앉아 바닥에서 일어서는 아르준을 내려다보았다. 아르준은 자기 아버지처럼 진지한 눈빛을 하고 있었다. 잘생긴 얼굴에는 근심이 가득했다. 그녀는 아들을 잃어버렸다는 것을 확실히 깨달았다.

어쩌면 마침내 출산을 했다는 안도감 때문에, 아니면 기력 회복, 그도 아니면 수많은 사람이 찾아와 축하해주고 아이를 그렇게 수월히 낳는 자신을 존경스러운 눈빛으로 바라볼 거라는 기대 때문이었는지도 모르지만 그녀는 이러한 상실감에 집중할 수가 없었다. 그저 모든 것에 감사할 뿐이었다. 자기를 빙 둘러싸고 있는 아이들한테도 고마웠고 무사히 아기를 출산한 것도 고마웠으며 아무리 유령 같은 존재라 해도 자기 곁에 있어준 아르준에게도 고마웠다.

　그녀는 아직 아르준을 볼 수 있고 만질 수 있다는 것만으로도 고마웠다. 그녀는 아르준과 함께했던 그 모든 시간이 고마웠다. 그리고 비밀을 알게 되었는데도 자기한테 원망을 늘어놓거나 분노를 터뜨리지 않는 아르준이 고마웠다.

　남편에 대해서도 똑같은 감정을 느낄 수 있다면 얼마나 좋을까.

감사의 말

이 책을 쓰는 동안 사람들은 믿을 수 없을 만큼 내게 친절을 베풀어주었다. 모두들 내 원고를 꼼꼼히 읽어주었고 끝까지 쓸 수 있도록 격려해주었으며 내 글에 흥미를 느끼는 척해주었고 사심 없는 충고와 조언을 아끼지 않았다. 내게 친절을 베풀어준 사람들의 이름을 여기에 모두 밝힐 수 있을지 모르겠지만 한번 시도해보 겠다.

소설을 한 편 써보라고 나를 자극하고 그뒤로도 훌륭한 조언자 역할을 해준 엘리자베스 탤런트 씨에게 감사드린다. 스티븐 엘리엇의 끊임없는 지지와 격려에 감사드리고 싶다. 나는 2003년 그분의 귀중한 격려의 말을 듣고 결국 작가가 되었다. 많은 아량을 베풀어준 제이 매키너니에게 고마움을 전한다. 그리고 나의 스승 애덤 존슨과 토바이어스 울프에게 감사드린다. 나의 친구들 닉 케이시, 앤소니 하, 제니 장, 로스 펄린, 주빈 슈로프, 앨리스 킴, 아시티

바티아, 맥스 도티, 크리스 리, 애나 리모크, 그레그 라슨, 만샤 탄
돈, 벤저민 라이탈, 블레이크 로이어, 맷 울프 그리고 닉 앤터스카
에게 고맙다는 말을 하고 싶다. 그들의 비판과 충고, 그들과 나눈
대화는 이 책을 쓰는 데 많은 도움이 되었다. 또 말비카 벨, 니킬
벨, 아루시 게하니, 사미르 게하니 그리고 우샤 벨라니의 지원과
후의에 고마움을 전한다. 옛 동료들인 데이비드 포인덱스터, 케이
트 니체, 크리스티나 벤칭거, 제이슨 우드 그리고 스콧 앨런에게도
고마움을 전한다. 필요한 자금과 집필 시간을 제공해준 뉴욕 주 작
가 워크숍, 엘리자베스 조지 재단, 예술 교차로 그리고 카마고 재
단에 감사드린다. 하퍼 콜린스의 팀 더건에게도 고맙다는 말을 하
고 싶다. 그는 지칠 줄 모르는 열정을 가진 뛰어난 편집자이다. 하
퍼 콜린스의 앨리슨 로렌첸의 우정과 꼼꼼한 일 처리에도 감사드
린다. 처음으로 나의 글에 대한 신뢰를 보여준 앤드루 와일리에게
도 감사드린다. 와일리 에이전시의 내 에이전트 진 어에게도 감사
한다. 글을 쓰는 동안 그녀의 인내, 우정, 조언과 솔직한 평가에 많
은 도움을 받았다. 와일리 에이전시의 트레이시 보한과 찰스 버컨
의 국제적 감각과 이해력에도 감사드려야겠다. 변치 않는 애정을
보여준 나의 형 시브 마하잔에게 고마움을 전하며 마지막으로 우
리 부모님 비나와 가우탐 마하잔에게 정말 감사드린다. 두 분은 작
가인 나에게 필요한 가장 열렬한 지지자였을 뿐 아니라 내가 아는
한 가장 정이 많고 자상하며 힘과 용기를 주는 분들이다.

옮긴이 **나동하**
영미소설 번역가. 한국외국어대학교 영어과를 졸업하고 중앙대학교 예술대학원에서 문예
창작과정을 수료했다. 그동안 『거짓말하는 혀』 『스타더스트』 『네버웨어』 『생존자』 『수도원
의 죽음』 『조이랜드』 등 영국과 미국 소설 30여 권을 우리말로 옮겼다.

문학동네 세계문학
가족계획

초판인쇄 2014년 6월 18일 | 초판발행 2014년 6월 25일

지은이 카란 마하잔 | 옮긴이 나동하 | 펴낸이 강병선
책임편집 여승주 | 편집 김경미 | 독자모니터 전혜진 박미진
디자인 엄혜리 김마리 이원경 | 저작권 한문숙 박혜연 김지영
마케팅 정민호 이미진 박보람 양서연 | 온라인마케팅 김희숙 김상만 한수진 이천희
제작 강신은 김동욱 임현식 | 제작처 영신사

펴낸곳 (주)문학동네
출판등록 1993년 10월 22일 제406-2003-000045호
주소 413-120 경기도 파주시 회동길 210
전자우편 editor@munhak.com | 대표전화 031) 955-8888 | 팩스 031) 955-8855
문의전화 031) 955-1927(마케팅) 031) 955-1917(편집)
문학동네카페 http://cafe.naver.com/mhdn | 트위터 @munhakdongne

ISBN 978-89-546-2506-7 03840

www.munhak.com